Um estranho em mim

Dados Internacionais de Catalogação na Publicação (CIP)
(Câmara Brasileira do Livro, SP, Brasil)

Lacerda, Marcos
Um estranho em mim / Marcos Lacerda. — São Paulo : GLS, 2008.

ISBN 978-85-86755-45-3

1. Homossexualismo 2. Romance brasileiro I. Título.

07-10020   CDD-869.93

Índice para catálogo sistemático:

1. Romances : Literatura brasileira   869.93

Compre em lugar de fotocopiar.
Cada real que você dá por um livro recompensa seus autores
e os convida a produzir mais sobre o tema;
incentiva seus editores a encomendar, traduzir e publicar
outras obras sobre o assunto;
e paga aos livreiros por estocar e levar até você livros
para a sua informação e o seu entretenimento.
Cada real que você dá pela fotocópia não autorizada de um livro
financia um crime
e ajuda a matar a produção intelectual em todo o mundo.

Um estranho em mim

MARCOS LACERDA

edições GLS

UM ESTRANHO EM MIM
Copyright © 2008 by Marcos Lacerda
Direitos desta edição reservados por Summus Editorial

Editora executiva: **Soraia Bini Cury**
Assistentes editoriais: **Bibiana Leme e Martha Lopes**
Capa: **Marcos Martins**
Projeto gráfico: **BVDA – Brasil Verde**
Diagramação: **Acqua Estúdio Gráfico**

Edições GLS
Rua Itapicuru, 613 - 7º andar
05006-000 - São Paulo - SP
Fone: (11) 3862-3530
e-mail: gls@edgls.com.br
http://www.edgls.com.br

Atendimento ao consumidor:
Summus Editorial
Fone: (11) 3865-9890

Vendas por atacado:
Fone: (11) 3873-8638
Fax: (11) 3873-7085
e-mail: vendas@summus.com.br

Impresso no Brasil

Para meus pais, Sálvio e Lucinete.

*Este livro é, também, dedicado a Cantarelli,
generoso amigo que, com suas críticas e sugestões,
ajudou-me a escrevê-lo.*

I

A viagem foi cansativa. O hotel parece agradável. A luz forte do verão força sua entrada pelas frestas das cortinas fechadas. Caminho até a varanda do quarto. Escancaro as portas corrediças, e a brisa do mar invade todo o cômodo, envolvendo-me suavemente. Olho a praia de Tambaú a meus pés e escuto, lá embaixo, o burburinho dos carros e pedestres, o roçar dos coqueiros ao vento. Vejo as velas coloridas das embarcações e os ultraleves.

Sentado, tenho no colo a caixa de metal que trouxe comigo do encontro com o advogado. No interior dela, dois envelopes pardos guardam um enigma enquanto, ainda atordoado, repasso mentalmente os acontecimentos dos últimos dias.

"Prezado senhor Guilherme Brito: trago-lhe mensagem urgente de seu irmão, o doutor Eduardo Martins. No momento, sua insuficiência cardíaca encontra-se estabilizada, mas seu estado de saúde ainda é bastante grave. Por gentileza, entre em contato comigo o mais breve possível."

O fax tinha a assinatura do responsável pelo escritório de advocacia que, algumas semanas antes, me procurara para anunciar que eu tinha um irmão vinte anos mais velho que eu, médico, já envelhecido e adoentado, querendo conhecer-me. Logo em seguida, o endereço, cuidadosamente sublinhado, lembrava-me de que eu deveria viajar com urgência a João Pessoa.

Sentia-me completamente perdido. Saber sobre Eduardo deixou-me atordoado. No início, julguei mesmo se tratar de um engano. Ainda assim, não consegui dormir durante as noites que antecederam minha partida. A perspectiva de que aquilo fosse verdade, de que eu de fato tivesse um irmão desconhecido, tornara-se fundamental para minha vida. Gostaria muito de tê-lo podido conhecer ainda na minha infância. Quando menino, ressentia-me pela solidão de não ter um irmão mais velho a meu lado. Ninguém para me proteger nas brigas da escola. Um amigo mais experiente com quem eu pudesse conversar sobre as dúvidas da adolescência. Papai era um homem bom e honesto, mas sua exagerada dedicação aos negócios mantinha-o um pouco distante da família, e isso aumentava ainda mais meu sentimento de solidão. Muito cedo, aceitei trabalhar com ele e aos 18 anos já era seu braço direito na administração das fazendas. Foi desse modo que conquistei sua admiração e passei a acompanhá-lo mais freqüentemente.

Ao completar 20 anos, casei-me, e logo em seguida minha mulher teve nossa primeira filha. Desde então, eu já estava economicamente bem situado e levava uma vida estável. Apesar de tudo, a lacuna deixada pela ausência de um irmão se manteve: era como se tudo tivesse sido rápido demais e eu precisasse quanto antes chegar à vida adulta. Não convivia bem com o sentimento de ser filho único. A descoberta da existência de Eduardo fez que isso tudo retornasse dentro de mim.

Mas por que papai jamais me falou desse outro filho? Quando paro, busco razões: a vaidade do homem importante, querendo manter as aparências? O receio do marido, não querendo alterações em seu casamento, com esse fruto de uma aventura da adolescência? Pelo que eu conhecia dele, nenhuma resposta me parecia completamente viável. Por outro lado, o que levaria meu irmão a me procurar tão tardiamente? Para essa pergunta, menos respostas ainda... Em que medida seriam eles parecidos? Nunca se conheceram na verdade, mas agora não consigo evitar a fantasia de que fossem parecidos. Não que eu os confunda, propriamente. Mas ter algo de meu pai que ainda estivesse vivo e mais próximo de mim... Sim, mais próximo de mim. Talvez isso. Só isso. Bastaria? Não sei, também. Creio que será a única resposta que conseguirei obter ao final de tudo isto.

As informações que o advogado me deu sobre Eduardo, além de poucas, eram superficiais. Ele era médico, viúvo, e foi um importante clínico do Estado da Paraíba. Quando nenhum outro médico conseguia compreender em que terreno estava pisando, o caso lhe era encaminhado. Foi sua capacidade de diagnosticar que lhe conferiu prestígio e lhe permitiu amealhar uma modesta fortuna durante a vida. Além disso, e de seu desejo de me encontrar, eu nada mais sabia sobre meu irmão.

Quando, finalmente, cheguei a João Pessoa, Eduardo já estava morto havia quatro dias.

Com um lenço, enxugo a testa molhada de suor e, em seguida, num gesto que não me parece mais automático, reponho os óculos. O sol torna a atmosfera dourada, e, no horizonte, o verde-escuro e o azul, mar e céu. Talvez os confunda, não importa: as cores dão ao ar um tom ao mesmo tempo denso e forte, de que não posso escapar. Nem mesmo quero. Cuidadosamente, quase com reverência, abro os envelopes que trago comigo. Em um deles, apenas documentos. Noutro, em folhas que haviam sido cuidadosamente ligadas por uma fita vermelha, um manuscrito e uma carta.

João Pessoa, 10 de agosto de 2009.

Guilherme,
meu irmão:

Acho que agora posso chamá-lo assim. Preciso chamá-lo assim. O que deixo escrito fica como uma espécie de testamento. Precisei endereçá-lo a alguém. Fico feliz que tenha sido a você. Gostaria de ter tido tempo para podermos gostar um do outro, até que fosse natural um abraço entre nós. Mas, mesmo que eu não tenha podido lhe conhecer pessoalmente, tenho o pressentimento de que você vai conseguir entender o que estou para lhe dizer.

Antes de mais nada, desculpe-me. Já se passou algum tempo desde que soube que tinha um irmão, mas, por covardia, nunca antes tive coragem de procurá-lo. Sentia que, se nos encontrássemos, não poderia fingir ou calar-me. Temi ver minha máscara cair diante de você e confesso que também tive medo de, ao contar-lhe minha história, ser julgado.

Hoje, já não acredito que você pensará algo de negativo ao terminar de ler esta narrativa; talvez o que realmente me apavorasse fosse a censura que existia em mim, e que agora já não existe. Nada modifica mais os valores de um homem que a perspectiva da morte. Chegou o momento em que preciso falar; preciso que minhas palavras, ditas a você, tornem minha vida mais legítima e me permitam, desse modo, ter uma morte serena.

Não tenho dormido bem. São noites cheias de pesadelos, aliás, como os que sempre tenho, só que em maior quantidade. Uma angústia sem fim. Acordo cansado, com falta de ar, sentindo o coração doer. Sinto que estou cada dia mais debilitado e, por temer não resistir até o momento de sua chegada, decidi empregar o meu resto de vida a deixar-lhe minha história. Pareço acreditar que se eu fizer isso a morte não chegará. Ainda não. Ao menos não agora. Sem que você o saiba, sua vida protege a minha e me conforta. E assim ela passa a fazer sentido, misteriosamente.

Sei o que estou lhe dizendo porque um dia também vivi isso com outro homem. De um modo diferente, é certo, do que sinto por você. Mas, igualmente, minha vida passou a ter um sentido que antes não experimentara. Você entenderá o que acabei de escrever à medida que eu lhe for contando o que se passou. Tudo começa com uma cena. Tudo termina nessa cena. O que você vai ler, a partir de agora, foi escrito desordenadamente há muito tempo. Eu precisava escrever para não enlouquecer, para extirpar do coração uma espécie de dor que eu não conhecia e não suportava mais sentir daquela forma. Naquele tempo, eu não tinha destinatário. Não mais, ao menos. Por isso, quando decidi que estes papéis chegariam até você, precisei reorganizá-los, dar uma seqüência lógica ao que tinha escrito havia dez anos, para que pudesse fazer algum sentido quando fosse lido por outra pessoa. E, se fiz isso, foi pensando em você, meu irmão. O que antes eram somente partes de um desabafo desconexo tornou-se uma espécie de declaração. Minha herança tosca e inútil, mas que agora é sua.

———

Dobrando a carta, giro a cabeça e consigo enxergar o farol no alto da falésia que deu nome à praia lá longe. Penso em Eduardo e tento imaginar sua vida, seu dia-a-dia... Não estou triste nem feliz; talvez as palavras que melhor revelem o que eu estou sentindo sejam inquietação e curiosidade. Recosto-me na cadeira e começo a ler o manuscrito.

II

Sinto o gosto amargo do uísque na boca. Não sei bem por que tomei isso agora. Mas parece ter sido há séculos. A boca está seca.

Alexandre caminha de um lado para o outro. Impaciente. Ele parece querer correr, desesperado, como se tivesse medo de mim. Mas, na verdade, ele tem medo de si mesmo. E do que poderia dizer ou sentir quando eu não mais estivesse ao lado dele.

Eu, por mim, não sei mais... O desespero não é de Alexandre; é o meu desespero que vejo naquele rosto cansado, tenso e tristonho, quase aborrecido, se eu não o conhecesse bem. Sua pele permanece a mesma: mesma cor, mesmo brilho, mesma textura. Não mais com os dedos, sinto-o: com os olhos, torcidos por algo que talvez sejam lágrimas, talvez suor. Sei que arde. E não posso fazer nada.

Olho apenas para o que ocorre à minha volta, sem poder dar um passo, uma palavra que seja. Alexandre se move, sempre, sem parar, recolhendo o que pensava estar junto e, na verdade, espalhara-se por todo o apartamento. Não saberia mais ajudá-lo como sempre fiz. Não, seria suicídio. Como poderia? E, no entanto, é como se ele me pedisse, com o silêncio que faz.

Não, não posso mais. O ar que se desloca faz-me sentir que tudo é peso, dentro e fora de mim. Como não pude perceber isso antes? Como pude suportar ar tão sólido, como se fosse forma e eu restasse desse molde, inerte e sem nome, sem vida?

Não sei mais. Apenas vejo que ele, mesmo sozinho, consegue organizar sua partida. Reúne suas coisas, pequenas, dispersas... O tempo ao lado dele não me é mais permitido! Imóvel, no centro do quarto, com o cabelo a cobrir-lhe os olhos, Alexandre permanece em silêncio: um segundo, ainda olha para mim. E retoma o movimento.

Não ouço sons além dos passos atropelados, quase correndo, e mais ainda: não ouço a voz dele. A voz dele é som estranho, como se nunca houvesse escutado sua voz, como se nunca tivesse ouvido esse homem. Não posso crer; não é mais a voz dos sussurros, do riso franco, aberto. Não é mais aquela voz que um dia eu pensei ouvir chamar meu nome, até... Quando? Quando foi a última vez que meu nome foi chamado? Qual é o meu nome? Só um nome faz sentido e mesmo assim destrói toda minha capacidade de estar só: Alexandre. Esse nome se agigantou de tal modo que força as minhas formas, exige que eu me torne essas letras, grandes, rijas, sem mais saber sobre mim.

Eu não sou nada. Sou um par de olhos turvos. E mais nada. Ele que abriu a porta. Ele que olhou para mim. Ele que talvez tenha visto que já eu chorava e, mesmo assim, ele que não fica. As lágrimas não importavam. Nem mesmo a mim, afinal. Não: só ele importava, eu esquecera de mim.

A porta se abre: quanto tempo? Uma hora aberta? Quanto? Que pensariam os vizinhos? Um ou dois segundos? Como uma imagem pode ser tão dura? Como pode ser tão firme na minha mente? Por que provoca tanta dor?

Alexandre veste o casaco, pega a mochila. Ainda tenta sorrir. Eu não consigo responder. Diz algo do tipo "Já vou". Como se fosse à esquina, comprar algo mais que lhe desse prazer. E voltasse a seguir. Voltasse. Essa palavra faz que algo dentro de mim se rompa num estalido surdo e breve. Como um galho, menos: uma folha amassada, sons de folha seca queimando. Breve. De uma só vez.

Eu não estarei mais aqui. Eu que fui com ele, sem que me permitisse, eu que me agarrei desesperadamente à pele daquele homem, não saí do lugar. Mas eu fui com ele. Já vou. Eu também. A gente se vê.

Não digo uma palavra; não posso. Perdi a capacidade. Já não importa. Não faria diferença alguma. Não mais. Mesmo que eu suplicasse, mesmo que eu dissesse o que deveria ter dito, as palavras cairiam no chão, gotas de suor perdidas, inúteis, desnecessárias, como as de um morto que sua mas já não vive. Não vive. E eu, morto, não sei por que permaneço, por que ainda vivo.

Vivo. Suspenso naquele segundo, naquele momento quando a porta se fecha e somente o vulto, um perfume estranho, o perfume que sempre foi dele, que invade as narinas, vingado, diz: Eu já fui. E não mais voltarei. Eu já fui. Um soco na cara. Como pude ficar em pé? Que pernas me sustentavam? Eu não tinha mais corpo; eu era um monte de sensações desperdiçadas. Já não mais poderia reunir-me sem Alexandre. Ele que dera unidade a tudo que havia em mim.

Como eu pude? Como pude permitir que fosse assim? Hoje estou só, e a cena retorna, e retorna, e retorna, como se alimento, ar, obrigação, dever. Ativando minha mente ao acordar. Soprando em meus ouvidos tão logo abro os olhos. Estou aqui, ela diz. Não mais ele. Apenas a cena. Aqui. E, mesmo assim, consigo ainda ver, para além dessa força tremenda, os olhos de Alexandre pela última vez: olhos que misturam azul e verde, um mar sereno. Eu sempre quis essas cores para mim. Sempre invejei, odiei esse azul tremendo que recobria o mundo e fazia de mim um a menos, um abaixo de Alexandre. Eu não o teria jamais. E, no entanto, o azul e o verde dos olhos dele fizeram sentido, naquele momento, dando razão ao que pudesse haver no céu e no mar. Deixando-me apenas com a terra seca.

Seus olhos diziam: não posso mais. Não consigo, por mais que eu queira. Perdoe-me. E deixe-me ir.

Que disseram os meus? Se me visse no espelho com que me defronto agora, seria isto que veria? Um rosto velho, ressequido, sem vida, sem cor, sem graça. Mas eu lhe perdôo, foi o que eu disse. Ainda que não possa mais viver. Eu o perdôo. E quero que vá. Por que o prenderia se sou eu que estou preso para sempre? Preferi labirintos; é minha hora de ficar. Eu o perdôo, foi o que eu disse. Quero que vá sem remorso e que sobreviva para além deste imenso chão, desta planície aberta e deserta que foi o nosso encontro. Horas, dias, meses, anos. Tudo se achata e condensa. Não suporto mais, tudo é pequeno e imenso simultaneamente. E, no entanto, ainda estou aqui. Quem está? Já não sei.

Vá, não me canso de dizer com meus olhos, vá logo. Não mais com raiva. Nem mesmo com medo. Com dor apenas. Mar morto e meu coração seria sepultado. Mas o corpo segue leis próprias, para além de mim mesmo. Este corpo que não é mais meu, depois de Alexandre.

O som da porta. Foi o único som que consegui ouvir. O som. Uma porta que se fecha e deixa toda a luz fora. Já não vejo o que há dentro, tudo é escuro. O som que não podia permanecer preenchendo o lugar dele. Lugar que ficou vazio. É o que diz o som: vazio. Oco. Propagando-se no espaço e na luz, o som da verdade que ressoa, primeiro, inaugurando o silêncio perpétuo que se implantou em meu ser. E, no entanto, nem mais o mesmo som sobreviveu: ecos, apenas. Ecos sem fim, mecânicos, sem propriedade, apenas ondas batendo nas paredes vazias e num corpo estranho que é o meu. Num corpo ainda opaco que não ressoa. Apenas um nome permanece fazendo sentido, dando-me a forma interna, um nome para dar cabo do som daquela porta fechando. E esse nome cresceu e se fez de erva amável em amarga e daninha, seu nome imenso, letras vazias, esqueleto de mim, por quem vivo, respiro, ando, como e durmo.

E já nem faz diferença.

Apago a luz que havia. Sol posto. Durmo profundamente. Profundamente, como no dia seguinte, e no seguinte, e seguinte. O tempo é marcado pelo sol e pelos ventos, pela luz. Já não saio do apartamento. Não é necessário. Parei de comer. Não me lembro se bebo. Deitado, apenas. Uma ou outra voz, uma língua estranha, chamando na porta um nome que já foi meu e parece tão distante que quase rio. Chamando meu nome. Escuto e me calo. Antes: permaneço cantando intimamente o nome de Alexandre, mantra que me sustenta até a morte. Escuto e me calo. Suspendo a canção para ouvir a mesma porta, noutro tempo, noutro dia, ser arrombada. E os outros que vêem e tocam num corpo que já não me pertence e é arrastado. Sons e tormenta. Querem que eu viva. E, mesmo assim, mesmo que queiram, falta-me precisamente o desejo.

Por isso mesmo, mantenho-me à custa de alguém que já não sei se está vivo ou se morre. Já nem mesmo é Alexandre. Nem mesmo sou eu.

Esse alguém forte e terrível que nasceu dentro de mim, do corpo que já foi meu e que me possui agora. Para sempre. Até o fim.

III

É madrugada. Preferiria estar dormindo, para não ter que olhar minha vida. Fantasmas me torturam, fazendo-me lembrar que já faz dois meses desde a partida de Alexandre. Ou será mais? Não importa; naquele dia eu morri. Agora, outro vive em mim; esse que venho conhecendo pouco a pouco, lentamente, sem pressa e sem querer. Que não me atrai nem me repele. Que me mantém vivo por um tempo que será o dele, não o meu.

O meu tempo, esse parou. Eu espero que deixem de contar as horas. Para mim, chegará o não-tempo das horas todas contadas. Doçura do tempo, semelhança com aquele em que elas passavam.

Escrevo para dizer-me adeus. E para deixar que esse outro assim seja e assuma o lugar que lhe é de direito.

Em minha alma, só nostalgia. A solidão, inimiga silenciosa e indestrutível. A angústia se intensifica, e percebo que meu rosto revela, em pele sem viço, a história de minha infância. O rancor de minha avó, os sorrisos maldosos na boca de minha tia, meus remorsos... estão diante de mim, dentro de mim.

Foi a vergonha pelo meu nascimento bastardo que fez que minha família abandonasse tudo e partisse do sul da Bahia, onde, já sem dinheiro, se imaginava reinar, amparada sob o prestígio de um sobrenome em outro tempo tradicional. Deram as costas à fantasia de poder em que viviam mergulhados, mas nunca esqueceram o sórdido desejo de vingança que nutriam contra mim e minha mãe, representantes que éramos da miséria interior de cada um deles.

As lembranças se intensificam e se misturam. Minha família, meu destino, Alexandre, que já não está comigo. Que foi embora com a mesma facilidade com que disse que me amava. Liberdade! Por um minuto a palavra me parece ridícula e vazia; porém, estranhamente sedutora. Assusto-me ao me perguntar se suportarei ser livre, se saberei ser livre...

Indiferente ao que estou sentindo, a vida continua seu ritmo normal. À noite, os bares permanecem repletos de pederastas loucos por sexo e de rapazes prontos a dar esse sexo por alguns trocados apenas. Tudo permanece indiferente à minha agonia. A cidade com toda sua luz, sua velocidade, seus pesadelos. Nada muda, absolutamente nada muda... exceto eu, que jamais reencontrarei cores, músicas, gostos ou cheiros; não por que eles não existam mais: isso tudo esta lá, onde sempre esteve, só que agora distante de mim... para sempre. Com a mesma energia com que os vermes devoram os corpos que apodrecem sob a terra úmida dos cemitérios a escuridão me engole. E o mundo segue, machucando ainda mais minhas feridas.

Penso em Ana Virgínia e em como o escudo que nosso casamento construiu ao meu redor foi despedaçado com sua morte, expondo em carne viva as misérias de minha alma, que sempre foram muito mais fortes do que sou capaz de suportar.

O tempo em que ficamos juntos foi um período em que me sentia seguro. Ao lado dela, sabia que os fantasmas que me assombravam eram impotentes; sem ela, sentia que seria atraiçoado pelos meus maiores inimigos – meus próprios desejos. Acho que nunca conseguirei dizer de fato o que Virgínia representou para mim. Talvez, mais que amor, meu sentimento por ela fosse de gratidão.

Lembro-me com ternura da época em que nos conhecemos, quando ainda éramos jovens, estudantes, ambiciosos. Virgínia era uma mulher esbelta e elegante. Os cabelos curtos, penteados para trás, e seu olhar dominador realçavam sua irreverência. Seis meses após termos saído da universidade, casamo-nos. Rápida na hora de tomar decisões, Virgínia sempre sabia o momento certo de agir. Acredito ter sido essa sua determinação que me fez ficar a seu lado. Nos quatro anos em que estivemos casados, sempre precisei dela; minha vida não teria se organizado longe de Virgínia. Ela era prática e perseverante, e eu a admirava por isso. Imagino se talvez o mesmo sentimento também a tenha acometido; poupávamo-nos do sofrimento de assumir nossa vida. Uma ajuda mútua obrigatória era o verdadeiro laço que nos unia. Mas ao menos a esse respeito não me culpo; nisso não fomos originais.

Era verão quando me despedi de Virgínia pela última vez. Havíamos acordado tarde naquela manhã, e eu já estava atrasado para meu plantão no hospital. Enquanto me arrumava apressado, atropelando cada móvel que aparecia no meu caminho, ela, sentada na cama, divertia-se, fazendo piadas com a minha maneira desastrada. Olhei-a detidamente: estava particularmente bonita naquela manhã. Por entre o decote da camisola, seus seios pareciam me desafiar. Aquela visão me excitava, ao mesmo tempo que provocava uma onda de ansiedade. Essa ansiedade não era novidade, mas eu me recusava a compreendê-la; preferia fugir dela, assim como também fugia de me envolver verdadeiramente com Virgínia ou com qualquer outra mulher. Inclinei-me e a beijei de leve na testa, sentindo quanto sua imagem me permitia viver e também me impedia de respirar. E eu, secretamente, a odiava por isso.

Já era fim de tarde quando a notícia do acidente chegou até o hospital, a batida, o carro espatifado. A dor parecia me enlouquecer, e eu, espectador impotente, assistia e participava do desespero que me possuía. Virgínia estava morta, e, de algum modo, aquela era minha condenação.

Agora estou só neste apartamento; já não existem Virgínia nem Alexandre. E minha vida é um deserto, e o será para sempre. Um deserto visitado pelos mais variados – sempre anônimos e repugnantes – homens, que deixam o lençol marcado pelo cheiro forte da imundície, do suor e do álcool. Mas eu preciso desses corpos nojentos. Tesouros para mim que permitem, ao menos por alguns minutos, que eu tenha a ilusão de estar liberto do inferno.

Os fatos que se seguiram àquela tragédia foram esquecidos, como tudo sempre foi esquecido em minha vida, até eu próprio. Hoje, pensando em Alexandre, aquele período volta e me traz, de forma incompreensível, alívio. Lamento por ter escondido durante tanto tempo, de mim mesmo, meu primeiro encontro com um homem.

Há muitos anos não penso nisso, mas agora as imagens do encontro me ocorrem com um colorido tal que me sinto preso a elas.

Uma semana após ter perdido Virgínia, eu me sentia vazio, privado de toda energia. Era um sentimento que me oprimia e me lançava em um estado de profundo torpor. As pessoas ao meu redor não percebiam o que se passava comigo. Eu trabalhava, tentava ocupar meus dias, fingia alguma emoção, mas minha alma se sentia exaurida, incapaz de qualquer movimento; cada lembrança que me ocorria me violentava. Em casa, Virgínia estava presente em todos os cantos, vigiando, acusando, amaldiçoando, como se fosse um fantasma a me assombrar. Era impossível conter qualquer coisa dentro de mim; tudo deslizava por sobre meu espírito, como se eu fosse uma página em branco, perfeitamente lisa, onde sobreviviam apenas farrapos de pensamentos, tudo muito próximo a um nível animal.

Ainda desorientado e sem perceber o abismo no qual, como viajante, eu estava próximo a despencar, tomei um ônibus que me levou à cidade onde passei os dezoito primeiros anos de minha existência. Não compreendo muito bem o porquê, mas essa cidade, que eu detesto desde minha adolescência, exerce sobre mim, com todas as lembranças que a ela estão irremediavelmente atreladas, verdadeira fascinação.

Estava amanhecendo quando finalmente cheguei a meu destino. Em frente à estação rodoviária, já com o meu bilhete de retorno no bolso, sentia-me perdido. A cidade estava acordando, e as pessoas começavam a passar apressadas para o trabalho. Os motoristas, impacientes, buzinavam nos semáforos vermelhos, e tudo aquilo fazia minha cabeça rodar. Tinha a boca seca e a saliva pastosa: denúncias de minha ansiedade. Pela primeira vez, eu sentia um desejo absolutamente irresistível de rever ruas, praças, os lugares de minha infância. Caminhei durante várias horas com, não sei por que, o coração preenchido por um forte sentimento de aventura. Revisitei a escola primária onde havia estudado, passei diante da casa onde antes morava; caminhei em todas as direções, procurando alguma coisa que não sabia ao certo o que era. Parecia que minha vida tinha se intensificado, como se, por obra de bruxaria, eu pudesse reencontrar meu passado. Mas bruxaria não existe e, ainda que existisse, não me traria jamais o alívio que eu estava esperando.

Depois disso, acho que vaguei pelo centro da cidade, parando de bar em bar e me embriagando. Estava transtornado e carregava em mim uma alma triste e amedrontada. Minha cabeça latejava, e se eu me deixasse morrer não faria qualquer diferença naquele momento. Já era noite quando, em pé, por entre as sombras de um poste apagado e encostado a um carro parado perto do meio-fio, divisei o vulto alto que me observava. Cheguei mais perto e vi que era um rapaz de seus 20 anos. Tinha os cabelos lisos e bem cortados, a pele bronzeada do sol, e me sorria com uma malícia que o tornava ainda mais belo. Meu coração batia descompassado, e eu via, no corpo daquele quase adolescente, a promessa de algo que eu não compreendia e por isso mesmo me apavorava! Embora a noite estivesse fresca, senti gotas de suor se formarem em minha testa e minhas mãos tornaram-se muito úmidas e frias. Parecia que um forte mormaço, vindo do cimento da calçada, subia pelas pernas de minhas calças, dando-me a impressão de que meu corpo pegaria fogo. Eu não entendia o que estava se passando comigo, ou talvez não quisesse entender; tudo que eu compreendia era que aquele mistério me parecia bom e terrível ao mesmo tempo. Sentia como se durante todos os anos de minha vida eu tivesse fugido daquele momento; mas ele sempre estivera ali, a me cercar, espreitando-me e esperando o minuto exato do ataque, e agora eu não era nada além de uma presa fácil nas mãos de um predador interno e feroz que, após me perseguir exaustivamente, finalmente me acuava, arremessando-me contra as muralhas de meu desejo. Virgínia já não podia me acudir, ninguém podia... Compreendi, finalmente, que todos aqueles anos de fuga haviam sido inúteis, e agora minha alma se debatia tentando escapar à armadilha que eu mesmo criara. Mas nem todo esforço do mundo conseguiria me salvar. Minha morte estava começando, e eu seria o espectador de minha agonia.

Os detalhes do que aconteceu depois disso estão perdidos dentro de mim. Ainda agora relembro apenas fragmentos soltos e desconexos, que me ajudam, como em um sonho, a reconstruir para mim mesmo aquela cena bizarra.

Seguimos até um bar e bebemos muito. Adriano, o jovem rapaz, pedia as bebidas mais caras. Tinha gestos fortes, e sua força me inquietava. Ríamos muito, movidos pelo efeito do álcool, e tenho a vaga lembrança de tê-lo sentido encostar seu joelho no meu, por sob a toalha vermelha que cobria a mesa, e de como aquele toque provocara em mim uma sensação maravilhosa e excitante. A conversa seguia seu ritmo quase de maneira automática; sabíamos que não havia nada a conversar; nada que precisássemos dizer um ao outro; todo aquele jogo tinha as cartas marcadas e tínhamos ciência disso. Quando dei por mim, já era madrugada e eu estava bêbado em um quarto de um hotel vagabundo no centro da cidade; nem ao menos lembro de como chegamos lá. O ambiente era mal iluminado, e a tinta azul das paredes, de um azul que me parecia muito familiar, começava a descascar. Pela janela, entreaberta, um cheiro forte de esgoto empesteava o ambiente. Eu estava em pé e nu no centro do quarto, e ao compreender isso tive vergonha; meu corpo começou a tremer e senti-me um menino que é descoberto cometendo um furto. Como uma aparição do outro mundo, a silhueta atlética de Adriano emergiu, uma vez mais, da penumbra e parou diante de mim. Também ele estava nu e seus grandes olhos faiscantes pareciam me avaliar; sua expressão adolescente desaparecera e dera lugar a um homem poderoso e astuto. Parecia-me maior, mais bonito e majestoso, exibindo-me seu corpo bem definido e seu tronco musculoso. A luz que entrava no quarto criava, em sua cabeleira negra, mechas com reflexos azulados, que me faziam pensar estar vendo um anjo encarnado, talvez enviado por Virgínia para me conduzir ao inferno.

Ele deu um passo à frente e, quase casualmente, seu pênis ereto tocou minha mão, que pendia ao longo de meu corpo. Por mais que tentasse negar, eu sempre sentira a ausência do masculino em minha vida e, de forma especial, sempre desejara ver os homens nus. A nudez masculina, sempre tão bem ocultada, em contraposição aos corpos femininos, sempre tão vulgarmente expostos, inspirava-me um segredo possuído pelos homens que, no entanto, eu não reconhecia em mim mesmo. Aquele toque em minha mão me obrigava a confessar isso, e essa confissão me sufocava e me fazia ter a exata dimensão de como aquela enigmática figura juvenil era poderosa. Adriano me envolvia, à proporção que sua virilidade tornava-me insuficiente diante do turbilhão de emoções que eu estava experimentando ali.

Em pânico, como uma criança, fechei os olhos e imaginei que todo aquele momento desapareceria se eu contasse até dez. Sentia meu corpo amolecer, como se eu fosse me desmanchar; apavorado, estava perdendo o controle. A cena não desapareceu, e os braços fortes de Adriano me agarraram com violência e energia; meu corpo já não me pertencia, e ele sabia disso, e disso vinha parte do seu prazer. Como os anjos conduzindo a alma dos mortos à presença de Deus, ele me levou até a cama. Eu sabia, porém, que meu encontro seria com as profundezas de um abismo que se abria pelo contato com o corpo quente e nu de Adriano – que começava a permitir que minhas mais secretas fantasias viessem à luz.

Ele entrou em mim com violência, e, naquela dor, encontrei um misto de alegria e terror. Era uma imensa confusão de sentimentos e sensações; eu me sentia forte, mas também humilhado – e, sem forças para reagir, desejava matá-lo. Seu hálito quente, sua pele, seu suor, seu cheiro, tudo se misturava em mim, e eu já não sabia o que era masculino ou feminino; quem era ele ou eu; o que era dor ou prazer; o que era vida ou morte. Até que tudo ao meu redor desacelerou; o corpo de Adriano se contorceu para trás, e ele soltou um gemido. Uma onda de nojo e agonia me subiu pela espinha e senti um tísico escarrar dentro de mim. O quarto ficou escuro e distante, e eu desmaiei.

Fui acordado pelo sol que batia em meu rosto. Meu corpo estava suado e dolorido, e o pequeno quarto, visto à luz do dia, mostrava-se ainda mais sujo, com o teto cheio de grandes marcas de infiltração. Olhei ao redor e rapidamente compreendi que estava só. Adriano havia partido, e aquilo era motivo de alívio. Subitamente, um medo intenso me sacudiu, quase me derrubando da cama. Levantei-me e encontrei minha roupa jogada em um canto do quarto, totalmente amarrotada. Comecei a me vestir, pois sabia que precisava sair dali o quanto antes; tinha medo de que ele voltasse. Sair daquele quarto representava uma questão de sobrevivência. Foi quando coloquei as mãos nos bolsos da calça que percebi que, juntamente com Adriano, também desaparecera minha carteira, com todo o meu dinheiro. Ao pé da cama, amassado como uma bola de papel velho, estava o bilhete do ônibus que eu havia comprado, no dia anterior, para minha volta. Por pena, ou talvez simplesmente por descuido, ele não o levara consigo. Queria chorar, mas as lágrimas não vinham. Havia muito tempo eu tinha desaprendido a chorar. Refletido na vidraça da janela, vi meus olhos avermelhados espelharem a não-luz, a não-compreensão de uma angústia tão disforme e por tantos anos abafada. Sabia que minha vida seria, dali em diante, o retrato angustiado de um homem que jamais conseguiria comunicar nada de si; jamais se libertaria; morreria preso em uma eterna transição.

Nunca mais tornei a encontrar aquele rapaz. Isso não faz a menor diferença, pois o carrego comigo por onde quer que eu ande. Aquele encontro me modificou; talvez mais que a própria morte de Virgínia. Tornei-me uma pessoa arrogante e raivosa, e minha capacidade intelectual passou a orientar minha vida. Dediquei-me ainda mais aos estudos e depositei no meu trabalho um fervor singular. Foi assim que me transformei em um médico competente e em um homem solitário.

Naquela mesma época, mudei-me para João Pessoa. Também aqui vivi sobrecarregado com as inúmeras tarefas que eu mesmo me impunha. Afastei-me de quase todas as antigas amizades e resumi meu contato com as pessoas a frias relações de trabalho. Temia que os outros pudessem ver a nu meus sentimentos e, para escondê-los, tornei-me cada vez mais uma espécie de ermitão.

Desde então, e até conhecer Alexandre, passei a seguir o que ditava minha cabeça e a desprezar o que pedia meu coração.

Sempre responsabilizamos alguém pelas nossas misérias; é bem mais fácil fazer assim. Não acho, contudo, que Adriano tenha sido o responsável pela clausura que se produziu em minha vida após nosso encontro. Sei que nada que ele fizesse teria tido força suficiente para alterar o curso natural do meu futuro sombrio. Mesmo que ele – ou qualquer outro – jamais tivesse surgido em meu caminho, ainda assim as conseqüências teriam sido as mesmas, e eu estaria hoje, do mesmo modo, solitário, afogado em dilemas e sabendo sobre minha vida tanto quanto sei sobre a vida dos turistas que povoam a praia lá fora, nos períodos de férias. Um eterno ignorante de mim mesmo é o que sempre fui. Talvez eu possa dizer que foi Adriano quem puxou a ponta da linha e desfez o carretel da minha história, mas a confusa trama que se entrelaça e forma os fios que me estrangulam não foi ele quem teceu. Essa trama já existia muito antes de ele existir para mim; talvez muito antes mesmo de eu nascer, nos conflituosos desejos de minha família.

Você não terá dificuldade em conhecer minha história se desejar, Guilherme. História comum, infância igual. Hoje, olhando mesmo para a infância, ela parece quase um acréscimo, um apêndice estranho, inchado, que não precisa sair do lugar. Porque o doente está morrendo, de todo jeito. Eu estou morrendo e minha infância parece igual. Ou estranha. Mas conto e começo por ela, que não há outro modo de começar. Conto porque preciso que você me entenda. O que salvará o relato da minha infância de olhos entediados é o fato de, na verdade, você não saber quem sou. A esse respeito serei breve, meu irmão. Facilitarei seu trabalho; economizarei sua paciência.

Filho de portugueses emigrados para o Brasil, vovô, pai de minha mãe, ainda era adolescente quando seus pais, estabelecidos no sul da Bahia, passaram por um período áureo de domínio do comércio local.

Como era comum naquela época, vovô, pressionado pelo pai, casou-se com uma mulher que não escolhera. Sei que até o fim da vida nunca conseguiu amar a esposa, e eu o compreendo por isso. Vovó, mulher rancorosa, era uma daquelas fêmeas que, sem um homem suficientemente hábil, tornam-se insuportáveis. Jamais vi alguém humilhar tanto o marido quanto ela. Ódio e vingança eram os sobrenomes de minha avó.

Homens fracos de espírito é o que sempre encontrei em minha família. Homens que, presos pelos olhares das esposas, das filhas, das amantes, realizavam servilmente as ambições alheias, sem poder, eles mesmos, experimentar o que há de mais humano: a vontade própria. Foi desse modo que cresci, aprendendo a odiá-los, em sua maioria. Se alguns poucos souberam escapar dessa maldição, esses não fomos eu e meu avô. Penso ter sido essa igualdade, que só agora reconheço entre nós, que me fez amá-lo, mas também odiá-lo por não ter sido capaz de me salvar; ele que não salvara nem a si mesmo.

Após a morte dos pais, coube a vovô assumir os negócios da família e, como geralmente acontece quando somos obrigados a viver uma vida que não é a nossa (ou ao menos quando não é a que planejamos para nós), o resultado foi a falência.

Foi se valendo de um resto de influência e de algumas velhas amizades que meu avô, já falido, arrendou terras em uma fazenda da região. Recomeçar? Talvez. Mesmo que não creia que fosse esse seu desejo, é uma possibilidade. Ele nunca me disse, nunca falava disso claramente. Tudo que eu ficava sabendo vinha por conta dos gritos de vovó; brigas solitárias, monólogos teatrais, platéia seleta. O fato é que não demorou muito para que vovô se tornasse mais um dos empregados da fazenda em que fizera o arrendamento. Lá nasceram minha tia e, claro, mamãe.

Papai foi um desconhecido para mim. Seu pai é meu pai. Mas nunca vi o rosto que lhe foi tão comum, tão cotidiano em sua infância, meu irmão. Querido? Não sei, talvez você pudesse me dizer. Tudo que sei sobre nosso pai são fragmentos de histórias que, com o passar do tempo, acabaram por se mesclar à minha imaginação, transformando-o em um *playboy*, mocinho rico que se aproveitava das garotas da região sem conseguir fazer a distinção entre elas e os animais da fazenda. Mamãe o amou? Sim, ela foi capaz de amá-lo. Mesmo sabendo que, para papai, ela era pouco mais que a filha de um empregado; diversão por algumas noites, carne chupada. Ainda assim, sei que ela o amou.

Vovó Desterro nunca perdoou à filha. Nem poderia. Não por ter engravidado, mas por ser a filha preferida daquele seu marido inútil. Por isso, ela apenas se regozijava. Confirmada sua certeza: nada do que saísse daquela semente era bom, prestava. O resto de respeito que a cidade e os amigos ainda conferiam à nossa família foi embora, destruído, naquele momento, pela filha que virara uma puta. Havia uma vitória nisso tudo. E o resto foi como o nome: desterro, mudança para a capital, onde eu nasci.

Vida, e vida, e vida morando longe do centro de Salvador. Periferia em que vivi durante muito tempo com mamãe, minha tia e meus avós. Uma casa velha aquela na qual morávamos, onde havia o corredor com uma única janela dando para o beco, iluminado nas manhãs em que havia sol; lençóis secando no varal. E havia muito sol. E tinha também um cômodo que fazia as vezes de sala. Os outros eram dispostos paralelamente, todos mal iluminados e sem ventilação. Sem conforto aquela casa, e, no entanto, o alívio de saber que o pouco dinheiro que tínhamos nos garantia abrigo e remédio na noite.

Foi após meu nascimento que mamãe assumiu o sustento da casa. Lembro-me da facilidade de sua juventude, da intensidade de seu perfume penetrando-me as narinas, invadindo o corpo inteiro. Cheiro bom e uma voz clara, tudo doce e sereno naquelas manhãs de sol. Trago comigo as lembranças fragmentadas dos dias em que fui feliz sem saber do que havia.

Em sua companhia, mesmo a mais enfadonha rotina ganhava contornos luminosos, cheios de cor. E aquele sol imenso fazia senti-do; era para ela. Às vezes, mesmo a lua era também. Gosto de re-lembrar mamãe numa cadeira diante da porta da cozinha, sentada com uma panela entre as pernas, debulhando feijão. Contas precio-sas, verdes, macilentas, o que se comia saindo de suas mãos... Unhas brancas e finas, sem tinta ou disfarce. Mãos belas como podem ser as mãos de uma mãe... Mulher iluminada de luar e de sol, decote no vestido arejado e a visão daqueles seios macios, comprimidos contra o tecido estampado, mais cheio de vida se isso fosse possível, fogo e ardor acendendo minha curiosidade e me enchendo de angústias... Ela me olhava, afastava os fios de cabelo que lhe caíam nos olhos para me ver melhor e depois, sorrindo afetuosamente, estendia-me uma vargem de feijão para que eu ficasse brincando. Eu permanecia ali, quieto, a seu lado, observando-a, mudo de prazer... Acompanha-va o movimento, fingia que brincava, tomava-lhe a vargem e tam-bém sorria... Éramos belos, minha mãe e eu, éramos doces e belos e ninguém nos podia roubar um do outro... Nada, ninguém prestando atenção, sol e lua e vargens de feijão. Vento noturno em cidade velha, mesmo que fôssemos novos. Bela de tão velha, imensa e antiga e si-nuosa, pernas sem pêlo, as pernas de minha mãe, cidade antiga e tão nova, luz e sol da noite prateado... Sopa quente feita por ela, talco após o banho em minhas costas, poucos – quis mais! – passeios de mãos dadas pelo centro da cidade (eu, galante cavalheiro...). Foi a única mulher que realmente amei.

Passeios e ruas de Salvador, e eu ouvindo, contente e vaidoso, as amigas de mamãe fazendo graça ao nos verem caminhando de mãos dadas. Eu era bonito, diziam-me sempre, e mamãe acrescentava: "É o meu pai mais moço..." Ruborizado, feliz com a idéia de parecer-me com alguém que eu amava tanto.

Meu avô José foi belo em sua juventude? Não sei. Seu rosto, para mim, é sempre cheio de rugas profundas, tempo apressado por uma vida triste e sem consolos. Desencanto, desespero calado pela ânsia de ar, quando ar não havia. Ainda posso vê-lo sentado diante da pequena mesa que ficava em seu quarto, relendo os amarrotados livros que herdara de seu pai. Foi assim que aprendeu a suportar a falta de ar. Concentrava-se longe, além, respirando curta, lentamente. Cabeça alva, pijama de listras, aproveitando os momentos de privacidade comigo para me embalar com suas histórias. Monteiro Lobato e Portugal misturavam-se estranhamente em minhas imagens. Por vezes, escondido de vovó, um doce ou uma cocada da rua, comida pela metade, para guardar a outra, sob o travesseiro, para mamãe, sempre minha melhor cúmplice.

Com ele, apaixonei-me pela leitura antes de saber o que era saudade. Com ele, aprendi a ser bom aluno, presente que o fazia sorrir ainda, antes que lhe começasse, de fato, a faltar o ar. Ele não queria que eu tivesse seu destino ou o de minha mãe. Ele, tuberculoso, afastando-se mais e mais, e eu aprendendo mais rápido a sentir-me diferente de todos daquela casa. Meu lugar não seria ali, minha mãe (proibida mulher de hábitos incertos) e meu velho avô (homem de ilustre vida perdida, de saúde estragada). Foi por ele que eu quis ser médico. Para fugir dali com ele e fazê-lo bom como nunca o tinha visto. Mostrar a meu avô que conseguiríamos, eu e ele, escapar daquela vida. Meu avô, entretanto já sabia o que eu ainda não compreendia: ele não poderia escapar. Seu distanciamento foi o gesto último do amor de pai e de homem.

Viver com as outras era o inferno. Fui crescendo e tudo acabou se tornando diferente. Vovó e tia Piedade não se davam bem com mamãe, e, no meio daquela guerra de mulheres, eu me sentia perdido. Massacrado mesmo. Às vezes, jogado de uma para a outra, em algumas cenas notáveis. Qualquer pretexto era motivo justo para que minha avó nos tratasse como cães da casa e como se ela tudo pagasse; mamãe respondia com violência; tia Piedade se interpunha, avançando com todo seu ódio contra nós. Eu, só, calado, aprendendo a defender-me. No início, ao lado de vovô; depois, sozinho, que ele não podia e não queria mais poder. Esse, seu último ato de vontade: "Vivam sem mim. Estou perdido. Vivam sem mim, que não quero mais". Eu sabia, eu lia seus pensamentos. Ele nada dizia. E eu sabia. Eu o perdoava, a cada vez que pensava. A rede que ficava no quarto de dormir era um refúgio; eu, enrolado em casulo, ali encolhido por tempos e tempos e tempos...

Até que tudo silenciava, e o silêncio me fazia acreditar que todos estavam mortos. Apavorado dentro da rede, apertava os olhos para não pensar em minha mãe morta. Algum tempo depois, sempre derrotada nas discussões, ela entrava no quarto em prantos e se deitava ao meu lado. Mesmo chorando, a visão de mamãe trazia alívio... Mulher terna e infeliz; eu envolvendo meus braços em sua cintura com força, para conferir, enquanto ela chorava: estava viva!

Os anos iam passando. Mamãe não estava sempre a meu lado; meus braços crescendo e já não podendo com ela. No começo, não entendia o paradoxo. Braços maiores e um corpo que não cabia mais no meu abraço. Comecei a notar que muitas vezes ela desaparecia, e eu passava dias sem receber qualquer notícia. No começo, a angústia. Em seguida, o hábito. A dor foi dando espaço ao rancor e ao ódio pelos bons tratos, por assim dizer, de sua irmã tão bondosa...

Tia Piedade era o inverso do nome. Mulher invejosa, de pele acinzentada, sempre trajando roupas pesadas e longas, em tons acastanhados, insígnias de sua honrada virgindade. Amarga e magra, rima interna e perfeita, seca de seu próprio veneno, engolido por engano, leite mal dado pela mãe que nunca a amou, fazendo-a mais feia... e fria... e perfeita. Bola de aço inoxidável, compacta e autônoma, minha querida tia Piedade. Diferente de mamãe, fingia sorrir quando era conveniente. Não consumia energia; sabia que tinha pouca: por isso também saía pouco. Era preciso concentrar-se para atingir o alvo sem sair do lugar... O olhar sombrio e vigilante: essa sua arma. Controlando a todos. Virtuosa mulher, para si mesma tecia silenciosos elogios, olhando-se, às vezes, no espelho, enxergando qualidades artificialmente produzidas para dizer-se de Cristo, o único homem realmente digno de receber seu amor. Ela não nos dizia, ela representava. Prostituta, era disso que acusava minha mãe, com expressão rancorosa, durante as brigas que havia. Era quando falava das noites em pecado, dos cabarés e esfregas com os negros da cidade. Eu a odiava por isso, aprendendo com ela a conter o meu ódio. Voar sobre ela e arrancar-lhe pedaços com minhas unhas. E eu calado. Prestava atenção a seu olhar anguloso, admirável mestra da dissimulação, consumindo sua chama em manter-se acesa na medida exata... Às vezes ameaçava, dizendo que em breve mamãe não mais voltaria, e se eu fosse uma criança má e desobediente ela não me daria mais comida; depois, quando eu já não pudesse me pôr de pé, ela me jogaria aos animais. Então, dirigia um ou dois insultos a mamãe ausente, sorrindo de seu prazer. Apenas algumas vezes, que ela não era mulher de desgastar-se, de excessos. Não: precisa, eficaz, cumprindo seu perfeito papel. Não se esforçava, depois de algum tempo. Sua presença cumpria seu dever. Eu a odiava com a intensidade de um amor transtornado. Eu a odiava por ser tão imensamente desperdiçada. Contudo, reconhecia: ela cumpria seu papel de forma excepcionalmente perfeita. Monja sem hábito, mulher sem marido, vida vazia, preenchida de ar e de sombras.

Por mais que eu quisesse fugir daquilo tudo, não podia. Mamãe não estava ali. Eu, confuso entre a mãe que eu via e amava e a que eu ouvia ser descrita. Tentava segurar as lágrimas, o pavor, o ódio... Tornava-me uma criança muda e obediente. E então, condenado ao silêncio, permanecia só. As cores mudavam de cinza a vermelho, de vermelho a carmim, de carmim a um azul-claro e gélido...

Imagens, era o que via. Imagens coloridas que compensavam minha dor, minha tristeza e meu medo dos pesadelos noturnos... Pesadelos noturnos... Num deles, tão freqüente, via-me, corpo esquelético e com a pele coberta por feridas purulentas, ser jogado aos urubus – que, à procura de carne macia para devorar, arrancavam meus testículos e meu pênis: aflito, desesperado e já quase cego pelo horror da mutilação, via seus bicos diabólicos se metamorfosearem no doce semblante de minha mãe, sorrindo a me olhar... Urinado, eu acordava gritando por vovô. Ele nunca vinha: se pudesse, me acudiria, mas sempre suspeitei que vovó não lhe permitisse vir me socorrer. Ouvia sons, vozes abafadas. Talvez uma discussão, algumas vezes, entre eles. Ele sempre perdia; enquanto eu, sozinho no escuro, não ousava me mover, pois mesmo acordado ainda ouvia os urubus a rodear a rede onde eu dormia. Em desespero e asfixiado pelo vazio do socorro que não aparecia, mordia meus braços com toda a força que ainda me restava, e a dor, não sei por qual razão, acalmava-me. Depois, sentindo o braço latejar, eu afrouxava a mordida e imaginava na figura do meu pai desconhecido um homem bom, que estaria à minha procura. Nesses momentos, convencia-me de que ele também sofria por minha ausência; de que, mesmo nos amando, havia sido obrigado a abandonar a mim e a mamãe. Mas em breve ele estaria ali, para nos tirar daquele sofrimento. Consolado ou exausto, eu adormecia.

Mamãe jamais deixou de voltar, e tia Piedade também nunca deixou de obrigá-la a entregar todo o dinheiro que tivesse ganho enquanto estava fora, sob a ameaça de não nos permitir ficar naquela casa nem mais um dia. Nunca entendi por que aquela mulher azeda vencia sempre minha mãe. Todas as vezes que tia Piedade recebia o dinheiro da mulher, tantas vezes chamada maldita, seu rosto ossudo e traiçoeiro contraía-se, esboçando um misto de alegria e deboche. Eu era a causa da resignação de minha mãe. Eu e uma depressão crônica que veio, mais e mais, instalando-se, consumindo-lhe as forças, o ânimo e mesmo a beleza.

Cedo, aprendi a poupar mamãe de mais sofrimento ainda: não lhe revelava minhas dúvidas sobre ela, cada vez mais dominando meu coração, nem os detalhes dos maus-tratos e autoflagelos aos quais me via submetido durante suas ausências mais prolongadas, delicadas torturas suavemente programadas, escolhidas a dedo no caderno secreto que Piedade trazia em sua mente. Minha mãe era, cada vez mais, impotente, e não fazia sentido por que se entregava cada vez mais à sua tristeza e solidão. Se eu falasse, meus tormentos só se somariam aos dela, e isso de nada serviria, a não ser para aumentar ainda mais meu sentimento de humilhação. Um pacto silencioso se estabelecia entre nós: eu não perguntava por onde ela havia andado para conseguir dinheiro e ela fazia de conta que não percebia, ou ao menos também não me perguntava sobre as enormes manchas azuladas e com marcas de dentes que algumas vezes ficavam por dias tatuadas em meus braços.

Gostava de cuidar do ódio que minha tia querida plantou em mim. Naquele tempo, ainda que por alguns segundos apenas, ele me fazia sentir como se eu fosse alado, capaz de voar com unhas e dentes sobre o pescoço daquela maldita mulher. Sangue, minha familiaridade com sangue talvez tenha começado a partir de então.

Piedade ensinou-me as aparentes vantagens do ódio, a força que ele dá a quem o invoca... Mesmo assim, Piedade vencia, porque eu não podia esquecê-la. Aquele riso dissimulado, os olhos nos cantos, sempre desconfiados...

Já não posso dizer o mesmo de minha avó Desterro. Hoje, como médico, compreendo que vovó era apenas uma mulher com problemas mentais. Eram essas perturbações que, distorcidas pela ignorância própria da pobreza, faziam-nos vislumbrar em suas atitudes insanas o retrato de uma velha megera.

Vovó, mulher corpulenta, olhos esbugalhados, de cabelos grisalhos, sempre bem presos e arrumados em um coque no alto da cabeça pequena. Cabelos e crânio dilatados em minha fantasia, balançando a cabeça infestada de aranhas, escorpiões e serpentes... Maldita, também ela, sempre assustada com os venenos que se lhe estariam sendo preparados, rainha exilada e demente, Medusa sem nome. Acreditava que minha mãe a detestava – ao menos nisso talvez ela tivesse razão – e faria tudo para vê-la morta. Durante muito tempo, passou a só aceitar a comida que tia Piedade cozinhava e lhe levava pessoalmente; o que sobrava ela mesma trancava a cadeado em um velho caixote de madeira que ficava próximo à porta da cozinha. Algumas noites eu via, com admiração e curiosidade, dúzias de baratas entrando e saindo pelas frestas do caixote e espalhando pela casa um desagradável cheiro de comida azeda. A podridão da comida em decomposição era a prova necessária que a convencia da pertinência dos seus medos. Em seu delírio, vovó estava convicta da impossibilidade de escapar da malignidade de minha mãe – segundo ela, a prostituta de Satanás –, que projetaria um tempo de horror, fome e destruição.

De todos os ambientes da casa, o estreito beco onde se penduravam as roupas para secar era o recanto de que eu mais gostava. O beco e os panos úmidos, estendidos em fios de arame, peneiravam os raios de sol que suavemente aqueciam meu rosto, trazendo-me uma maravilhosa sensação de prazer e liberdade. Ao menos lá eu podia sentar-me para ler com tranqüilidade; ou, por vezes, deitar de bruços e me divertir olhando as nuvens que se transformavam, à medida que minha imaginação ganhava fôlego, em dragões, carneiros, elefantes e unicórnios alados.

Foi em uma dessas manhãs ensolaradas que, pela janela do corredor que se abria sobre minha cabeça, ouvi minha mãe entrar em casa, destravando cuidadosamente a porta, na tentativa de passar despercebida. Era sempre assim, discreta, ao retornar de seus períodos de ausência. Imagino que, com sua discrição, tentasse evitar ainda mais desentendimentos.

Daquela vez, entretanto, seu cuidado foi inútil e ela se viu, uma vez mais, frente a frente com vovó, em um encontro que sempre resultava em agressão. Na verdade, essas demonstrações de hostilidade mútua não eram raras; ao contrário. Diferente, entretanto, foi aquela para mim.

Lembro-me bem da cena: eu pendurado na ponta dos pés na beirada da janela e apenas meus olhos à mostra, permitindo-me ver o que se passava ali. Vovó, sentada em sua cadeira de balanço com encosto de palhinha já gasto, onde costumava passar a maior parte do dia rezando. Nas mãos, seu rosário de contas negras. Mamãe entrando no aposento, aparentando estar excessivamente cansada naquela manhã; olhos marcados por profundas olheiras, forte odor de suor e cigarro impregnados em seu vestido, tudo me enchendo de vergonha, de culpa.

Era flagrante a irritação em seus olhos quando estes pousaram sobre a imponente figura de vovó, que, muda e com olhar grave, observava-a. Embora tentasse ser polida, foi com indisfarçável rispidez que mamãe finalmente falou:

— Bom dia — disse asperamente, fechando a porta atrás de si e apressando o passo na tentativa de livrar-se de uma situação que, como ela mesma já deveria estar prevendo, seria inevitável.

— O dia certamente será bom — iniciou vovó, fazendo questão de imprimir força em cada palavra que cuspia — quando você finalmente tomar vergonha na cara e desaparecer de vez.

Estacando o passo, mamãe virou-se abruptamente e encarou-a. Enfraquecida pelo cansaço e pelo ódio, serrou os punhos com violência; e eu sabia que naqueles punhos serrados estava o desejo dela, e também o meu, de esmurrar minha avó.

— Por que a senhora faz isso comigo? Por que precisa sempre ser tão amarga? — e, embora sentisse ódio, sua voz tornava-se a cada sílaba mais fraca e anêmica; e, de forma submissa e sem qualquer ilusão de que seu pedido pudesse ser atendido, ela acrescentou: – Me deixe em paz, por favor, me deixe em paz... Será que já não chega?...

– Você pensa – interrompeu vovó – que não sei por onde você anda quando desaparece de casa?

Como mamãe não respondeu, ela continuou seu ataque, indiferente à dor da própria filha.

– Não lhe bastou ter destruído nossa família, não é? Agora vive como uma cadela no cio, tentando destruir nossa alma com o seu pecado – e arregalando ainda mais os grandes olhos, acrescentou com acidez:

– Até quando, sua indecente, você vai permanecer nesta casa, nos obrigando a conviver com sua imundície e com esse filho bastardo, resultado de suas orgias?

Naquele momento, tive vontade de entrar correndo na sala e gritar com vovó; dizer-lhe que tudo aquilo que ela dizia não era justo, que minha mãe era uma mulher boa, que aquilo era mentira... Tinha de ser mentira! Em vez disso, senti meus olhos se encherem d'água, e minha tristeza se mesclou ao desespero que eu via no olhar de mamãe. Seu rosto humilhado, agora transfigurado pela mágoa, assumia, diante de mim, uma expressão assassina.

Turbilhão de sentimentos, mamãe respondeu fria e compassadamente:

– Um dia eu não volto... Pode esperar que um dia eu saio deste inferno. Mas saiba que foi a senhora quem transformou minha vida na miséria que ela é hoje. A senhora sempre soube fazer infeliz quem estivesse ao seu lado. É graças à senhora, minha mãe, que eu sou uma inútil. A senhora jamais me deixou viver; nem a mim nem a papai. Nem mesmo a miserável Piedade escapou; acabou se tornando tão doente quanto a senhora – a voz de mamãe assumira um tom de desprezo e ela acrescentou com frieza:

– A senhora vive dizendo que eu quero matá-la, mas não vê que é a senhora quem mata as pessoas... A senhora me matou, mamãe – e ela finalmente gritava –, está me ouvindo? A senhora me matou!

Vovó estava agora realmente enraivecida. Seu rosto assumira uma expressão contorcida, e as veias de sua testa estavam salientes.

– Vagabunda! Vagabunda ordinária! Saia da minha casa com esse seu filho do demônio!

– Não fale assim de Eduardo! – gritou mamãe, com a voz embargada pelo choro, que já não podia ser disfarçado. – Ele é tudo que me restou neste lixo de vida. Se não fosse por ele morar aqui, eu deixaria que vocês passassem fome! – as últimas palavras foram ditas com raiva, e ela chorava muito quando, entre soluços, acrescentou:

– Mas um dia Eduardo vai ser adulto; vai sair daqui e eu não vou mais precisar dar meu dinheiro a vocês! Eu sei que Deus vai permitir que meu filho seja mais feliz do que fui... Isso é tudo que eu quero para o fim de minha vida!

Ela tremia ao acrescentar, quase que murmurando:

– Eduardo será feliz, ele cuidará de mim.

– Sua prostituta! – berrava minha avó.

Eu, surpreso com a força de seus pulmões, da garganta quase treinada...

– O que você imagina? Quer uma vida de princesa? – gargalhava sonoramente. – Esse seu filho a abandonará tão logo cresça, e a única coisa que vocês conseguirão na vida vai ser sentir a força de Deus atirando vocês às chamas do inferno. Você morrerá sozinha e pagará seus pecados, mulher de alma imunda!!!

Vi quando mamãe, derrotada, deixou a sala chorando e entrou no quarto, batendo com violência a porta.

Rapazola entrando na adolescência, nem ao menos desconfiava de como as emoções desse período podiam ser poderosas e de como eram capazes de deixar rastros de destruição em meu espírito. Só sabia que não estava pronto para assistir àquele diálogo; um diálogo que encheria minha boca, para sempre, com o gosto travoso de uma verdade que eu não saberia jamais engolir: para mim, meu nascimento era, em grande parte, a causa dos sofrimentos de mamãe.

Durante aquela briga, as palavras por ela dirigidas a vovó me faziam entender como ela vivera até então esperando que um dia eu lhe desse uma vida melhor. Sentia-me tão violentamente invadido por aquela descoberta que, confuso e transbordando de antagonismos, lamentava com tristeza o fato de minha mãe não ter preferido a si mesma... De ela não me ter abortado. Sentia-me aniquilado diante daquilo tudo e, se naquele momento eu achasse que minha existência tinha algum valor, certamente teria sentido pena de mim mesmo, mas nem isso eu conseguia sentir.

Continuei ali, petrificado pelo pânico e com um olhar vazio que me levava para muito além daquela sala. De súbito, vovó tomou uma expressão séria e, aparentemente sem motivo, ergueu a mão onde segurava seu rosário e começou a apertar energicamente o crucifixo que pendia em sua extremidade.

Surpreso, vi minha imagem refletida por um velho espelho que ficava na parede oposta à janela e meu reflexo, que ela olhava fixamente, enquanto apontava o terço.

Um arrepio percorreu-me o couro cabeludo, e senti as mãos, úmidas de medo, escorregarem do parapeito onde eu me agarrava. O chão quente aparou minha queda, e pedrinhas feriram minhas costas; o impacto contra o chão de terra batida parecendo um carinho, diante da brutalidade com a que eu percebia meus sentimentos serem violentados. Foi ali, paralisado pelo baque, que tracei, ainda que fora da minha consciência, as diretrizes pelas quais guiaria minha vida. Não demoraria muito mais e eu sairia daquela casa e da vida de mamãe para sempre. De algum modo, a profecia de minha avó se realizaria.

Após aquele dia, a cada manhã me surpreendia o fato de eu ainda estar vivo. Meu espírito parecia ressentir-se desse fato, e passei a viver como se parte de mim fosse uma fera raivosa e a outra metade uma criança assustada. Aparentemente, tudo estava como sempre estivera, mas as coisas já não eram como antes, ao menos em meu coração. Dormir tornara-se o meu mais atraente refúgio. Lá, na solidão do meu sono, não precisava de ninguém; podia sentir-me livre do peso que os anseios de minha mãe representavam para mim. Adormecia meu corpo para despertar a ilusão de ser feliz: em meus sonhos, nada podia me atingir.

Algum tempo depois, comecei a ter problemas na escola. Meu aprendizado continuava como antes, mas passei a bater nos colegas mais franzinos e a cometer pequenos furtos. O ódio que em silêncio fazia apodrecer minha alma começava, finalmente, a tomar forma e a ganhar as ruas.

Algo novo nascia em mim, fruto do desespero, e eu não compreendia nada daquilo. Estava dividido entre o menino bom e a pessoa raivosa e violenta.

As reclamações não tardaram a chegar à minha porta, e tia Piedade se aproveitava desse pretexto para me bater. Se no início isso me assustava, não demorou muito para que eu começasse a insultá-la cinicamente, assumindo uma atitude jocosa enquanto ela me batia. Daquele instante em diante, a dor passou a significar muito pouco para mim, e rapidamente dor e prazer já se mesclavam em meu espírito, entrelaçando uma complicada trama de desejos, que não se dissolveria jamais.

Penso hoje que a violência e os delitos daqueles dias foram minha maneira de gritar, aos ouvidos surdos de mamãe, que meu limite havia chegado; que eu não suportaria mais aquele abandono, aquele descaso. Precisava ter ao meu lado alguém que me tomasse a mão e me mostrasse o bom caminho a ser seguido. Ansiava por um pai que me alertasse sobre as regras da vida. Era de endoidecer sentir-me sem fronteiras, e talvez o gozo que experimentava com a crueldade das surras que levava de tia Piedade proviesse da vontade de que seus maus-tratos barrassem o turbilhão de emoções e desejos que, com fúria, afloravam dentro de mim.

Nada, porém, modificava o comportamento de minha mãe. Indiferente a meus apelos, ela continuava ocupada com amores sempre malsucedidos, e seus períodos de ausência tornavam-se ainda mais prolongados. Ela não fazia mais diferença na minha vida: representava sempre o velho papel de que nada acontecia, falando-me como se não visse os meus machucados ou não escutasse os mexericos da vizinhança a nosso respeito. Isso me fazia acreditar que pouco importaria se eu me tornasse um delinqüente ou não, e passei a me afastar dela um novo passo a cada dia.

Olhando agora, imagino que por trás de todo aquele desinteresse pela minha existência estivesse oculto, até dela mesma, seu sofrimento com a vida pouco feliz que levava: aflição que ganhava cores mais fortes ao se misturar com a decepção que deveria ser para mamãe perceber, de algum modo, que eu começava a dar sinais de não estar disposto a viver sonhos que não eram meus. Com minhas atitudes, eu marcava, mesmo sem saber, a posição de que não seria mais o filho idealizado que tomaria conta e colocaria ordem em sua vida desregrada. De fato, eu não suportava a idéia de ser o "homenzinho da casa". Nossos passeios de mãos dadas pelas ruas da minha infância e as apreciações das amigas do bairro, que durante tanto tempo me encheram de orgulho, passaram, na adolescência, a me trazer nojo e repulsa. Queria que ela fosse minha mãe e queria ser seu filho, nada além disso. Necessitava que cuidasse de mim e me desse um pai capaz de me desobrigar dessa dívida que sentia ter para com ela e que me amargurava o coração.

Os olhos pelos quais via mamãe iam mudando pouco a pouco, e esse novo olhar destroçava meu interior. Sentia-me afogado em mim mesmo e, à medida que perdia minhas referências, deparava mais e mais com minha fragilidade e com o meu desamparo. Tentava, a todo custo, resguardar dentro de mim a figura da mãe honesta, sofrida e amorosa que sossegara durante tantos anos meu espírito atormentado. O desmantelamento dessa ilusão me trazia um sofrimento indescritível, e eu tentava castigá-la com minha raiva por ela não corresponder a essa imagem. Sentia como se mamãe tivesse mentido para mim ou me ludibriado, fazendo-me acreditar em uma pessoa que não existia, e essa era uma decepção intolerável. Junto disso, a compreensão de sua vulgaridade me aterrorizava e tornava praticamente impossível a expressão ou talvez a existência do meu amor.

Agora, enquanto escrevo, olho para as paredes do aposento que me encarcera e, com a vergonha de um juiz que só descobre tardiamente a crueldade de sua sentença, pergunto-me se não julguei mamãe com excessiva severidade durante todos aqueles anos. Ela não era nada além de uma pobre mulher, assim como eu nada mais sou que um homem miserável. Talvez hoje o lugar dessa perfeição que eu buscava encontrar em mamãe tenha sido ocupado pela ilusão de desejar corpos jovens e perfeitos fisicamente. Penso nisso e a beleza juvenil de Alexandre vem à mente. Sorrio, como se debochasse de mim mesmo ao compreender que jamais pude conformar-me, nem quando criança nem mesmo depois de adulto, com o fato de que a única perfeição possível é aceitar-se pleno de defeitos.

A atmosfera pesada obriga-me a constatar que não sou muito melhor ou mesmo mais feliz que mamãe. Um idiota, é isso que sempre fui! Sinto um aperto no coração. Preciso continuar escrevendo para apagar as macabras reminiscências que vislumbro diante de mim.

Ao completar 18 anos consegui, finalmente, despertar do cansaço, deixando de dormir para a vida, e interrompi todo aquele movimento de violência e descontrole no qual vinha mergulhado nos últimos tempos. Convencera-me de que eu e minha mãe jamais seríamos de fato mãe e filho, e de que, como de hábito, ela continuaria a aproximar-se de mim como mulher e afastar-se como mãe protetora e carinhosa. Com freqüência, pedia a Deus que colocasse aquela criatura no canto dela e me poupasse da vergonha de uma proximidade perigosa em contraposição a uma distância mutilante. Seja como for, as mudanças corporais também trouxeram consigo os primeiros namoricos – que, somados a muitos outros fatores, serviam de mola propulsora para as minhas mudanças de hábito, fazendo que, finalmente, eu me entediasse da crueza áspera com a qual, por vezes, tratava as pessoas. Nascia em meu coração a ânsia de viver coisas mais verdadeiras e sadias.

Para tais mudanças contribuiu também meu avô. Signos da preocupação e tristeza pelo meu futuro eram seu olhar embaçado e sua boca muda. Diante da imagem do neto amado que começava a perder o rumo da própria vida, ele calava seu desapontamento, amofinando-se pelos cantos da casa. Já não conversávamos como antes, e isso me enchia de remorso e culpa. Sentir-me perdendo a intimidade com alguém tão precioso para mim deve ter igualmente contribuído para o retorno ao meu próprio eixo, ou talvez para a contenção da maré destrutiva que agia dentro de mim. Também nessa fase teve início meu período no quartel. Havia chegado a hora de prestar o serviço militar, e me ver reunido com outros rapazes, sob certa unidade, serviu para encaixar algumas pedras do complicado quebra-cabeça dos meus sentimentos. Encarnei, com relativa facilidade, o papel do soldado. Era reconfortante escutar os gritos e as ordens dos meus superiores; finalmente um homem me dizia o que fazer, que caminho seguir.

A dedicação aos estudos ganhou novo impulso, e passei a me dividir com afinco entre o quartel e a preparação para o vestibular de medicina. Ver seu neto médico sempre fora o sonho de vovô, e desde muito cedo interiorizei esse sonho como se fora meu. O desejo de curar as pessoas, fechar feridas, talvez fosse o mais franco reflexo da minha ânsia de encontrar alguém que sanasse a hemorragia de meu espírito.

Quando finalmente dei baixa do quartel, como não poderia deixar de ser, foi marcada uma grande comemoração para a noite seguinte, em que a presença de namoradas e esposas estava terminantemente proibida. Felicidade, tristeza e saudade eram os sentimentos que eu experimentava naquele momento; sabia que o ambiente do quartel me faria muita falta, mas também compreendia que era chegada a hora de tomar novos rumos.

De fato, o dia seguinte sem os rapazes do quartel foi muito duro para mim. Pela força do hábito, levantei-me às quatro e meia da madrugada, procurando o toque de despertar – que, a partir de então, só existiria dentro de mim. Ansiava que a noite chegasse o mais rápido possível. Confesso que a farra não era o mais importante; meu anseio era pela segurança e pelo calor que encontrava em meus amigos. Não era a primeira vez que sairíamos para uma noitada, mas seria certamente a primeira vez que estaríamos todos em uma nova condição: não éramos mais soldados. Além de uma despedida, aquela noite era igualmente o funeral de um período feliz que morria. Esse sentimento de luto conferia um caráter especial ao encontro.

A noite chegou, e todos pareciam extraordinariamente excitados e alegres. Embalados pela animação – que ganhava mais força, temperada por escabrosas anedotas e sonoras gargalhadas –, percorremos todos os botequins da cidade. Inflamados pelo álcool, passamos a sentir, quase coletivamente, uma forte tensão tomar conta do corpo. Ao final da noite, pernas bambas, perambulando pelas ruas da cidade, chegamos diante de um velho bordel. Era uma casa muito ordinária, da qual nunca havíamos ouvido falar antes. De fato, nem ao menos sabíamos que existia qualquer bordel por aqueles lados. Entramos no cabaré, guiados por uma velha prostituta de seios fartos e nádegas volumosas, que nos largou no meio de um salão com paredes vermelhas e pouca iluminação, onde o cheiro de perfume barato me sufocava. Os outros rapazes rapidamente encontraram companhia, e cada um procurou um recanto onde se sentisse mais livre dos olhares alheios. Meus olhos ardiam com a fumaça do cigarro, e mesmo bêbado pude sentir que uma forte angústia me espreitava, à espera de dar o bote. Sozinho, continuei ali mesmo onde estava, parado e meio desorientado, sentindo-me incomodado por permanecer naquele lugar.

Embora estivesse embriagado e meus reflexos fugissem ao controle, conservava a cabeça lúcida. Com a visão mais acostumada à pouca luz, divisei, por entre as sombras, um casal sentado em uma mesa um pouco distante de onde eu me encontrava. Esfregando os olhos, na inútil tentativa de aliviar a irritação que me fazia lacrimejar sem parar, reconheci que o homem que me acenava animadamente era o tenente Costa. Um sujeito bom, de sorriso largo e cara redonda, que sempre tratava com simpatia e consideração seus subordinados. Sorri ao reconhecê-lo. Era surpreendente vê-lo ali; não apenas porque fosse um homem casado, mas por sempre ter aparentado ser austero no tocante a assuntos morais. Encontrá-lo foi para mim um alívio, pois gostava dele e sabia que, se sentasse à sua mesa, poderia entabular uma animada conversa, o que me livraria por algum tempo dos olhares inquisidores e acusadores das prostitutas e de seus acompanhantes, que pareciam perguntar-se em silêncio por que um jovem bonito e viril permanecia desacompanhado em um bordel coalhado de meretrizes. Buscando alívio para o mal-estar que tudo aquilo me causava, firmei o passo e dirigi-me à mesa do tenente.

Ao aproximar-me, a sombra que encobria o rosto da puta sentada a seu lado se desfez, e, com alguma dificuldade, pude entrever sua fisionomia. Pisquei os olhos e por um breve momento pensei estar enlouquecendo; diante de mim, com a maquiagem já desfeita pelo calor da noite, vi o semblante de minha mãe. Cansada, aparentava mais idade do que de fato tinha, e seus cabelos, desgrenhados e oleosos de suor, conferiam-lhe um aspecto sujo e ainda mais promíscuo.

Nossos olhares se mantiveram unidos, mas nada podíamos falar; nem um único som éramos capazes de emitir, petrificados que estávamos pelo susto da cena.

O silêncio foi finalmente rompido pelo tenente Costa, que, tentando compreender o que se passava, e sempre com seu tom de voz bem-humorado, indagou, meio confuso:

– E então, soldado, não me diga que você e Madalena já se conhecem? – disse-me sorrindo e dando uma maliciosa piscadela de olho, ao mesmo tempo que passava o braço direito por sobre os ombros de minha mãe e, com a mão esquerda, fazia menção de puxar uma cadeira para que me juntasse a eles.

Não respondi; apenas recusei o convite com um gesto de mão, e isso foi tudo que pude fazer. Tremendo, virei-me e tentei me dirigir à saída. As músicas, os sussurros, os gemidos e as gargalhadas daquele ambiente pareciam amplificar-se de modo descomunal em meus ouvidos e ameaçavam estourar minha cabeça. Antes de cruzar a porta e chegar finalmente à rua, penso ter ouvido, atrás de mim, alguém gritar meu nome. Não me voltei para ver quem era; tudo que eu queria era fugir dali.

Caminhei a esmo pelas ruas adormecidas de Salvador. A palavra "filho" ecoava de modo estranho em minha mente, provocando uma perigosa confusão: "menino", "neto", "sobrinho", "filho", confusos em um mesmo vocábulo... Em um mesmo homem.

Mobilizado pelo horror, desejava ser cego, para jamais ter visto a verdade: eu era um filho sem pai; era um filho da puta. A cada passo que dava, sentia que minha vida se tornava sombras e meu olhar, trevas. A aflição reduzia-me, naquele instante, a um mero comparsa da amargura e da infelicidade. Parei, cheio de agonia e dor. Levei as mãos à cabeça e comecei a vomitar. Em todos aqueles anos, nunca havia me sentido tão confuso e vulnerável; estava indefeso, totalmente à mercê dos fantasmas que me assombravam.

Embora jovem e no auge de minha forma física, sentia-me morrendo. Mais que isso: desejava a morte, como se ela fosse mulher, a única mulher a quem eu poderia entregar-me de fato e que saberia cuidar de mim... Saberia fazer a dor passar. Em uma rua sinuosa e escura, vislumbrei, na outra extremidade, a esbranquiçada iluminação da avenida principal e senti os frágeis cordões que ainda sustentavam minha sanidade por serem rompidos. Sem pensar, acelerei o passo. Talvez por conta do álcool ou, quem sabe, por ser exatamente o que eu procurava naquele momento, não foi possível parar. Foi correndo, como se fugisse de meus pesadelos, que saí da pequena ruela, transpus a calçada e cruzei a grande avenida.

Tudo não deve ter durado mais que alguns segundos. Tive o tempo exato de girar o pescoço e ver as luzes brilhantes de faróis, que, vindo em minha direção, cegavam-me. Depois disso, um estridente som de uma buzina, pneus derrapando; o forte impacto, seguido de um brusco movimento, e, finalmente, meu corpo era arremessado para a frente, como se fosse uma bola de papel amassada.

Sempre imaginei como seria morrer. Gostava de pensar a morte como um sono sem sonhos; mas esse pensamento era contraposto à idéia da dor e do pavor que talvez acompanhassem os momentos finais. Estranhamente, não experimentei qualquer dor ou pavor; tudo que consegui sentir foi um forte calor e, em seguida, meu rosto começou a queimar, como se eu ardesse em febre.

Por alguns segundos, foi como assistir a um espetáculo sobre o qual não tinha qualquer controle. Ainda escutei o som de um carro acelerar e fugir apressado. Ao longe, distingui gritos e ouvi passos que se aproximavam de mim. Respirava com dificuldade e sentia a vida se esvaindo rapidamente, mas não tive o medo que pensei que teria. Senti, não sei por que, um misto de alívio, alegria e saudade: "Será que o pessoal do quartel vai se lembrar de mim?" Esse pensamento, já meio sem nexo, invadiu-me enquanto o mundo ia ficando paulatinamente mais distante, e isso me trazia uma intensa solidão e muita paz. Todos os problemas haviam finalmente desaparecido. Sentia-me flutuar, e comecei a ouvir um forte zumbido, como se sinos de igreja badalassem em meus ouvidos. Os sons foram ficando mais suaves e distantes, levados para longe pelo vento, e o próprio vento tornava-se música. Por fim, o cálido silêncio da noite, e eu mergulhei em trevas.

Abri os olhos e me vi cercado por paredes brancas. Meu primeiro pensamento foi o de descobrir que lugar era aquele. As luzes fluorescentes e o inconfundível cheiro de éter, que me queimavam as narinas, ajudaram-me a compreender que me encontrava deitado em uma cama de hospital. Aos poucos, as imagens do atropelamento foram se recompondo em minha mente, e finalmente compreendi o que havia acontecido.

Pensei em pedir ajuda, mas a boca seca e a língua pastosa dificultavam essa ação. Meu braço direito, imobilizado para conter o soro, estava roxo de hematomas. Tentei me virar na cama e senti uma violenta dor esmagar meu pulmão, impedindo-me de respirar. Meu grito fez aparecer uma enfermeira negra, de aparência eficiente, com cabelos crespos bem curtos. Vindo em meu socorro, explicou que eu não deveria me mover. Foi só então que percebi que um desconfortável colete de gesso me envolvia o ombro e parte do tronco, e fui então informado de que havia fraturado a clavícula e três costelas.

Enquanto me recolocava em uma posição confortável e ajeitava os lençóis da cama, a enfermeira pôs-se a tagarelar:

– Você é um homem de muita sorte, sabia? Eu estava aqui quando você chegou, e toda a equipe ficou bastante preocupada. Estava com um aspecto horrível, todo machucado. Chegamos mesmo a imaginar o pior. Que tragédia seria se tivesse deslocado alguma vértebra ou, quem sabe, até atingido a medula? Não, não, não; melhor não pensar nisso, para não atrair o azar! Graças a Deus, não houve nada de mais grave! – e, sacudindo a cabeça com um sonoro suspiro, como quem quisesse espantar os maus pensamentos, mudou de assunto e tentou ser gentil, acrescentando em tom maternal:

– Foi um tombo feio, esse seu.

Até então ainda não havia lembrado de minha mãe. Essa lembrança que novamente me voltava à consciência me fez contrair a boca, e meus olhos se encheram de lágrimas.

– Sente-se bem? – quis saber a enfermeira, visivelmente preocupada.

– Não – respondi, tentando conter o choro que ameaçava aparecer com força. Dissimulando a emoção, acrescentei:

– Estou com muita dor.

– Entendo. Mas vamos dar um jeito nisso agora mesmo – retorquiu, ainda com o maldito tom maternal, que só agravava a verdadeira dor que eu estava sentindo naquele momento.

Esticando o braço, pegou, na mesinha ao lado da cama, um copo plástico com três comprimidos que colocou na minha boca com um pouco d'água.

– Engula! – ordenou, passando afetuosamente a mão em minha testa. – Pronto. Isso vai ajudá-lo a relaxar e também vai diminuir a dor. Agora trate de descansar, que mais tarde o médico virá ver como andam as coisas por aqui.

Dizendo isso, me deu as costas e partiu. Virando levemente a cabeça, pude ver quando ela saía da enfermaria. Fechei os olhos, e grossas lágrimas me rolaram pelo rosto dolorido. Sentia-me profundamente deprimido, mas finalmente depois de tanto tempo conseguia chorar minha dor. Ali, sozinho e sem ter muita certeza de que meu corpo ainda continuava inteiro, adormeci embalado pelas lágrimas.

Só no dia seguinte é que mamãe apareceu. Estava visivelmente abatida e envergonhada, mas como sempre me tratou como se nada de diferente tivesse acontecido. Em outro momento, aquela suposta indiferença teria me revoltado, mas pela primeira vez senti-me aliviado por seu modo covarde de enfrentar as situações. Eu não queria falar com ninguém sobre nada daquilo que estava acontecendo – muito menos com ela. Sabia que enfrentar um diálogo seria uma tortura para nós dois; tortura que, por fim, resultaria inútil. Já havíamos realmente nos perdido um do outro, e aquilo era uma deprimente porém definitiva constatação.

Foi naquele leito que decidi não mais voltar a morar nem com ela nem com qualquer pessoa daquela família. Só lamentava por ter de me afastar de meu avô. Dele eu sabia que sentiria saudades. De ninguém mais. Foi dessa decisão que tirei forças para me pôr de pé novamente.

Nos dias que se seguiram, e durante todo o meu período no hospital, não mais recebi minha mãe. Ela tornou a me visitar algumas poucas vezes, e sempre que eu via, pela porta aberta da enfermaria, seu vulto se delinear no corredor, fingia estar dormindo. Acredito que ela soubesse que eu estava acordado; mesmo assim, nunca chamou meu nome.

Agora vejo a inutilidade de tentar fugir. Ninguém consegue escapar da dor; para onde quer que se caminhe, ela segue junto. Mas com aquela idade eu ainda não havia perdido a esperança; e abandonar minha família naquela época, imaginar-me liberto de tudo e de todos, era uma tentativa de obrigar-me a buscar os limites de meu sofrimento.

Não pensei muito. Duas semanas após ter tido alta do hospital, segui para o Recife, onde recomecei a vida fazendo pequenos trabalhos, que me rendiam apenas o bastante para meu sustento. Lá, prestei o vestibular. Morava em um minúsculo quarto nos arredores da cidade e, freqüentemente, nas noites em que me era impossível dormir, rememorava lentamente os sofrimentos de minha infância! Os fantasmas daquelas mulheres jamais me abandonariam. Alguns anos após minha chegada a essa nova cidade, meu avô morreu, e nesse mesmo ano concluí meus estudos de medicina.

IV

Era minha última semana de férias quando conheci Alexandre. O Natal estava próximo, a cidade começava a enfeitar-se, e eu, ainda que afastado do trabalho, sentia-me cansado e sem ânimo. Embora minha vida de médico fosse boa, uma sensação de vazio persistia, fazendo-me mergulhar num universo de solidão.

Muitos anos já se haviam passado desde a morte de Virgínia, e eu permanecia incapaz de amar alguém; até a mim mesmo. Meus amores se resumiam a encontros com anônimos rapazes, em becos escuros de cidades vizinhas, onde eventualmente ia a passeio ou a trabalho. Deitar-me com desconhecidos era o mais próximo que eu conseguia chegar de alguém. Depois, fugia deles e das lembranças que pudessem deixar.

Por medo de amar, repetia, quase mecanicamente, o mesmo ritual que um dia experimentara com Adriano. Meu desejo tornara-se um fardo pesado, que me trazia dor e vergonha. Vergonha pelos arrepios de minha pele a cada vez que um homem me tocava, e dor por achar-me um fraco.

Não notava que, com o passar dos anos, minha vida ia se transformando em uma escura caverna na qual ninguém entrava, e de onde eu jamais encontrava a saída. Para isso, contribuía o ritmo frenético com que conduzia meu trabalho. Lutava para ter paz e acreditava que isso só seria possível quando os desejos homossexuais que me corrompiam se tornassem um engano... Um engano que não mais fugiria ao meu controle. Publicamente, hostilizava os pederastas que cruzassem meu caminho, mostrando-me intolerante e sarcástico. Mas era realmente a eles que eu queria agredir? Havia alguma diferença entre nós? Seja como for, eu pensava que meu deboche me protegia das suspeitas da sociedade.

Era essa minha vida quando aceitei o convite de Beatriz para sairmos da cidade, durante aquela semana.

Psicóloga, Beatriz era a amiga com quem eu arriscava, de vez em quando, desabafar um pouco minha tortura interior e que, por isso mesmo, sempre estava comigo nos piores momentos. Ela conseguia, talvez por ser capaz de suportar minhas esquisitices, fazer-se querida dentro do meu mundo. Era uma pessoa que me tinha respeito e, mesmo sabendo das minhas angústias diante de minha sexualidade, mantinha-se discreta e solidária.

Um pouco mais jovem que eu, freqüentemente acima do peso que julgava ideal, Beatriz nunca perdia o humor, encontrando sempre uma saída espirituosa ou uma improvável explicação para as situações. Cheia de vitalidade, trejeitos e um imbatível gosto por festas e viagens, ela personificava o que costumeiramente chamamos de "uma pessoa de bem com a vida".

Mais que o gosto pela diversão, as aventuras amorosas eram sua principal característica. Divorciada, desprezava a idéia de um novo casamento, mas nunca recuava diante de grandes paixões. Entregava-se a seus romances e precisava dessas entregas – quase sempre tempestuosas – como se elas fossem o combustível que alimentava a vida. Beatriz parecia sempre combater o medo e a tristeza com um sorriso. Talvez a única vez que a tenha visto deprimida foi quando seu casamento chegou ao fim. Naquela época sua fortaleza estremeceu, mas não ruiu, e eu a admirava por isso.

O início de nossa viagem de final de férias começou de modo muito agradável. Saímos cedo de João Pessoa, passamos a manhã perambulando pelas ruas de Recife, almoçamos juntos e começamos a nos organizar para que à tardinha partíssemos em direção ao litoral de Alagoas. Lá, ficaríamos apenas quatro dias. Entretanto, algo me dizia para não ir àquela viagem. Temia perder a capacidade de manter meu pequeno mundo sob controle, sobretudo por estar ao lado de Beatriz e de sua liberdade.

Contudo, dar limites à persistência de minha amiga era algo que, na época, eu ainda não sabia fazer. Talvez eu devesse ter recusado aquele passeio... Quem sabe se uma recusa não me teria salvo do pântano movediço em que às vezes senti ter se tornado minha vida após encontrar Alexandre.

Eram três e meia da tarde quando nos dirigimos à rua do Bom Jesus. Tudo por ali havia sido restaurado e as velhas casas em estilo neoclássico, com varandas trabalhadas em ferro fundido, ganharam cores fortes e serviam agora como bares e restaurantes. Gostava muito daquele pedaço do Recife Antigo; sentia-me empolgado ao caminhar por aquelas ruelas, e meu espírito vibrava, imaginando todas as pessoas que no passado davam vida, com suas histórias, àquele bairro.

Sentar-me nas mesinhas colocadas nas calçadas, caminhar pelos velhos paralelepípedos que ainda guardavam incrustados os trilhos dos antigos bondes, admirar o rebuscado prédio da alfândega que ficava ali perto... Cada detalhe surgido em meu caminho transportava-me às ruas européias, com seus cafés sempre cheios de nostalgia. A meus olhos, tudo ali tinha charme e um leve toque de *glamour*.

Naquela rua de sonhos, poucos eram os recantos que me desagradavam, e foi exatamente em um desses recantos que, por escolha de Beatriz, sentamo-nos. Era um bar barulhento, com decoração de gosto duvidoso, cheio de gente. Penso que ela gostava dali porque seus freqüentadores eram, quase todos, jovens artistas e intelectuais, que se diziam de vanguarda. Para mim, entretanto, não passavam de bêbados desocupados.

Beatriz, não sei por que, parecia-me mais jovem àquela tarde. Usava um vestido azul sem mangas, e seus cabelos ondulados tingidos de ruivo caíam-lhe por sobre os ombros. A meus olhos, ela não era bonita, mas havia algo em seu jeito que a fazia sedutora. Tirando os óculos escuros, sentou diante de mim.

O garçom anotou o pedido, e, assim que ele se afastou, Beatriz abriu um largo sorriso e disse:

— Estou feliz por você ter aceitado meu convite, Eduardo! — disse ela, acomodando-se na cadeira. — Temos nos visto tão pouco nos últimos meses, não é mesmo? Só lamento que o tempo passe e eu nunca escute você me contar que está apaixonado!

— Você sabe que já sou casado, Beatriz; casei-me com minha profissão e sou um marido fiel — retruquei com um sorriso amarelo.

– Pois é! E isso é terrível, absolutamente inaceitável! – ela deu um longo suspiro e acrescentou, elevando a voz, de modo teatral:

– Todos esses anos de amizade e você não aprendeu nada comigo. Santo Deus, Eduardo, você ainda vai me pôr maluca com essa sua mania de solidão! Acho um desperdício um homem como você ficar tanto tempo sozinho, mofando sobre uma pilha de livros de medicina. Se ao menos não fôssemos tão amigos... Quem sabe se...

Ela interrompeu sua frase, olhando-me de forma travessa, e ambos não conseguimos conter o riso.

– Você não muda mesmo, Beatriz! Não tem um pingo de juízo nessa cabeça! Quando é que vai parar de querer me arrumar casamento? – perguntei-lhe displicentemente, enquanto tomava um gole do coquetel que o garçom acabara de colocar diante de mim.

Ela hesitou um pouco, como se estivesse na dúvida se dizia ou não o que estava pensando. Finalmente, brincando com a cereja de seu Martini, disse pausadamente:

– Bem, deixe-me ver... Casamento não é exatamente o que eu desejaria a um amigo; afinal, você sabe que detesto essas formalidades sociais. Mas também estou convencida de que não se pode viver isolado do resto do mundo, Eduardo, isso ainda vai acabar azedando sua vida. Acendeu um cigarro, tomou um gole da bebida e, soprando a fumaça para o alto, prosseguiu em tom sério:

– Espero que alguns dias longe de casa resgatem do esconderijo o homem alegre e sociável que acredito existir aí dentro – e, com a ponta do indicador, tocou-me na altura do coração.

Ao terminar a frase, seus olhos amendoados encaravam-me de forma astuciosa...

Senti um calafrio percorrer-me a espinha; já fazia tempo que eu conhecia aquele modo de ela me olhar. Sabia que sua mente estava maquinando alguma coisa ou, talvez pior ainda, estava me preparando alguma surpresa. Preferi não perguntar.

Mudamos de assunto, e ela pôs-se a matraquear sobre as escolas onde trabalhava, sobre os estudos que vinha desenvolvendo com alunos adolescentes e, como não poderia deixar de ser, sobre seus romances. Falou-me, de modo entusiasmado, da relação que estava iniciando com um homem mais velho que ela, e eu me divertia com as loucas articulações que ela fazia entre esse homem e seu pai. Escutava tudo em silêncio, à medida que me sentia relaxar com os pequenos goles da bebida. Eu tinha de reconhecer que, mesmo reprovando alguns aspectos do comportamento de Beatriz, ela era uma companhia agradável e estimulante.

Quando finalmente pagamos a conta e ganhamos a estrada, o sol já começava a se pôr no horizonte, enchendo o céu da tarde com a melancolia de suas cores vermelho-alaranjadas. Foi em meio a esse cenário que ela finalmente soltou, quase de forma casual, o que imaginei ser o motivo daquele olhar cheio de astúcia que eu percebera no bar.

— Comece a se animar! – ordenou. – Tenho certeza de que passaremos ótimos dias juntos. Até porque você verá que Heloísa é uma companhia bastante agradável.

— Heloísa? Quem é essa? O nome não me é estranho – perguntei, com ar sombrio, tentando controlar a voz. – Você não me disse que nos encontraríamos com nenhuma amiga sua!

— Eu não disse? Tem certeza? Meu Deus... Minha memória está realmente sendo arruinada pela idade; acho que estou ficando velha!

— Oh! Finalmente começo a ver as cartas do baralho. Você me enganou, Beatriz. Pensei que teríamos sossego, e, pelo que estou entendendo, além de mim você deve ter convidado mais umas dez pessoas para nos fazer companhia nesta viagem! – minha voz revelava decepção.

— Não exagere, Eduardo! Convidei apenas Heloísa – seu rosto assumiu uma expressão infantil e ela acrescentou:

— Desculpe, meu querido, eu estava certa de ter lhe avisado que teríamos companhia por estes dias – sua voz tentava, mas não conseguia, esconder totalmente o timbre irônico daquelas palavras.

Beatriz estava faltando com a verdade. Aquilo não fora um lapso de memória; tinha sido algo absolutamente intencional. Seria fácil para ela imaginar que eu me esquivaria do seu convite se soubesse da inclusão de alguma de suas amigas em nossa viagem. Ela estava tentando criar situações nas quais eu me visse obrigado a conhecer novas pessoas, sair de meu isolamento. Por isso, havia incluído mais alguém no passeio. Eu sabia que ela se preocupava comigo e que suas intenções eram as melhores possíveis. Mesmo assim, sentia-me aborrecido.

Antes que eu pudesse organizar meu pensamento e dissesse qualquer coisa, ela prosseguiu:

– Tenho certeza de que já lhe falei de Heloísa em outra ocasião, talvez por isso tenha misturado as coisas e acabado achando que havia lhe contado que ela nos encontraria neste passeio. E, virando-se para me olhar de frente, disse:

– Eduardo, por favor, desmanche essa cara de quem está aborrecido; convidei-a porque ela também precisava de um pouco de diversão! Com uma das mãos, guardou no porta-luvas os óculos escuros que ameaçavam deslizar pelo nariz e acrescentou, quase a si mesma:

– A pobre coitada ficou realmente abalada depois que o marido a deixou para ir viver com a secretária. Ela precisa se distrair, ou vai acabar deprimida.

Com voz contida, respondi:

– Está bem, Beatriz; não vou discutir com você. Até porque o que está feito está feito! Ela é aquela pintora que atualmente anda fazendo sucesso expondo em Recife?

– Exato! É ela sim! – gritou Beatriz, meneando afirmativamente a cabeça. – Eu sabia que já tinha lhe falado a respeito dela. Aliás, Heloísa ficou feliz em saber que você viria comigo. Disse-me que fazia absoluta questão de conhecê-lo pessoalmente.

Por fim, dando uma risadinha como se estivesse se divertindo com a situação, sentenciou:

– Gosto dela! Acho que posso dizer que somos boas amigas.

Sim, eu sabia quem era Heloísa. Ela também morava em João Pessoa. Vira seu nome algumas vezes no jornal, e realmente Beatriz já me falara sobre ela.

Minha amiga continuou tagarelando sobre a vida e as virtudes de Heloísa, mas eu já não estava escutando. Devo ter imaginado, enquanto ela falava, que aquela era uma excelente oportunidade para eu tentar dar um novo rumo à minha vida. Eu queria me sentir normal, capaz de amar uma mulher sem me desesperar com a idéia.

Permaneci calado, perguntando-me se tentar me obrigar a representar o antigo papel que todos, e até eu mesmo, esperavam de mim me daria forças para dominar meu sexo e meus afetos. Afinal, desde a morte de Virgínia jamais havia sido o mesmo novamente. Por fim, sentindo-me derrotado, avaliei que o mais sensato a fazer era tentar encontrar uma namorada. Mais que isso: imaginei que talvez uma estranha – como Heloísa – pudesse vir a ser a saída do labirinto em que me perdera.

Mas como eu poderia forçar meus desejos? Para essa pergunta eu não encontrava resposta. Sabia que ao lado de Virgínia havia conseguido, de certo modo, me esconder de mim mesmo; mas naquele momento a simples idéia de uma mulher largada pelo marido querendo me conhecer angustiava-me. Meu corpo se encolhia ao imaginá-la, cheia de expectativas, vindo em minha direção.

O que eu não podia adivinhar era que aquela guerra interior já estava perdida antes mesmo de começar. Não tardaria muito e eu me veria obrigado a conhecer Alexandre.

Beatriz havia finalmente silenciado, e eu tinha a impressão de que seus lábios se comprimiam, tentando conter um sorriso.

Contrafeito, dei de ombros e apaguei do meu semblante as indicações que pudessem denunciar a ela meu tormento. Com o olhar perdido no vazio, também permaneci calado, imaginando que aqueles seriam dias longos e difíceis.

<hr>

Já era noite quando chegamos ao nosso destino, e, enfastiados pela cansativa viagem, fomos rapidamente acomodados em nossos chalés. Sem disposição para desfazer minha bagagem, caí na cama e adormeci, não sem um dos pesadelos habituais.

O sono agitado perturbou meu descanso, fazendo-me acordar, na manhã seguinte, um pouco mais tarde que o de sempre. Sentindo as costas doloridas e a cabeça pesada, tratei de lavar-me rapidamente e me apressei em seguir para o restaurante. Sorri, ao imaginar que Beatriz já estaria à minha espera para o café-da-manhã; ela sempre era uma das primeiras hóspedes a chegar ao restaurante e uma das últimas a sair.

Toda a região era muito bonita. O hotel onde estávamos ficava em uma espécie de colina. O restaurante e a área de lazer ficavam na parte mais elevada do terreno; ao redor desse núcleo, e em círculos concêntricos, ficavam as ilhotas compostas de até três chalés cada uma. Próximo à minha porta, encontrei um caminho de cerâmicas vermelhas, que, cruzando os jardins, levava até o restaurante. Pus-me a caminhar a passos largos.

Era uma subida íngreme até o topo da colina, mas a paisagem compensava o esforço. Ligeiramente ofegante, parei alguns segundos para respirar e, de onde estava, contemplei o mar rebentando nas pedras lá embaixo. À minha volta o contraste entre o colorido da vegetação e o azul do céu salpicado de nuvens brancas fazia os chalés parecerem ainda mais aconchegantes. Do outro lado da encosta erguia-se um grande bosque, coberto por imponentes árvores. Mais à esquerda estava a praia, com suas aldeias de pescadores. Senti uma onda de bom humor invadir-me e pensei que o mar, visto dali, era realmente magnífico!

Continuei minha marcha, agora um pouco mais lenta, pois queria observar com atenção os detalhes daquele jardim que durante a noite, sob a luz das tochas acesas próximas aos chalés, parecia ser de ouro. Era realmente muito bem cuidado, e o caminho em que me encontrava estava cercado por dúzias de pequenas margaridas. Olhei com aprovação a grama verde, bem aparada; os canteiros de flores tropicais e as plantas ornamentais, graciosamente dispostas em grandes potes feitos de uma argila rosada. O conjunto dava leveza e graça àquela propriedade. Bancos de madeira com entalhes nas laterais haviam sido colocados sob as árvores, acrescentando romantismo às formas daquele jardim.

Mergulhado em um silêncio cheio de alegria, esqueci-me por completo do forte calor e das dificuldades da subida. Passando perto de uma das construções que se diferenciavam dos chalés, vi uma caminhonete carregada de suprimentos que fazia sua entrega. O homem gordo com roupa de funcionário do hotel que conferia as mercadorias apressou-se em me dar bom-dia. Retribuí o cumprimento com um sorriso, e foi só então que escutei, perto de mim, o som de água caindo e gritos de crianças que pareciam se divertir. Finalmente eu havia chegado à área das piscinas, que dava acesso às escadarias do restaurante.

Tornei a parar, dessa vez para examinar a reprodução de uma imagem barroca de Nossa Senhora da Conceição, que, feita em pedra-sabão, ficava próxima a uma das escadas. Antes de subir os degraus, voltei-me uma vez mais e contemplei novamente o mar. Sentindo a imponência do oceano me penetrar, fiquei um pouco triste, ocorrendo-me lances breves da vida vazia que vivia. Baixando a cabeça em sinal de respeito, tentei recobrar a alegria... Com as mãos cruzadas atrás das costas, percorri os poucos metros que ainda me separavam do meu encontro com Beatriz. Por fim, entrei no restaurante.

O local onde estava sendo servido o café-da-manhã era amplo e os raios de sol que atravessavam suavemente os janelões do salão envolviam o ambiente com sua luz matinal. Tinha as paredes pintadas em tom marfim, e, no piso, pequenos losangos de cerâmica bege e preta se alternavam, criando um bonito efeito visual, enquanto algumas peças do mais fino artesanato davam personalidade ao ambiente.

Pelo adiantado da hora, a maior parte das mesas já se encontrava desocupada. Os poucos hóspedes que ainda permaneciam ali reunidos conversavam animadamente, e seus trajes, leves e coloridos, indicavam que dentro em pouco eles partiriam rumo à praia ou à área das piscinas.

Sentindo-me ligeiramente constrangido com a formalidade da minha roupa, tratei de procurar Beatriz. Encontrei-a em uma das mesas que ficava no canto direito do salão, gesticulando freneticamente, enquanto falava com uma mulher sentada no lado oposto, com as mãos segurando uma xícara de café fumegante, e que mantinha nos lábios um sorriso educado.

Aproximei-me por detrás, sem que ela notasse minha presença, e, com as mãos em forma de concha, cobri seus olhos.

– Querido, você finalmente acordou! – exclamou Beatriz, puxando-me para que me sentasse ao lado dela.

Um garçom calvo e de olhar aborrecido que estava por perto puxou educadamente a cadeira para que eu sentasse. Murmurei meu pedido, e ele, após responder afirmativamente, afastou-se com andar empertigado.

– Senhoras, espero que me perdoem pelo atraso – disse eu, tentando colocar um certo tom de troça na voz.

– Desta vez deixaremos passar – respondeu-me Beatriz, dando uma piscadela de olho à sua amiga e acrescentando logo em seguida:

– Mas, se essa indelicadeza se repetir, tenha certeza de que o submeteremos a severas punições corporais!

A mulher, que antes esboçava um sorriso artificial, não pôde conter uma genuína risada. Era bonita e deveria ter mais ou menos 40 anos. Seus cabelos, claros e longos, bem penteados, amarrados em um rabo-de-cavalo, destacavam seu olhar plácido e as delicadas formas de seu rosto. Os gestos contidos mostravam que era uma pessoa bem-educada. Vestia uma blusa cáqui que parecia ser muito confortável e uma gargantilha de onde pendia um pequeno cavalo-marinho. Tinha o corpo delgado e, embora estivesse sentada, ocorreu-me que deveria ter belas pernas.

Beatriz, que acabara de desafiar a anatomia do seu corpo, colocando na boca mais do que lhe era possível mastigar, lutava por engolir a exagerada porção de torta de maçã que a sufocava. Vendo o constrangimento nos olhos arregalados de minha amiga e temendo que ela se engasgasse ao tentar falar de boca cheia, resolvi iniciar eu mesmo as apresentações.

— Sou Eduardo e suponho que você seja Heloísa. Estou certo? — E, dizendo isso, estendi-lhe a mão.

— É realmente um prazer muito grande conhecê-lo.

O diálogo entre nós ia surgindo, como se copiássemos o roteiro de um velho filme já exaustivamente reprisado. Tínhamos o cuidado de limitar a conversa a banalidades que, como bem sabíamos, não exigiriam nenhuma resposta. Por algum tempo, continuamos aquele jogo social característico a dois estranhos que acabam de se conhecer e, por não encontrarem algo comum sobre o que possam falar, desdobram-se em mesuras e simpatias, na esperança de causar boa impressão.

A conversa foi interrompida pelo garçom, que chegava trazendo o que lhe havia sido pedido. Fiz uma pausa, enquanto ele enchia minha xícara com chá-preto e colocava no centro da mesa uma delicada pãozeira, forrada de renda irlandesa e repleta de pequenos pães.

Beatriz, que rapidamente pegara um *croissant* e naquele momento recheava-o com uma generosa porção de geléia de uva, aproveitou o silêncio para dirigir-se a Heloísa em tom festivo:

— Como andam as exposições? — perguntou ela, mordendo com voracidade seu sanduíche.

– Bem! – respondeu sua amiga, acendendo o olhar. E, com as mãos hábeis e leves que só os artistas conseguem ter, recolocou a xícara sobre o pires.

– Deixe-me ser um pouco fofoqueira, meu bem: soube que você foi convidada para participar do Salão Nacional de Artes. É verdade mesmo? Oh... Santo Deus! Fico sempre tão entusiasmada com esses eventos. Sei que tudo vai dar certo, minha querida; estarei torcendo por você – e, empurrando na boca o último pedaço de *croissant*, arrematou, com voz excitada:

– Adoro mulheres vitoriosas!

– Ah, Beatriz! Você está exagerando. Muita gente boa vai expor, e eu... bem... Eu serei só mais uma no meio de tanta gente – respondeu Heloísa, com voz encabulada.

– Não, não, meu bem! Jamais repita isso! – reprovou Beatriz. – Certamente, pessoas muito boas estarão lá, mas lembre-se: você é melhor que todas elas! Sempre temos de nos sentir as melhores – disse, apertando, afetuosamente o braço de Heloísa.

Sorri com alegria ao perceber naquelas palavras o já conhecido otimismo exagerado de Beatriz. Naquela ocasião, entretanto, eu não tinha motivos para duvidar dos elogios que ela estava fazendo. Heloísa tinha realmente um talento acima da média. Eu já havia lido as críticas que alguns especialistas – desses que parecem encontrar satisfação em destruir talentos emergentes – fizeram sobre o trabalho dela. As observações haviam sido bastante positivas. Sua obra registrava com maestria o lado sereno e tranqüilo do dia-a-dia de pessoas absolutamente comuns, marcando sobre a tela, em poucas pinceladas, a essência da vida. Eram de fato belos quadros, nos quais Heloísa conseguia capturar a leveza melancólica de cada instante do cotidiano, imortalizando-os para sempre nas formas, nas cores e no contraste entre luz e sombras.

Beatriz afastou-se um pouco de Heloísa, meteu a mão gorducha e enfeitada com anéis em um recipiente ovalado, cheio de biscoitos, e continuou tagarelando:

– Acho divino uma pessoa que consegue, com um simples misturar de tintas, criar emoções. Bem... Sei que esse sentimento não é bonito da minha parte, mas às vezes me revolto contra a natureza por me ter dado inteligência em vez de talento – lamentou-se, sem conseguir medir a indelicadeza de suas palavras.

– Beatriz, acho melhor você comer seus biscoitos! – protestei, em tom de brincadeira.

Heloísa, talvez por conhecer o jeito desastrado de Beatriz, não se abalou; tendo compreendido que não havia qualquer ofensa no que sua amiga acabara de dizer, replicou em tom de deboche:

– Deixe estar, Eduardo – e fazendo uma careta indagou a Beatriz:

– Quer dizer que talento e inteligência não podem andar juntos, não é?!

– Oh, não! Não, minha querida, acredite, você compreendeu errado! Deus do céu, como sou grosseira, às vezes – disse com voz aflita. – Você bem sabe como a admiro e...

Os trejeitos agoniados de Beatriz procurando palavras para consertar seu deslize eram tão caricaturais que Heloísa desatou numa gargalhada. Aquele clima de descontração me agradava.

– Ah! Pelo que vejo, você entendeu muito bem a intenção da minha frase, Heloísa. Está é aproveitando para se divertir à minha custa – queixou-se Beatriz, com a cara amuada diante do riso da amiga.

– Não perca seu bom humor, Beatriz; até porque eu tenho uma surpresa que a deixará muito feliz! – anunciou Heloísa.

– Bom dia, Beatriz! – disse uma voz forte e cálida que fez que eu e Beatriz girássemos a cabeça ao mesmo tempo.

O dono da voz era um rapaz de 17 anos, que, em pé e de braços cruzados, sorria para Beatriz. Por um breve instante, a visão daquela imponente figura, muito bem constituída e de quase um metro e oitenta e cinco de altura, fez-me sentir levemente constrangido. Esse constrangimento logo depois deu lugar a uma franca irritação.

Beatriz, muito alegre, levantou-se para abraçar o recém-chegado, que, diante do calor daquela recepção, inclinou-se e beijou-lhe afetuosamente a testa.

A candura daquele gesto pegou-me de surpresa, e, surpreendido, percebi que o garoto, apesar da pouca idade, já era um homem fisicamente amadurecido e extraordinariamente belo. Sentindo-me atraído e vendo minha irritação esvanecer diante da masculinidade juvenil daquele rapaz, pus-me a observá-lo mais atentamente. Tinha os ombros largos, e os cabelos, lisos e alourados, lhe cobriam as orelhas, chegando até a altura do pescoço. Os olhos claros e fortes, em harmonia com o delicado nariz, levemente arrebitado, conferiam um ar másculo e dominador a seu rosto bem afilado. Vestia uma camisa quadriculada com capuz, que, entreaberta, deixava seu peito à mostra; o conjunto era arrematado por uma bermuda azul-marinho que lhe marcava as nádegas firmes e as coxas musculosas, bem torneadas.

"Ele é fabuloso!", pensei, tentando visualizar a nudez que se insinuava sob aqueles trajes adolescentes.

Desvencilhando-se do abraço de Beatriz, o jovem, ainda sorridente, indagou:

— Mamãe não lhe disse que eu viria?

— Na verdade, ela disse que talvez você viesse — respondeu Beatriz, meneando afirmativamente a cabeça. — Mas, como não o vi quando cheguei para o café, achei que você tivesse mudado de idéia. Fico muito feliz por ver que me enganei.

Beatriz, notando o olhar de curiosidade com o qual eu a encarava, tratou de fazer as apresentações. O rapaz, filho de Heloísa, chamava-se Alexandre.

— Você se lembra do tempo em que Alexandre era um pestinha na sala de aula, não é, Heloísa? — quis saber Beatriz. — Você sempre era chamada pela direção para receber reclamações deste moleque! Ela passou a mão pelos cabelos dourados do rapaz e acrescentou, com voz saudosa:

— Este menino me deu tanto trabalho quando era menor! Nunca vi criatura mais insubordinada. Quase todo dia era mandado à minha sala.

— Ser mandado pra sala da psicóloga do colégio era a parte boa do castigo — disse Alexandre sorrindo.

— O problema de Alexandre sempre foi a preguiça — retrucou Heloísa. — Veja só a hora em que ele acordou hoje! — sua voz assumira um tom de impaciência. — Todos os dias é assim! Um verdadeiro martírio tirá-lo da cama.

Ela fez uma pausa e prosseguiu secamente:

— Você sempre foi muito tolerante com Alexandre, Beatriz. Eu lhe disse que o fato de nós sermos amigas não deveria interferir no seu trabalho. Você tinha todo meu apoio para, se quisesse, colocá-lo de castigo ou obrigá-lo a fazer tarefas. Mas você sempre teve o coração mole e preferiu apenas conversar e dar conselhos. É por isso que ele é louco por você.

Beatriz não respondeu.

Alexandre jogou os cabelos para o lado de modo travesso e, alternando o olhar entre mim e Beatriz, disse alegremente:

— Mamãe quer que eu seja como as girafas, que dormem apenas cinco minutos por dia.

— Não se trata disso, meu filho — protestou Heloísa. — O problema é que você não quer fazer nada da vida, suas notas estão péssimas e eu já estou cheia da sua irresponsabilidade! — O olhar sereno de Heloísa dera lugar a uma expressão tensa. — Já lhe disse que desisti de lhe exigir qualquer coisa; você sabe que não terei herança para lhe deixar. Agora, se não quer estudar, não estude! A vida é que vai lhe cobrar isso mais tarde, não eu. Da minha parte, tenho certeza de que fiz o melhor que pude. Se você não ouve nem a mim nem àquele banana do seu pai, paciência; nada posso fazer, não é mesmo?

Eu estava surpreso e irritado com a delicada dama que diante dos meus olhos transmutava-se em serpente. Para mim, toda aquela discussão era inútil! Aquela mulher estava provavelmente confundindo o filho com o marido, culpando o mais próximo pelos atos do mais distante. O seu desempenho na escola era somente a preocupação superficial. Eu sabia que por trás daquelas palavras escondia-se uma mulher magoada, ferida, triste. Ela não tinha verdadeiramente nenhum poder de modificar o pai de seu filho, e seu tom de voz impaciente ao dirigir-se ao rapaz mostrava isso muito bem.

O clima, antes descontraído, tornara-se pesado e constrangedor. Beatriz, que sempre tentava remediar as situações, rompeu o silêncio:

— Não se espante, Eduardo; sei que Heloísa pode parecer difícil e, às vezes, até carrasca no que diz respeito a Alexandre. Mas, com o passar do tempo, e à medida que vocês se conhecerem melhor, você verá que ela não é bem assim, de fato ela é muito pior!

A frase em si nada tinha de muito engraçado, mas a maneira desengonçada como Beatriz colocava as palavras deixava-as leves. Nem mesmo Heloísa pôde deixar de achar graça.

— Você faz muito mal em defender Alexandre e enchê-lo de mimos, Beatriz! Um dia você ainda vai me dar razão — replicou Heloísa, enquanto abria espaço para que o garçom colocasse uma cadeira a seu lado.

Alexandre se aproximou, puxou a cadeira e sentou-se diante de mim. Um leve perfume que ele certamente usara na véspera ainda se fazia exalar do seu corpo, o que me fez, por um segundo, ter uma vertigem. "O que está me acontecendo?", pensei, sentindo uma vontade intensa de tocá-lo. Ele era realmente bonito.

– Como vai, doutor Eduardo? – perguntou Alexandre, enquanto me estendia a mão para que fosse apertada sem aparentar qualquer ânsia pelo mau humor de sua mãe.

– Por favor, me chame de Eduardo, ou vou me sentir ainda mais velho!

– Tá, Eduardo – disse sorrindo.

Também sorri. Estava encantado com Alexandre e percebi, instintivamente, que ele sabia daquilo.

– As mães são realmente complicadas, você não acha? Não compreendo por que nós, filhos, as amamos tanto – comentou Alexandre, enquanto suavemente dava um beijo no rosto de Heloísa.

– As mulheres o são de um modo geral! – respondi, controlando a excitação contida em minha voz.

Por um breve momento nos olhamos e depois rimos juntos. Sentia-me feliz com a cumplicidade daquela risada.

– Ora, ora, ora! Temos um complô masculino em nossa mesa, é isso? – quis saber Beatriz.

Sem esperar qualquer resposta, ela, que ainda permanecia de pé ao lado da mesa, ergueu as sobrancelhas, como se tivesse lembrado algo importante, e disse:

– Muito bem; enquanto vocês comem, vou ao meu chalé terminar de arrumar algumas coisas. Nós nos encontraremos em meia hora, na recepção do hotel, e decidiremos como vamos ocupar o resto do dia, combinado? E prosseguiu, voltando-se para Heloísa:

– Querida, você me acompanha? Vamos lá, sim! – incentivou Beatriz. – É hora de deixarmos esses homens, que nos acham muito complicadas, sozinhos. Eles que se entendam! De mais a mais, estávamos no meio de uma conversa de mulheres – a palavra "mulheres" havia sido sublinhada em sinal de provocação – quando fomos interrompidas pela chegada de um homem. Acho que agora é um bom momento para terminarmos nosso bate-papo.

"Por favor, Beatriz, não saia daqui!", pensei, sentindo-me ansioso com a idéia de ficar a sós com Alexandre. Mas não havia mais saída.

— Sim, Beatriz, eu vou com você — respondeu Heloísa, colocando o guardanapo sobre a mesa e pondo-se em pé. — Aproveitarei para pegar minha bolsa no quarto.

Beijou o filho, despediu-se polidamente de mim e afastou-se, seguindo Beatriz, que, apressada, já estava no meio do salão.

Envolvido pelo silêncio, pus-me a contemplar Alexandre, que distraidamente descascava uma tangerina. Lembrei de "Inveja", um dos poemas que se fixaram em minha memória quando li os livros de meu avô. Recitei mentalmente:

"Brisa sorrindo
e teu rosto suspenso
no ar.
'Brincando comigo',
penso, 'por certo',
convite e desejo.
Por fazer-se
vida em minha boca,
teus lábios que chamam,
teus dedos que roçam
na pele da fruta
madura, roubada
do pé."

Displicentemente, umedeci os lábios com a língua.

Alexandre levantou os olhos e, notando que estava sendo avaliado, retribuiu, de modo desafiador, o olhar. Desconcertado, desviei rapidamente os olhos.

— Quer um bago de tangerina? — perguntou.

E eu, constrangido, tive a sensação que ele se deliciava ao formular aquela pergunta.

– Não, obrigado – retorqui. – Acho que já comi o suficiente por esta manhã.

– É, sei como são essas coisas. A gente precisa mesmo saber a hora de parar. O problema é que às vezes comemos com os olhos e esquecemos a barriga – Alexandre riu, e eu não podia saber se o fazia por simpatia ou por estar desdenhando de mim com sua frase sobre gulosos que comem com os olhos.

"Será que ele percebeu?", pensei com meus botões, tentando convencer-me de que estava sendo paranóico ao supor que Alexandre poderia ter adivinhado os pensamentos que se ocultavam sob meu olhar.

Sentia-me amedrontado e ambivalente. Queria evadir-me para longe dali, mas também estava feliz com a oportunidade de conversar com aquele rapaz tão sedutor. Alexandre não era apenas bonito e inteligente, ele já era um homem, e um homem de um porte considerável, impressionante.

Compreendi que se era dolorosa a excitação de olhá-lo era igualmente impossível fugir ao aprisionamento que seus olhos impunham; como se Alexandre tivesse nascido senhor dos que porventura viessem a cercá-lo. Dono de quem o desejava, belo, gracioso, firme, forte!

– Você sempre toma chá? – quis saber Alexandre, com a testa franzida e olhando minha xícara.

– Tenho esse hábito, gosto do sabor – respondi. – Parece esquisito, não é? Todo mundo por aqui prefere tomar café.

– Na verdade, não é muito esquisito, não – retrucou Alexandre, coçando o queixo. – Embora chá sempre me faça pensar em pessoas doentes ou nervosas.

– Pois lhe garanto que estou em ótima forma, física e mental – falei em tom ligeiro.

– Ora, eu sei que está! – replicou Alexandre, colocando um maravilhoso sorriso nos lábios. – Tive um amigo que nunca comia isso, ou jamais bebia aquilo...

– Conheço o tipo. Mas, de qualquer modo, todo mundo sempre tem uma mania.

– Sim, é verdade. Só que ele era do tipo bem radical. Acho que ele também deve gostar de chá – Alexandre fez uma careta.

– E você, do que gosta? – perguntei interessado.

– Ah! Eu gosto do mar...

– Hum... Não sei. Acho que não conseguiria beber o mar – minha voz soou alegre.

Alexandre deu uma gargalhada.

– Eu quis dizer que o mar é minha mania. Gosto de surfar!

– Eu sei, entendi; estava só brincando.

Ao falar, percebi que a inflexão de minha voz estava estranhamente jovial, e aquilo me fazia sentir bem.

– No surfe, gosto do prazer de experimentar novas praias; não curto disputas. O bom mesmo é a aventura – Alexandre revelava descontração. – Uma vez, acho que eu tinha 13 anos, botei a prancha embaixo do braço e me mandei pelo mundo com mais dois amigos – Alexandre sorriu para si mesmo.

– E até onde vocês chegaram? – sentia-me contagiado pela animação do garoto.

– Não muito longe. Infelizmente, a farra só durou dois dias – Alexandre parecia um pouco decepcionado. – Mas na época foi uma aventura... – Ele interrompeu a frase, passou a mão nos cabelos jogando-os para trás da cabeça e deu uma risada.

– Acabei tendo de vender meu tênis e minha camisa para comprar comida. Acho que nunca me diverti tanto. Hoje em dia, ando mais quieto. Acho que tudo na vida é fase.

– Pois então nisso somos diferentes. Eu sempre fui o tipo "certinho"; acho que você entende o que quero dizer – balancei a cabeça, desconsolado, e concluí:

– Sempre tive muito medo de quase tudo.

– Sim, você tem mesmo cara de "certinho"; só acho que não tem nada a ver lamentar seu medo. Não acredito em quem me diz que nunca tem medo.

Alexandre, que havia colocado leite em sua xícara, parecia estar refletindo se acrescentava ou não uma terceira colher de açúcar à bebida. Desistindo da idéia, seguiu falando:

– Viajar não é perigoso... – sua voz estava evasiva, e ele continuou, como se estivesse pensando em voz alta: – Existem outras coisas na vida que realmente são perigosas e me metem medo.

Era difícil para mim imaginar o que ele temeria. Na fantasia que começava a fazer naquele momento, Alexandre aparecia sólido como uma rocha.

Ficamos em silêncio por um momento, até que finalmente falei:

— Por que veio à praia este final de semana? Quero dizer, foi por causa do surfe? Afinal, passear ao lado da mãe não deve ser o programa que você mais gosta de fazer.

Alexandre, que mantinha os cotovelos sobre a mesa e apoiava o queixo na palma da mão direita, soltou um longo suspiro.

— Acho que fiquei com pena de mamãe; talvez por isso tenha vindo a este passeio. Desde que papai foi embora, ela tem andado muito só. Sei que não está sendo nada fácil para ela. — Sua voz começava a ficar pesada e havia lances de menino em seu rosto bem-feito.

— Você mesmo viu como ela anda chata. Sempre pegou no meu pé, mas agora...

— É, ela realmente parece estar meio sem paciência — pigarreei e olhei para o teto procurando as palavras. Em seguida, disse:

— Deve estar sendo uma barra para você e para ela a saída de seu pai de casa, não é mesmo?

— Não, não para mim! — suas palavras eram ásperas. — Ele nunca foi grande coisa mesmo — Alexandre balançou a cabeça lentamente.

— Eu também não tive o pai que gostaria, mas é bom ter cuidado para não deixar a amargura tomar conta do coração.

Senti-me meio ridículo dizendo aquilo. Afinal, quem era eu para falar em coração livre de amargura? Mesmo assim, arrisquei mais um conselho:

— Melhor deixar isso pra lá. Na vida não existe nada melhor que um dia após o outro!

— Talvez você esteja certo — respondeu-me Alexandre, tentando ser educado.

— Heloísa tem razão sobre seus estudos? Têm estado mesmo tão ruins como ela disse?

Notando que minha intromissão aborrecia Alexandre, recuei. — Me desculpe, sei que estou sendo um chato.

Alexandre me encarou, e seus olhos estavam mais luminosos que antes.

— Não está sendo chato, não — hesitou um pouco e, depois, abrindo um largo sorriso, disse:

– Você tem um jeito muito engraçado de perguntar as coisas, sabia? Leva tudo tão a sério que se torna engraçado.

Ambos sorrimos, olhando-nos.

Permaneci em silêncio, e Alexandre retomou o assunto pela pergunta que lhe havia sido formulada:

– Se você quer saber mesmo, acho que ela anda com raiva porque eu vou fazer vestibular daqui a um ano e não estou muito preocupado com isso. Ele tomou um grande gole do seu leite quente e doce e acrescentou:

– Mas vou tentar entrar na universidade, acredite! Provavelmente mais por ela do que por mim.

– Por quê? – perguntei, mais curioso que antes.

– Porque tudo lá é uma grande mentira: os professores, com discursos idiotas e cara entediada, os alunos fazendo de conta que se interessam... – ele parecia levemente irritado.

– Não me interesso por esse tipo de coisa. Gosto de liberdade!

– Essa é uma posição arriscada, Alexandre. Se você pensa mesmo assim, deve ter muitos problemas.

– Muitos, realmente! – ele terminou de um só gole o leite. – Mas não me abalo fácil, protestarei até o fim!

Alexandre recolocou uma mecha de cabelo que lhe caía sobre o rosto atrás da orelha, ganhando uma expressão mais alegre:

– Mamãe me disse que você é médico, não é?

– Sou, sim. – "Mas você não imagina como eu gostaria de ser como você, de ter sua irreverência, sua liberdade, sua coragem de ser irresponsável", pensei, tomado por uma inveja melancólica.

Alexandre seguiu o curso dos seus pensamentos:

– Não concorda com nada do que eu disse até agora, não é? Deve pensar que são bobagens de adolescente.

– Por que eu acharia isso?

– Bem... – ele hesitou um pouco e, por fim, falou com voz encabulada: – Na verdade, fora Beatriz, ninguém nunca leva muito em conta o que eu digo.

– Não tenho certeza do que é certo ou errado, nem mesmo com relação à minha vida, Alexandre. Às vezes a gente não contesta as coisas simplesmente porque não sabe fazer diferente... Ou porque é covarde... O que talvez dê no mesmo.

Eu estava surpreso com a franqueza com que as palavras iam saindo de minha boca, e após uma breve reflexão concluí:

– Possivelmente você é mais corajoso do que eu. Não me surpreenderei nem um pouco se isso for verdade... Já me acostumei com a roupa de médico, com as mentiras...

Minha honestidade nos havia aproximado, sem dúvida, e uma forte agitação me fazia ter a exata medida da intimidade que estávamos começando a desfrutar durante aquela refeição. Mergulhado nessas sensações, eu via, com olhos deslumbrados, todos os gestos e palavras de Alexandre surgirem, espontâneos! E era nessa espontaneidade que eu encontrava o que nele mais me atraía: a juventude. Aquela era a primeira vez, depois de muito tempo, que me sentia verdadeiramente feliz por estar perto de alguém.

– Eduardo, nunca gostei de bater papo com os amigos de mamãe – disse Alexandre, sorrindo. – Eles me parecem metidos a intelectuais, sempre tão monótonos... Você entende? – ele fez uma pausa e baixou os olhos. – Mas... não sinto isso falando com você. Você é realmente... diferente! – Havia em seu olhar alguma coisa de doce, quando ele acrescentou:

– Espero que possamos nos tornar amigos!

Senti alegria. Naquele momento, a vida tornava-se mais atraente.

– Ora, pensei que já fôssemos amigos! – brinquei.

Encarei Alexandre e, fazendo isso, tive a impressão de perceber um leve estremecimento em seu rosto. "Você está imaginando coisas!", sussurrou-me uma voz dentro da cabeça, enquanto eu sentia que no peito o coração fazia o sangue fluir mais rápido. Comecei a suar.

Esforçando-me por me recompor, tornei a falar:

– Os amigos de sua mãe são muito mais velhos do que você e isso às vezes é problemático. Detesto me lembrar que estou ficando velho. É, acho que não tem jeito mesmo! – completei brincando.

Alexandre, que escutava tudo atentamente, contorceu a boca de forma jocosa, como se não concordasse com o que eu disse.

– Você parece dar muita importância a esse lance de juventude, Eduardo. Não sei, não, mas acho que não existe tanta vantagem assim em ter minha idade...

– Ah não?! Pois então espere mais quarenta anos e a gente volta a falar sobre isso – respondi, sem acreditar no que havia acabado de ouvir.

– Sim – respondeu-me Alexandre –, daqui a quarenta anos vai pesar, mas não do modo que você está pensando.

– De que modo então? – indaguei, intrigado, e complementei:

– Ora, Alexandre, reconheça! Velho não tem vez!

Alexandre mantinha uma expressão tranqüila.

– E jovem tem, por acaso? Só um bobo pensaria isso! – ele sorriu de modo divertido.

– Ah! – exclamei. – Estou me sentindo um bobo e não gosto disso! – brinquei novamente.

– Você fala como se só existissem vantagens em se ter a minha idade. Às vezes, ter 17 anos é um peso muito grande, Eduardo! Provavelmente tão grande quanto ser velho. É por isso que gostaria de acelerar o tempo, ter quinze anos a mais do que tenho hoje e depois congelar o passar dos anos. Seria bom cuidar da minha vida, não depender de ninguém. Além do mais, na minha idade, eu sinto como se os mais velhos tivessem inveja ou raiva de mim. Como se fosse minha culpa ter a idade que tenho.

– Como é que é? – perguntei com olhar surpreso, entendendo o que ele dizia.

– É isso mesmo que você ouviu – respondeu Alexandre com voz cortante.

Engoli em seco e me calei. Em meu íntimo eu compartilhava dos pensamentos de Alexandre. Por um momento, relembrei da inveja que há apenas alguns minutos sentira de sua beleza e juventude. Temi o amargor contido naqueles pensamentos e me recusei a levar mais adiante aquela conversa.

– Sabe de uma coisa? Acho que você anda conversando muito com Beatriz – disse, e abanei a cabeça troçando dele.

Alexandre deu de ombros mostrando indiferença.

Consultei o relógio e exclamei:

– Meu Deus, o tempo voou! Já devem estar à nossa espera; é melhor a gente ir andando ou vamos nos atrasar novamente. Além do mais, é bom parar a conversa por aqui, antes que você pense que eu sou mais um velho chato e rabugento como os outros amigos de sua mãe – disse, avaliando a expressão de Alexandre.

A última frase me escapou involuntariamente, e, embora eu estivesse zombando ao chamar-me de velho chato e rabugento, senti-me mal, pois percebia que naquela brincadeira se escondia uma freqüente e genuína mania de depreciar-me.

– Bem... Quanto a isso não se preocupe; aconteça o que acontecer, prometo manter minha opinião a seu respeito – respondeu Alexandre, bem-humorado. – Você é muito diferente dos outros.

– E eu posso saber que diferença é essa?

Alexandre, que já esperava a pergunta, respondeu:

– Ao menos você diz a verdade.

Dizendo isso, estendi a mão a Alexandre, que a apertou como se celebrasse o fechamento de um acordo. Em seguida, com um sorriso sem artifícios, saímos do restaurante.

Ao caminharmos, percebi que o dia ganhara uma intensidade inesperada. Adorava o modo bem-humorado pelo qual Alexandre raciocinava e gostava do brilho daquela luz que emanava dele, tornando menos traiçoeira a estrada por onde eu vinha caminhando havia tantos anos. Aquele homem – dava-me conta de que era assim que eu pensava em Alexandre – de olhos reluzentes começava a me ajudar a perceber o cansaço de mentir para mim mesmo. Diante da idéia de resolver meus conflitos envolvendo-me com uma mulher, produzia-se com mais força a necessidade de viver uma paixão com um homem. Por que teria sido Alexandre a me indicar isso eu só viria a descobrir muito depois. Finalmente, eu não suportava mais, queria me sentir vivo!

Embora Heloísa não estivesse de acordo, Beatriz mantinha-se irredutível em sua decisão de convocar um dos pescadores da região para servir-nos de guia. Após um breve bate-boca, e seguindo o conselho de um dos funcionários do hotel, o escolhido para essa tarefa acabou sendo seu Pedro: um homem pequeno, de cabeça grande e barba grisalha.

Naquele final de manhã, seu Pedro encarregou-se de levar-nos a uma tranqüila enseada, onde poderíamos tomar banho de mar, e lá permanecemos por quase todo o dia. Eu sempre dizia que quem conhecia uma praia conhecia todas. Entretanto, com o correr dos dias, sentia-me obrigado a admitir que Beatriz tivera uma boa idéia ao recrutar um guia. Aquele homem simples, de pele enrugada pelo sol, ia pouco a pouco me fazendo descobrir o lado oculto e exótico de cada novo recanto que nos levava a conhecer. Foi assim durante os outros dias que se seguiram: chegamos a conhecer falésias, grutas, algumas piscinas naturais e outras tantas praias desertas.

Alexandre permanecia a maior parte do tempo circunspecto. Falava pouco e, na mesma medida em que parecia divertir-se com os arroubos de Beatriz, ignorava, com um leve desprezo, as implicâncias de sua mãe.

Algumas vezes pensei que também eu estava sendo observado por ele, mas nunca acreditei que aquilo pudesse ser verdade; sentia-me confuso e, quanto maior ficava a confusão, mais desejava uma nova oportunidade de ficar alguns momentos a sós com Alexandre.

À noite, quando já não havia momentos em que ele poderia ser observado, voltava uma certa ansiedade, que me intrigava mais e mais. Sentira-me interessado por outros homens antes, mas Alexandre despertava em mim algo diferente: estranhamente novo e velho, algo que sentia não poder controlar nem manter distante. Eu deixava meu chalé e passeava, a esmo, pelos jardins do hotel. Caminhava muito. Era também uma forma de ficar só. Talvez o encontrasse, mas sentia a necessidade de usar meu corpo em algo que me fizesse sentir vivo e são. Perguntava-me sobre o porquê de tudo aquilo, daquela viagem, de ter obedecido a Beatriz mais uma vez. Perguntava-me sobre os motivos que me fizeram chegar vivo até aquele momento, naquele hotel. Eu não tinha forças para outra coisa senão caminhar.

Finalmente, estávamos na véspera de regressar a João Pessoa.

Faltavam vinte minutos para as oito horas da manhã quando um som de campainha me acordou. Sentando-me na cama sobressaltado, ainda sonolento, procurei o telefone, que ficava sobre o criado-mudo.

– Alô!

– Bom dia, paixão da minha vida! – gritou, do outro lado do aparelho, uma mulher com voz aguda. – Mas não acredito que ainda esteja dormindo! Deus do céu, que homem tão dorminhoco é esse?! Vamos lá, trate de acordar. Depois de morto você terá todo o tempo que quiser para dormir, mas não hoje; afinal, você sabe que amanhã cedo partiremos e não quero perder nem um minuto das horas de diversão que ainda me restam. – E a irritante voz finalizou, ordenando:

– Vista-se! Dentro de dez minutos estarei batendo à sua porta, para tomarmos café-da-manhã juntos.

– Que horas são, Beatriz? – perguntei, ocultando a irritação que sentia. Sem esperar a resposta, acrescentei:

– Ainda é cedo... Por favor, deixe-me dormir um pouco mais, está bem?

– Meu anjo, será que já esqueceu o que combinamos fazer hoje? – indagou Beatriz com voz manhosa.

– Bem... Suponho que tenha esquecido; afinal, para mim nós ainda estamos vivendo ontem – e dizendo isso supliquei:

– Mais meia hora de sono, Beatriz...

– Marcamos de ir com Heloísa fazer compras no comércio de Maceió – retrucou Beatriz. – Ah! Estou tão animada, já faz tanto tempo que não vou àquela cidade! Não quero perder essa oportunidade por nada deste mundo! De mais a mais, as festas de fim de ano estão chegando, e preciso mesmo comprar algumas lembrancinhas para os amigos – disse ela sorrindo, com a alegria excessiva de sempre.

– Desculpe-me, Beatriz, mas não estou disposto. Não me sinto nada bem esta manhã e gostaria de ficar na cama – respondi, sentindo a cabeça pesada, o rosto inchado e algo dolorido. – Se você não se importa, divirta-se sem mim hoje.

– Está tudo bem, Eduardo?

– Não se preocupe, minha amiga. Não é nada de mais, acho que peguei um resfriado, é tudo. Tossi, tentando fingir o início da doença. – Nada que um pouco de repouso não cure; repousar é tudo de que estou precisando.

– É isso que acontece com quem fica perambulando pelo sereno da madrugada. Eu bem que lhe avisei que você deveria se agasalhar melhor quando fosse fazer esses seus passeios noturnos.

— Sim, você tinha razão. Como sempre, aliás – respondi, ansioso por desligar o telefone e voltar a dormir.

— Telefonarei agora mesmo ao quarto de Heloísa e cancelarei o combinado. Não vou a lugar algum; não posso deixá-lo assim – Beatriz, parecia excitada com a idéia de bancar a enfermeira. – Providenciarei um chá de limão com alho e eucalipto, e logo, logo você vai estar novinho em folha.

— Não é preciso, Beatriz – agradeci, sentindo que ela começava a tornar-se inconveniente. – É realmente muita gentileza sua, mas, por favor, não perca o seu passeio por minha causa. Além de não ser justo, não faz o menor sentido. Asseguro que estou bem; é apenas uma indisposição – E, tentando manter-me afável, acrescentei:

— Será que você não confia mais na opinião de um médico?

— Bem, se é assim, você é quem sabe, mas tem mesmo certeza de quê...

— Sim, Beatriz, não é preciso mesmo!

— Está bem, então! Vou pedir que lhe tragam o café no quarto, com o chá.

— Mas...

— Não, não, não! Nada de mas; não discuta comigo. Alimentação saudável e muito líquido. Não seja malcriado!

Escutei um ruído do outro lado da linha, e, em seguida, o telefone ficou mudo. Beatriz havia desligado sem me dar a menor chance de argumentar. Senti um nó apertar a garganta, como geralmente sentem as pessoas que desejam dizer algo e não encontram as palavras. Detestava quando ela me tratava como criança. Irritado, meti-me novamente sob as cobertas e, em seguida, adormeci profundamente.

Algum tempo se passou antes que meu sono voltasse a ser interrompido. Beatriz cumprira o prometido e viera pessoalmente trazer-me uma bandeja com o café e o tal chá. Após obrigar-me a tomar, de um só gole, aquela bebida de cheiro forte e enjoativo, disse abruptamente:

— Você realmente gostou dele, não foi, Eduardo?

— Do que você está falando? – perguntei, duvidando do que acabara de ouvir.

— Eu estou falando de Alexandre. É por ele que você espera durante seus passeios à noite, não é?

Eu não conseguia responder. Então Beatriz havia notado; ela sabia o que estava acontecendo desde o primeiro momento. O que eu poderia responder? Talvez até mesmo sua repentina saída da mesa levando consigo Heloísa, no dia em que conheci Alexandre, tivesse sido proposital. Envergonhado, não respondi imediatamente. Passei algum tempo em silêncio e, em seguida, tentei dizer a verdade. Mas disse outra coisa.

– Oh, não! Você está vendo chifre na cabeça de cavalo, criatura. Alexandre é só um menino.

– Ele não é mais um menino e você sabe disso! Acho linda a forma como as coisas parecem estar acontecendo entre vocês. Oh, meu pobre amigo, pare de se criticar. Tenha coragem! Saia de onde está escondido. Você precisa ver como seu rosto se ilumina quando olha para ele! – respondeu-me Beatriz, desconsiderando minha tentativa de enganá-la. – Só uma coisa, Eduardo: por favor, tenha cuidado com Heloísa; ela não é nada burra. Além do mais, é uma mulher difícil.

Fiquei atordoado. Não sabia o que fazer. Senti desejos repentinos de abraçar e esmurrar Beatriz ao mesmo tempo. De chorar e rir. De fugir correndo e de não mover um músculo. Mas não sabia o que dizer. Permaneci mudo.

Beatriz não disse mais nada. Sorriu para mim, levantou-se e partiu, deixando que o silêncio esmagasse o aposento.

───

Acabei de me barbear, vesti uma roupa confortável e sentei-me na poltrona almofadada que ficava próxima à janela do quarto. Vi que a tarde já havia começado e que o céu, de um azul-safira, me enchia de disposição. Sentia que o mal-estar do início da manhã havia desaparecido quase completamente e que o tal chá melhorara consideravelmente a congestão que fazia doer meus olhos.

As palavras de Beatriz ainda se mantinham na minha cabeça, mas agora com bem menos força. Pensei na noite anterior. Lembrava-me de ter perambulado até tarde da noite, esperando encontrar Alexandre, e já passava muito da uma da madrugada quando voltei ao chalé. Tinha certeza de que a friagem noturna não havia sido a responsável pela minha indisposição; meu abatimento físico foi provocado pela frustração de não ter conseguido o momento de intimidade que vinha buscando com Alexandre. Agora, com a proximidade do fim daquele período na praia, eu nada mais poderia fazer!

Tomei um pouco de suco, peguei um dos livros que havia trazido comigo e tornei a sentar-me. Era um livro grosso, ricamente encadernado, e comecei a folheá-lo aleatoriamente, tentando me distrair; depois, esforçando-me por conseguir um pouco de concentração, iniciei a leitura. Alguns minutos se passaram, até que ouvi sons de folhas secas sendo pisadas. Olhando pela janela, vi um vulto fazendo a volta pelo lado esquerdo do chalé. Intrigado, apurei o ouvido e escutei; o som tornou a se repetir. Sem dúvida eram passos; só que desta vez estavam mais próximos. Finalmente, alguém parou diante da entrada do chalé e bateu à porta.

Colocando o livro sobre o criado-mudo, levantei-me e, com o coração acelerado, percorri a distância que me separava da porta, abrindo-a de um só golpe. Parado, olhar reluzente, estava Alexandre.

— Oi, Eduardo! — falou alegremente.

— Oi, Alexandre! — balbuciei, segurando a maçaneta com força, sentindo um frio repentino. — O que faz aqui? Você não foi viajar com sua mãe e Beatriz?

— Oh, não! Não mesmo! Sei como é mamãe; quando resolve olhar vitrines... — e ele sorriu de forma maliciosa. — Geralmente nunca tem dinheiro para comprar as coisas que escolhe, mas, mesmo assim, insiste em visitar todas as lojas que vê pela frente. É um saco!

— Entre, por favor.

Ele entrou, e a porta foi fechada. Ficamos ali, parados no meio do quarto, envolvidos por um silêncio constrangedor. Alexandre estava mais belo do que nunca. Vestia, sob o macacão *jeans*, uma camiseta branca sem mangas e usava um boné feito com um tecido axadrezado, de tons vermelho e azul. Ele parecia ser a criatura mais bonita que eu até então encontrara. Tirou cuidadosamente a mochila que trazia afivelada aos ombros e colocou-a no chão, junto aos pés; era feita de um material emborrachado, e eu me perguntei o que aquele acessório tão feio tinha de especial para que a maioria dos adolescentes adorassem carregá-lo consigo por onde quer que fossem.

Foi Alexandre quem rompeu o silêncio.

– Soube que estava doente e achei que seria legal passar aqui para saber como você está. Já melhorou? – perguntou, de modo surpreendentemente tímido.

– É só um resfriado, mas já estou bem melhor, obrigado – respondi, sendo novamente invadido pela mesma emoção que se apossara de mim quando vira Alexandre pela primeira vez.

– Preferi não ir com mamãe, para poder aproveitar um pouco mais a praia e a piscina, e foi o que fiz durante toda a manhã. Agora à tarde pretendo fazer uma expedição à reserva de mata atlântica, que fica logo depois da vila dos pescadores, e imaginei se não gostaria de vir comigo. Ficar o dia todo enfurnado num quarto faz a gente adoecer ainda mais.

– Acho que talvez você tenha razão. Uma mudança de cenário até que não seria má idéia – respondi, procurando fazer que minha voz não soasse trêmula.

– Puxa, que alívio! Já estava começando a pensar que teria de fazer toda a caminhada sozinho... – ele parou um pouco encabulado antes de perguntar:

– Bem... Esqueci de dizer que são uns quatro quilômetros de caminhada a pé até lá. Será que você está mesmo disposto a...

Ergui a mão, bruscamente, em sinal de protesto. Foi o suficiente para que ele entendesse.

– Está certo. Vamos então! – retrucou Alexandre, achando graça em minha repentina recuperação.

Calcei tênis, cobri a cabeça com um chapéu engraçado do tipo safári, e partimos. Aquela foi a mais maravilhosa das tardes que já vivi. Conversamos durante todo o tempo em que caminhávamos, e a cada passo eu sentia que ficávamos mais íntimos. Não falávamos sobre nada específico, e por isso eu tinha a sensação de estarmos conversando sobre todos os assuntos do mundo. Ríamos muito. Alexandre contava histórias sobre sua família, seus amigos e suas farras, e eu saboreava cada relato, tendo consciência de que, pela primeira vez na vida, estava me apaixonando por alguém.

Algum tempo mais tarde, chegamos à vila de pescadores e paramos por alguns minutos. Já havíamos percorrido mais da metade do caminho. Entretanto, ainda teríamos de atravessar o povoado e caminhar mais um quilômetro antes de alcançar a entrada do parque.

Respiramos fundo, e Alexandre lançou-me um olhar de quem sugeria que deveríamos continuar a marcha. Olhei para ele, concordando, e recomecei a caminhada.

A agitação em torno da rua principal era grande. Por toda parte, casebres de pescadores se misturavam a pequenos albergues, bares e restaurantes, enquanto sobre calçadas improvisadas – e invadindo parte da rua – ambulantes e artesãos disputavam espaço.

Tornei a parar, desta vez para observar um homem sentado em uma esteira repleta de miçangas, fios de arame e linhas coloridas, que ia pacientemente criando pulseiras e gargantilhas. Voltei-me a tempo de ver Alexandre afastar-se, atravessar a rua e entrar numa casa que ficava logo em frente. Na porta, uma tabuleta anunciava: FAZEMOS TATUAGENS. Permaneci ali por mais alguns minutos. Em seguida, parti ao encontro de Alexandre. Mal havia dado o primeiro passo, escutei uma voz rouca e abafada murmurar:

– O senhor quer que eu leia sua sorte?

Surpreso, voltei-me para ver quem era e dei de cara com uma velha, ombros curvados, de olhar maldoso, que se vestia em trajes ciganos.

– Não, não tenho tempo agora – respondi, tentando não me deixar intimidar.

– Então, certamente pode arrumar algum trocado para a velha cigana – retorquiu a mulher, em tom arrogante.

– Estou sem dinheiro – e, temendo que ela insistisse, acrescentei de forma rude:

– Deixe-me em paz!

– Você não devia falar assim com a doce Clara – disse a velha, batendo com a ponta do indicador contra o próprio peito. – Está com medo de saber o que lhe acontecerá no futuro, não é? E ela riu de modo sinistro.

Quando pequeno, meu medo de feiticeiras e ciganas que liam a sorte nas ruas de Salvador conseguia me atormentar. O tempo havia passado e meu temor fora quase totalmente desfeito. Entretanto, pelo sim, pelo não, ainda preferia evitá-las.

– Dane-se, mulher! Já lhe disse, me deixe em paz! Não vou perder meu tempo ouvindo suas bobagens – minha voz revelava um misto de medo e raiva, e tentei afastar-me.

De forma atrevida, a velha segurou-me a mão com força e olhou profundamente em meus olhos.

— Tenha muito cuidado, meu senhor – disse com voz mística. – Desde que o vi, notei uma sombra sobre sua cabeça e senti a presença do mal a seu lado! Sabe de uma coisa? O demônio quer carregar sua alma, e vejo que ele começa a se fazer muito íntimo seu...

À medida que a velha prosseguia falando, sua voz ia ficando mais grave, e seus olhos começavam a se mover, como se estivesse em uma espécie de transe.

— Seu sangue está podre, e você ignora o nome de Deus – ela gargalhou acrescentando:

— Afaste-se da maldita serpente de olhos flamejantes, ou então... Que Deus tenha piedade de sua alma depravada.

— Do que você está falando, mulher? Você enlouqueceu? Me solte, velha idiota! – dei um safanão e soltei-me da cigana.

— Você foi avisado! Lembre-se disso ou vai se arrepender! – grunhiu a mulher, com olhos arregalados e vermelhos.

Assustado, caminhei, meio andando meio correndo, até a casa onde Alexandre havia entrado, e vi quando ele recebia das mãos de um homem um pequeno embrulho de cor acinzentada.

— Você está pálido, Eduardo. Está tudo bem?

— Sim, está tudo certo. Acho que deve ser o calor – disse eu, tentando desconversar.

Alexandre guardou o pacote dentro da mochila, e, em seguida, saímos da loja. Eu ainda estava tenso e esforçava-me por retomar a alegria e a jovialidade que vinha sentindo. Cerca de quinze minutos se passaram até que, finalmente, estávamos diante da reserva de mata atlântica.

Logo na entrada, uma espécie de casa com formas futuristas havia sido construída para servir de ponto de apoio aos visitantes. Curiosamente, sua cobertura, em forma de um grande guarda-chuva invertido, funcionava como coletor de água das chuvas, a qual, depois de armazenada, era reaproveitada.

Embora estivesse cansado da caminhada, sentia-me recompensado pela beleza do lugar. As construções, todas em estilo futurista, ganhavam leveza emolduradas pelo lago e pelos jardins que, com suas variações de cor e tonalidade, desenhavam harmônicos mosaicos.

Bem em frente ao lago, uma larga faixa de terra havia sido mantida livre das flores e dos arbustos. Era exatamente após esse descampado que se descortinava um pedaço de mata atlântica praticamente intocado.

Comemos alguma coisa, abastecemo-nos com uma garrafa d'água e continuamos o passeio. Dali para a frente começava a expedição propriamente dita.

Poucos eram os turistas que se aventuravam a fazer aquele passeio, e naquela tarde as trilhas estavam desertas. Caminhamos sossegadamente pela floresta, tendo cuidado para não nos afastar muito dos caminhos indicados no mapa.

Era maravilhoso poder redescobrir a vida. Eu havia passado tantos anos ilhado, dividindo meu tempo entre livros e doentes, que não me lembrava mais do cheiro da terra úmida, do silêncio da mata. Um sagüi passou, pulando por entre as árvores. Levamos um susto.

– Que dupla nós formamos! Com medo de um macaco – sentenciou Alexandre. Rimos e nos olhamos.

Sem que nos déssemos conta, saímos da estrada principal e, quanto mais nos distanciávamos, mais exuberante se tornava a natureza. Parávamos, de tempos em tempos, para beber água ou investigar algum inseto. Foi Alexandre quem chamou minha atenção para uma das árvores que, ao longe, se destacava das demais.

– Olhe aquilo lá, Eduardo! – disse, apontando em direção ao motivo do seu espanto. – O que será aquela coisa estranha?

Ele estava se referindo a uma árvore de tronco muito grosso, que tinha uma coisa esquisita bem no meio da copa. Tentamos adivinhar o que era, mas visto daquela distância, e no meio de tanta folhagem, era impossível saber do que se tratava. Alexandre apressou o passo. Observei sua majestosa silhueta afastar-se e pensei que ele era ainda mais magnífico quando ficava curioso.

Ao chegarmos mais perto compreendemos tratar-se de uma pequena cabana que havia sido construída por entre os galhos da árvore.

– Acho que podemos descansar aqui – sugeri.

– Aqui não! – retificou Alexandre. – Ali – e apontou para o interior da cabana.

Pusemo-nos então a subir uma pequena escada de madeira, de degraus estreitos e corrimão feito com varas de bambu. Naquele momento, tudo em redor era silêncio, e ao chegarmos à entrada da cabana tive a sensação de estar penetrando em outro mundo.

Sentamo-nos no assoalho de tábua corrida. Alexandre esticou as pernas para descansar. O lugar estava vazio, exceto por uma velha marionete de aspecto amarrotado que se encontrava jogada em um dos cantos. Certamente alguma criança distraída a esquecera, e me senti desolado com o abandono do pobre boneco. Continuamos conversando. Alexandre iniciou uma seção de anedotas, e isso tornou o ambiente mais descontraído. Permanecemos muito tempo ali, até que Alexandre ficou sério, apanhou a mochila, tirou o pequeno pacote e desembrulhou-o meticulosamente. Estiquei o pescoço e olhei com curiosidade aquele punhado de erva seca que ele segurava na palma de sua mão aberta.

Indiferente ao que eu pudesse estar pensando, Alexandre se mantinha compenetrado no que estava fazendo. No mesmo ritmo calmo com o qual havia iniciado a operação, apanhou um pouco da erva com a ponta dos dedos, depositou-a sobre uma pequena folha de papel de seda e, cantarolando baixinho, começou a enrolar o baseado.

Eu observava todo aquele movimento, esforçando-me por parecer natural. Como jamais usara qualquer tipo de droga ilícita, preferi manter-me calado, temendo que meus comentários pudessem soar como algo moralista ou antiquado aos ouvidos de um jovem. Tentei contentar-me pensando que a maconha era um hábito que fazia parte da juventude, e não deveria ser muito pior do que algumas doses de uísque. Estava começando a ficar preso a Alexandre e não suportava a idéia de desapontá-lo. Sentira-me assim desde o primeiro momento em que o vira e estava disposto a fazer o que fosse preciso para conseguir seu afeto.

Após terminada a confecção do cigarro, Alexandre desatou o fio de couro que trazia amarrado em torno do pescoço. Na extremidade que ficava oculta sob a camisa, havia, presa a uma argola de metal, uma linda serpente de prata, com olhos de granada. Logo percebi que aquilo era uma espécie de cachimbo de fumar maconha, no qual Alexandre introduziu o seu cigarro.

Sentia-me desconfortável com o meu próprio constrangimento e tive vontade de dizer algo que pudesse quebrar o silêncio. Mas naquele momento não conseguia encontrar nenhum assunto que julgasse interessante. Por isso, acabei dizendo a primeira coisa que me veio à cabeça:

– Como você soube onde vendiam erva, Alexandre? – perguntei, de modo meio desajeitado.

Alexandre olhou-me com expressão impassível e respondeu então:

– Essas coisas a gente sempre sabe – e sorriu de forma cínica.

Retribuí com um sorriso sem graça, sentindo-me um completo idiota por ter feito aquela pergunta.

Alexandre acendeu o baseado, encostou uma das extremidades do cachimbo nos lábios e aspirou demoradamente a fumaça. Em seguida, olhou-me e perguntou suavemente:

– Tá a fim? – sua voz ecoou de forma lasciva.

Com a mão suspensa no ar, segurando a serpente de metal pela cabeça, ele me olhava de modo indagador e sensual.

Hesitei, e, por um segundo, como em um lampejo, as palavras da cigana me vieram à mente. Tentei encontrar forças para levantar e sair dali. Voltar, quem sabe, para a segurança de minha solidão ou dos encontros com duração de uma noite, que não me deixavam marca alguma; entretanto, eu sabia que nada mais adiantaria. Não poderia fazer aquilo! Ainda assim tentei levantar, mas minhas pernas não responderam ao comando. Por trás da fumaça do cigarro que queimava lentamente, eu via os olhos vermelho-castanhos da serpente, que, chamejantes, lançavam-me em um torpor hipnótico; e, como pano de fundo daquela cena, estava Alexandre, que me sorria com o braço ainda estendido, aguardando a resposta. Olhei-o detidamente e senti-me fascinado pela enigmática alternância de expressões que a cada instante esculpia uma nova imagem sobre aquele belo rosto. Perdido naquela superposição de imagens e na sensualidade que ela invocava, percebi quão terrível e trágica a beleza perfeita daquele rapaz se apresentava para mim. Desesperado, tentei mentir para mim mesmo, mas não pude negar o que acabara de compreender: Alexandre personificava, para mim, a fusão de opostos, vida e morte!

Sentindo-me desmoronar, falei:

– E por que não? – estendi a mão um pouco trêmula, apanhei o cigarro e traguei profundamente.

Após algumas tragadas, a maconha começou a produzir efeito, e a angústia deu lugar a uma sensação de bem-estar. "Deve ser isso que os jovens chamam de 'barato'", pensei, notando que as extremidades do meu corpo estavam dormentes e minha cabeça, vazia de qualquer problema ou preocupação. As imagens que surgiam diante dos meus olhos pareciam acontecer em câmera lenta. À medida que a velocidade dos acontecimentos ia sendo alterada, o filtro de minha visão também começava a ganhar novos contornos, tornando o mundo, a cada vez que eu recebia o cigarro e tragava, mais e mais suave.

Mergulhei em um mar de suavidade e relaxamento, onde todos os movimentos pareciam escapar ao controle da gravidade. Sentado a meu lado, Alexandre tentava ferozmente desenrolar os cordões da velha marionete, na esperança de dar-lhe vida novamente.

– Deixe-me tentar – pedi, recebendo o brinquedo das mãos de Alexandre.

– Sabe, Eduardo, eu sempre tive vontade de mexer numa marionete destas – comentou Alexandre, olhando com interesse minha tentativa de desfazer o emaranhado de nós que prendiam as pernas e os braços do boneco.

– E nunca experimentou brincar com uma? – perguntei surpreso. – No meu tempo, esses bonecos eram bem comuns.

– Hoje não são mais...

Alexandre foi interrompido.

– Pronto. Consegui! – disse com olhar triunfante. – Agora precisamos dar um nome ao boneco.

Alexandre olhou-me espantado, como se acabasse de descobrir que eu era um pirralho de 5 anos de idade. Desatou a gargalhar, e mesmo eu não consegui conter o riso. Em seguida, ele pegou a marionete e começou a movimentar os cordéis, como se quisesse fazê-la dançar. De repente, parou o que estava fazendo, colocou o boneco no chão e silenciou. Seu rosto assumiu uma expressão deprimida e havia muita emoção em sua voz quando ele disse:

– Às vezes, é assim que me sinto: manipulável.

Ao escutá-lo falar daquele modo, enchi-me de ternura e, num gesto solidário, coloquei a mão em seu ombro. Ao fazer isso, entretanto, senti como se um vento gelado perpassasse nosso corpo, e ambos estremecemos. Petrificados diante daquela reação mútua, ficamos calados por um período que pareceu durar uma eternidade.

Em silêncio, Alexandre aparentava dominar aquela situação, sem medo, sem pressa, com olhar sereno. Era a força desse olhar que me impressionava; não apenas pelos olhos que confundiam o azul com o verde e o cinza, mas o conjunto: a imprecisão da cor da íris com a moldura dos lábios vermelhos...

Impossibilitado de reagir, continuei olhando para Alexandre e tive a impressão de estar vendo uma aura azulada circundá-lo. Ele me observava curioso, tentando penetrar-me os pensamentos. Sentindo-me embaraçado, rompi o silêncio:

– Por que me olha desse modo, Alexandre?... Eu... tenho a sensação de que você quer me dizer alguma coisa... – Pouco a pouco, sentia meu coração bater mais forte, e minha voz era humilde quando perguntei:

– O que você quer dizer, afinal? – Senti o sangue se esvair do meu rosto.

Alexandre nada respondeu. Em vez disso, moveu-se em câmera lenta e, puxando-me delicadamente de encontro a seu corpo, comprimiu seus lábios contra os meus. Beijamo-nos de forma intensa. Logo depois, fui envolvido pela cintura e, sem oferecer qualquer resistência ou medo, entreguei-me ao abraço daquele jovem que de repente assumira força e majestade; guerreiro grego treinado em Esparta, instruído em Atenas, disposto, naquele momento, a possuir-me como amante...

Dali em diante, perdemos totalmente a noção do tempo. Fechei os olhos e senti que cada carícia que acontecia vinha carregada de um misto de cuidado e ternura. Foi essa mistura que permitiu a Alexandre tocar e descobrir, aos poucos, recantos do meu corpo que nem eu mesmo conhecia. Talvez um minuto, ou mesmo uma hora, se tenha passado até que, em um instante qualquer, reabri os olhos e só então percebi, com alguma surpresa, que estávamos completamente nus.

Tudo em Alexandre era tão perfeito e delicado que quase chegava a ser feminino. E, no entanto, ele era todo másculo: sua cor, sua textura, seu cabelo solto dando suavidade ao rosto forte, sua firmeza muscular, seus braços bem definidos... Eram todos atributos que, somados, faziam dele um homem. Sua pele branca destacava-se ainda mais contra o brilho do sol da tarde que entrava pela janela da cabana, e a falta dos pêlos marcava o contraste do conjunto: o que nos outros seria mais másculo e maduro nele não era necessário, seria um exagero.

Nossos olhos se encontraram. Baixei a vista e vi o peito e os ombros de Alexandre; percorri os músculos da barriga e parei os olhos sobre uma pequena marca de nascença, gravada do lado direito da região que ficava abaixo do umbigo. Inclinei-me para beijá-la e provei, com a ponta da língua, o gosto salgado e quente daquela pele jovem que protegia um corpo harmônico.

Foi com alegria que acolhi todo o peso de Alexandre sobre mim, e, ao sentir seu peito apertar-se contra o meu, tive a sensação quase física de que nossos corpos se diluiriam e se misturariam em um só para sempre. Abraçamo-nos ainda mais fortemente, e não tardou muito até que eu visse o clarão de fogos de artifício que começavam a explodir dentro de minha cabeça. Naquele instante, compreendi finalmente a diferença entre o sexo e um ato de amor.

Exaustos, permanecemos ainda durante muito tempo estendidos no chão, lado a lado, imóveis, com o coração disparado e a respiração arquejante. Lá fora, apenas o barulho do vento que soprava por entre os galhos das árvores sacudindo as folhagens. Tudo muito... calmo... lento... suave.

V

A vida ao lado de Alexandre corria fluida. Sua presença me enchia de encanto para viver, e isso me bastava. Futuro e passado não existiam. A liberdade nos envolvia de um modo tal que nem os olhares dos outros nos metiam medo. Dia a dia, Alexandre me seduzia, envolvia-me, com seu jeito inocente e descaradamente livre. Seus grandes olhos maliciosos e seu sorriso encantador me tocavam de um modo tal que eu me sentia compelido a acariciá-lo, protegê-lo, mimá-lo como se ele fosse um menino. "Meu pequeno", era assim que eu, por vezes, queria chamá-lo, ainda que temesse ofender tamanho homem com meus sentimentos. Tudo era magia, uma magia que me tornava indestrutível.

Sentia-me em meio a um turbilhão de emoções e, no entanto, estava sereno, como se tivesse mergulhado em um oceano em que, quanto mais profundamente eu descesse, mais paz sentiria... Silêncio e sons se confundiam; contínuas ondas de sensações novas, irrepetíveis. O mesmo e o diferente, o velho e o novo se apresentavam a mim, enquanto eu era atravessado por essas ondas de luz, cor, força e gozo. A realidade importava e simultaneamente não significava nada além de um referencial. Moldura de um quadro. Alimento que sustenta a vida. E nada mais que o prazer, o verdadeiro prazer que consistia em estar nos braços de Alexandre, em dormir ao lado dele, em senti-lo tocando em mim. Pela primeira vez em minha vida, de fato, eu não pensava no amanhã...

E assim foi o primeiro ano da nossa relação, em que vivemos tempos de imensa felicidade. Por um longo período, só percebi da vida o que se passava em nossos momentos de prazer. Não conseguia ver – não queria ver – que dentro de Alexandre existia conflito. Por isso mesmo, em meu coração habitava, serpente insidiosa, a insegurança, o medo de perdê-lo... Pequenos sinais acusavam, mais fortemente a partir do segundo ano, que Alexandre nem sempre – e a partir de certo período, não mais – estava entregue como eu desejaria que estivesse. Sentia-o mais e mais distante; sem que ambos, conscientemente, fizéssemos força para tanto, ele se distanciava de mim... Comecei a sentir uma espécie de estranho tormento, por não saber quanto tempo ele ainda ficaria a meu lado.

No começo, nada disso existia, e eu me consolava agarrando-me ao passado. Não me permitia crer que Alexandre havia mudado, e meu ódio recluso começou a voltar-se contra ele, tornando o que antes fora suavidade em um peso cada vez mais desagradável. Passamos – provavelmente por isso – a não cuidar mais um do outro. O corpo de Alexandre, sempre quente, tornou-se rápido em meus braços, quase frio, escorregadio.

Entre o segundo e o terceiro ano, bilhetes apaixonados desapareceram. Atribuíamos isso à rotina, ao cotidiano. Mas, na verdade, fomo-nos tornando amargos um com o outro. Não conseguíamos mais fazer pequenas coisas juntos. Por mais desesperado que eu ficasse, não conseguia mais me comunicar com Alexandre. Meu Deus! – eu, que não acreditava em mais nada, chegava mesmo a pensar em Deus, a pedir-lhe socorro – o que está acontecendo? Por quê? Pântano e areia movediça, e eu me debatendo, debalde. Quanto mais movimentos, mais afundávamos, um para longe do outro... Doía-me sofrer tanto e fazê-lo sofrer em vão; doía-me já não conseguir contatá-lo como no início; doía-me, como antes e mais ainda, estar vivo. Quanto sofrimento pode suportar alguém secretamente é coisa que hoje ainda me faz pasmar.

Por tudo isso, no início do terceiro ano passei a beber mais que o habitual. Obviamente, isso se tornou um obstáculo para nós. Por conta do álcool, cada vez mais freqüentemente, davam-se agressões mútuas. O resto de paciência que Alexandre tinha comigo, fundada num respeito que o fizera desejar-me, tornou-se insuficiente para manter uma relação minimamente amigável. Nem mesmo a beleza de Alexandre era a mesma. Um véu de tristeza, aura sem cor, embaçava-lhe ora a boca, ora os lábios, que passaram a fechar-se e calar. Os cabelos permaneciam adoráveis, mas duma beleza simplesmente estética, em que o erótico terminara por voltar-se contra quem o visse. Apesar disso, não havia o ódio estampado; Alexandre não era Medusa. Sua pele nunca deixou de brilhar; seu coração é que finalmente cansou. Endureceu. Não tardou até que, passadas as férias de julho, nos encarássemos como desconhecidos.

Mergulhado em um mundo de agonia e desamparo, aos poucos comecei a perder até mesmo meu amor-próprio... Desistir de viver – hoje consigo perceber – foi meu último esforço, cego e ineficaz, para tentar recompor o laço que me unia a Alexandre. Queria – sim, não posso negar – que ele ficasse comigo, ao menos por um pouco de pena. Quem sabe se visse a criança desesperada em mim ele não se lembraria de quem fui?

Meu engano, que levou ao fracasso desse artifício, não pensado, foi esquecer que Alexandre buscara em mim o homem. A princípio, o corpo jovem de Alexandre era uma espécie de espelho onde eu imaginava estar me vendo, e isso fazia que eu não sentisse a diferença de idade que existia entre nós. Trincado o espelho, víamos, face a face, nossas diferenças. Não havia como reconstituir a unidade imaginada.

Certa noite, enquanto tomava banho, olhei-me e percebi que a beleza e juventude, antes atributos de que me orgulhava, já não estavam ali: pernas magras, músculos flácidos. Este era o meu retrato! Cheio de nojo e ódio, cabeça entre as mãos, senti que a água que escorria dos meus cabelos se misturava às minhas lágrimas. Na manhã seguinte, após desmarcar os compromissos que teria no consultório, dirigi-me para longe das ruas onde poderia encontrar pessoas conhecidas. Sentia-me ridículo. Sabia que, ao final, todos veriam o resultado do que eu estava decidido a fazer; mas ainda assim eu precisava me esconder. Naquela manhã, fui a um salão e tingi o cabelo.

Nunca antes o fato de estar ficando grisalho havia me importunado. E, de repente, meus cabelos se tornaram desagradáveis, dando-me a impressão de que não mais me pertenciam. "Ando desleixado comigo mesmo nesses últimos tempos!", pensei. Ou: "Preciso cuidar melhor da minha aparência!" Era assim que eu justificava aquele ato. O que eu não conseguia admitir era o desespero, a necessidade de ter um rosto jovem novamente, tudo para fazer-me mais harmonioso e sedutor aos olhos de Alexandre. Superficialmente, pensava que recuperaria seu amor mascarando meu envelhecimento.

Quando finalmente o serviço estava concluído, tornei a olhar-me no espelho e notei, decepcionado, que o efeito não havia sido o esperado. Aquela juventude era falsa! O tempo carregara a beleza de minha adolescência, e, por mais que eu tentasse dissimular, Alexandre sempre veria que eu não era como ele. Rugas marcavam minha testa alta; as faces estavam magras e a boca pequena revelava tristeza. Apenas meu nariz, delicadamente arqueado, e meu queixo firme ainda pareciam guardar beleza. Pisquei os olhos: uma onda de estranheza tornou minha visão turva, como se os objetos ao meu redor compusessem o cenário de um curto e veloz pesadelo. Deprimido, paguei o que devia e saí do salão.

Todo esse movimento de angústia e descontentamento, entretanto, se diluía no correr dos dias. Nada disso era falado entre nós. Mesmo o verdadeiro motivo das brigas nunca aparecia; nossas agressões eram sempre por motivos "domésticos". Aparentemente nossa rotina se mantinha a mesma. Mas os detalhes, aqueles detalhes que fazem diferença, já não estavam lá... Apagaram-se por completo.

Fora isso, cada cena seguia seu ritmo, como em atos de uma peça. Alexandre continuava dormindo em meu apartamento quase todas as noites. Verdade que mudou alguns de seus hábitos, apaixonou-se por computadores, interessou-se de forma genuína pela idéia de entrar na universidade e, tal qual eu fizera um dia, começou a trabalhar nos horários em que estava longe dos estudos.

Fui apresentado a Caíque uma semana antes de Alexandre começar a trabalhar para ele. Àquela altura, eu já conhecia muitos dos seus amigos, e não era raro fazermos reuniões em minha cobertura, nos finais de semana, para recebê-los em volta da piscina. Nem todos do grupo eram homossexuais, mas todos eram bastante jovens e talvez por isso se mostrassem tolerantes conosco. Aquelas eram sempre manhãs muito divertidas, cheias de brincadeiras, risos e diversão. Ninguém parecia perceber que eu era mais velho; tratavam-me como se eu fosse um deles. Jamais fizeram pouco de mim! Como isso era possível? Como aqueles jovens conseguiam incorporar minha presença com tanta naturalidade? Eu nunca encontrei resposta para essas perguntas que surgiam repetidas vezes em minha cabeça. Talvez porque a resposta não estivesse onde eu estava procurando. Provavelmente, era eu quem não suportava a minha idade, e não eles.

Assim, quando em um desses finais de semana vi Caíque sentado na borda da piscina, senti um misto de emoções. Alívio por ele já ser um homem maduro; ciúme por ver alguém como eu próximo de Alexandre; e uma nostalgia invejosa pela beleza que ele conseguia manter. Ele era carioca, beirando os 37 anos, e, além de comandar a única escola de surfe da cidade, velejava e era muito conhecido por ajudar os colegas quando estes se metiam em encrencas. Era o tipo do homem que se orgulhava das suas proezas sexuais com as mulheres, e cada nome que acrescentava ao seu caderno de endereços era exibido como se fosse uma medalha. Sua companhia era sempre procurada pelos amigos, que, por vezes, também lhe tomavam dinheiro emprestado. Quer fosse por admiração e desejo, quer fosse por dívida, as pessoas sempre estavam de algum modo ligadas a Caíque. Não demorou muito para que eu compreendesse quanto a popularidade daquele homem me incomodava.

Se eu tivesse pensado um pouco mais, talvez tivesse percebido o motivo pelo qual ele havia sido convidado naquele final de semana. Já fazia algum tempo que Alexandre mostrava-se relutante em aceitar a mesada que a mãe lhe dava. Tampouco admitia a idéia de receber qualquer dinheiro meu. Muitas vezes discutíamos por isso, mas ele sempre se mantinha inflexível. A verdade é que eu não conseguia aceitar o fato de que Alexandre estava amadurecendo. Ele não se manteria um adolescente para o resto da vida. Chegaria o dia em que teria sua vida, seu dinheiro, seus desejos, e isso era tudo que eu não queria. Ele era, em minha fantasia, meu menino, e eu precisava que se mantivesse nessa condição para sempre. Parecia-me absurdo desejar isso, mas eu o amava de um modo tal que não suportava a idéia de ficar sem ele. Por várias vezes, disse a Alexandre que o ajudaria a conseguir um emprego. De fato, teria sido fácil para mim consegui-lo – se eu tivesse me empenhado na tarefa. Isso, é claro, intimamente, não era verdade. Eu gostava de dar as coisas a Alexandre e, se dependesse de mim, eu lhe teria dado tudo que ele pudesse sonhar, menos o apoio que o ajudaria a tornar-se um homem livre para viver a vida. Disso eu tinha medo.

Aos poucos, aquele pântano que nos envolvia pareceu confundir-se comigo, e, sem perceber, passei a sufocar Alexandre com meu ódio. Por muito tempo, acreditei que minha posição social, minhas promessas de ajuda, meu amor, as festas para os seus amigos contribuiriam para que ele ficasse ao meu lado. Talvez em um primeiro momento isso tenha realmente produzido algum efeito, mas ele se cansou de esperar por mim e resolveu pedir ajuda a Caíque. Foi assim que Alexandre começou a dar aulas no "Clube do Surfe", nos períodos em que não estava no curso.

Sabia que o recebimento dessa ajuda também havia contribuído para a irritação que eu sentia pela proximidade entre Alexandre e Caíque. Junto dele, imaginava que Alexandre ultrapassaria a última porta que o impedia de sair. Ainda assim, mantive-me controlado quando soube da novidade. Sem manifestar qualquer surpresa pela notícia, beijei Alexandre afetuosamente e disse-lhe palavras de incentivo e aprovação. Mas no fundo eu gostaria de tê-lo xingado, de ter procurado Caíque e dito a ele que ficasse longe do meu menino. Não consigo avaliar se fiz bem em me calar... No fundo, acho que não teria feito qualquer diferença. Naquele momento, compreendi que meus lamentos eram a única coisa que realmente me pertenciam.

Algum tempo depois, passei a manter com Alexandre um ritmo de vida semelhante ao que levava ao lado de Virgínia. Pela manhã, acordávamos cedo e ele aproveitava minha ida ao trabalho para pegar carona até o curso pré-vestibular. Por volta do meio-dia, antes que ele fosse dar suas aulas, almoçávamos juntos. Muitas vezes esses almoços contavam com a presença de Beatriz – o convívio com ela se intensificara muito desde o dia em que conheci Alexandre. Quase sempre que resolvíamos sair da cidade Beatriz também ia. Ela gostava de nossa companhia, mas não apenas isso: em alguns momentos eu tinha a impressão de que minha relação com Alexandre precisava dela para existir. Como se ela fosse o vértice que equilibrava, no triângulo, eixos tão divergentes.

Heloísa, por outro lado, parecia não se importar mais com o filho. A única coisa que lhe interessava eram seus quadros e sua carreira. Estava sempre viajando, acompanhando de perto o desenvolvimento do seu trabalho. Começava a ficar conhecida no país e não queria empecilhos na subida. Tentou deixar Alexandre em companhia do pai, mas ele não aceitou. Foi quando Beatriz se ofereceu para que Alexandre ficasse um tempo em sua casa. Heloísa deve ter sentido isso como um alívio: às vezes mãe e filho passavam semanas sem se ver. O que ela nunca soube é que era no meu apartamento que Alexandre acordava quase todas as manhãs.

Depois de almoçarmos juntos, geralmente eu só reencontrava Alexandre à noite, em casa, após me livrar do trabalho no consultório. Terminado o jantar, tínhamos por hábito ficar batendo papo por algumas horas, esperando que o sono chegasse. Eu preparava meu uísque e ficávamos na varanda do apartamento, conversando, enquanto eu bebia e Alexandre fumava seu baseado. Surpreendia-me o fato de sempre encontrarmos assunto para conversar. Mesmo que a nossa relação estivesse passando por um momento delicado, esse era um período no qual ainda não permanecíamos em silêncio quando estávamos lado a lado. Entretanto, um dia isso mudaria. Chegaria o tempo do silêncio e da despedida.

Foi em uma dessas noites na varanda do apartamento que finalmente tomei coragem e decidi falar com ele sobre algo mais que assuntos banais. A qualidade que eu mais admirava nele era a franqueza. Talvez em alguns momentos ele preferisse não se abrir comigo e silenciasse seus enigmas. Entretanto, se eu lhe fizesse uma pergunta, Alexandre jamais mentiria ao formular a resposta. Era verdade que em certos casos, quando ele queria agredir alguém, essa sinceridade era usada de modo cruel. Mesmo assim, eu a considerava uma virtude. Tomando coragem, perguntei-lhe:

— Você tem andado estranho nesses últimos tempos, Alexandre. O que está acontecendo?

— Estranho como? — ele parecia surpreso.

– Mais pensativo que o habitual. Pago dois dólares para saber em que você anda pensando – disse-lhe, tentando brincar com minha angústia.

– Só dois dólares? O tempo está passando e você está ficando um mão-de-vaca! – retrucou Alexandre, fazendo uma cara engraçada.

Ficou em silêncio um minuto, tragou o cigarro e tornou a falar:

– Tenho pensado nos momentos em que não estou com você neste apartamento.

– Como assim? – perguntei, encarando-o.

– Fico imaginando se você não se chateia por ter de dormir só em algumas noites.

– Claro que não! Eu sei que você vai estar aqui no outro dia. Aprendi que o desespero só aparece quando a gente se sente sem um amanhã – comentei, quase casualmente.

Alexandre, que olhava os carros passando na rua lá embaixo, balançou a cabeça e riu baixinho. Depois acrescentou:

– Mas não é de mim que estou falando, Eduardo. O que quero dizer é se... Bem, se você não sente falta de uma mulher.

– Uma mulher? – exclamei em tom de quem acaba de escutar uma piada. – Você está querendo dizer... uma mulher de verdade? Dessas que andam pelo meio da casa com creme no rosto e usam bobes nos cabelos? – perguntei, fazendo questão de parecer ridículo.

Houve uma explosão de risos. Em seguida, indaguei:

– Agora me responda: que diabos eu faria com uma mulher?

– Não sei por que você se espanta com minha pergunta – contrapôs Alexandre, arqueando as sobrancelhas. – Até parece que não se lembra que já foi casado. Só estava querendo saber se a idéia de se casar novamente não lhe passa pela cabeça.

– Quem sabe? Talvez, um dia... – respondi, de modo evasivo, e perguntei logo em seguida:

– Por que a pergunta, Alexandre? – havia um toque de preocupação em minha voz.

– Por nada. Só curiosidade mesmo.

– Ora, vamos lá! – retruquei. – Ninguém faz uma pergunta dessas só por fazer. Tenho certeza de que existe outro motivo – disse em tom hesitante.

Alexandre estava sentado na ponta da cadeira. A brisa que vinha da praia fazia seus cabelos flutuarem suavemente em torno do rosto. Depois de um momento, ele falou:

— É que conheci uma menina e tenho pensado muito nela... — disse ele, com voz alegre.

Fitou-me e, como eu permanecia em silêncio, pediu:

— Vamos lá, Eduardo, diga alguma coisa.

— O que você espera que eu lhe diga, Alexandre? Não tenho nada a dizer.

— Diga ao menos se isso o choca.

— Não, não me choca! No fundo, eu acho que sempre imaginei que mais cedo ou mais tarde algo assim fosse acabar acontecendo — eu não conseguia olhar para ele.

— E você não liga?

— Você sabe muito bem que eu ligo! — e, forçando um tom de jovialidade na voz, perguntei:

— Vocês estão... estão namorando?

— Oh! Não. Ela freqüenta a praia onde eu dou aula, e mostrei-lhe alguns truques para aproveitar melhor as ondas — Alexandre achou graça, como se tivesse lembrado algo divertido. — Fora isso, saímos duas ou três vezes juntos, mas só para conversar. Além do mais, ela já tem namorado.

— Como ela se chama? — perguntei, terminando de um só gole meu uísque.

— Michelle.

— É bom tomar cuidado para o namorado dela não acabar lhe dando uma surra! — o tom das minhas palavras era irônico, e eu sentia que meu rosto revelava irritação. Daquele momento em diante, percebi que nossa conversa começava, pouco a pouco, a ficar tensa.

— Acho que não corro esse risco — Alexandre deu uma risada antes de acrescentar: — Ela já me apresentou a ele. É um completo idiota!

— Por que ela está namorando ele, então? Afinal de contas, qual é a dessa moça, Alexandre? — eu me esforçava por esconder o desprezo contido na minha voz. — Ela namora um cara e faz ele de idiota na sua frente. Isso não está certo. Acho que o namorado dela deveria espancá-la de vez em quando; talvez assim ela aprendesse a respeitá-lo!

Alexandre não conseguia parar de rir.

– Você está sendo irracional, Eduardo. Michelle é muito legal. Gosto da companhia dela; ela me faz sentir algo novo que não sei o que é – ele deu de ombros e acrescentou:

– Também não estou preocupado em saber do que se trata; gosto quando ela está por perto e isso é tudo!

Ficamos alguns minutos em silêncio e, calado, eu sentia uma onda de mal-estar se avolumando dentro de mim. Durante um momento minha garganta se fechou e um peso comprimiu meu estômago, quase me impedindo de respirar. Embora estivesse tentando bancar o homem equilibrado, que a tudo compreende, no fundo eu estava tomado pela mágoa e pela revolta. Minha preocupação naquele momento era evitar a cena de ciúme que eu temia fugisse ao meu controle. Finalmente, falei:

– Não entendo você, Alexandre; de jeito nenhum!

– Qual a dificuldade de me entender? – ele me encarou, com expressão séria. – Eu sou um homem e, às vezes, sinto-me atraído pelas mulheres. E isso está sendo bem difícil para mim, porque também me sinto muito atraído por você! Você já foi casado; deveria saber o que quero dizer.

– Honestamente, não sei! Não me casei por me sentir atraído por Virgínia; me casei porque era um fraco, um covarde que tinha medo de assumir o que desejava de verdade.

– Gostaria de saber por que você detesta tanto as mulheres... – Alexandre falava como se pensasse em voz alta.

– Não detesto as mulheres; apenas nunca as amei de verdade. Você foi a única pessoa... você foi o primeiro que... – minha voz estava entrecortada quando finalmente consegui dizer:

– Quero ter você sempre junto de mim, Alexandre. Tenho medo de perdê-lo... – meu corpo estremeceu ao pensar nessa possibilidade.

– Eu também ando sentindo muito medo... É tudo tão estranho, tão confuso dentro de mim...

– O que é estranho? – eu procurava fazer minha voz soar afetuosa, como se tentasse mudar os pensamentos de Alexandre. Eu não queria continuar aquela conversa; tinha receio do que ele poderia vir a me dizer.

— Tudo é estranho! Eu nunca tive outra pessoa em minha vida, a não ser você — os lábios de Alexandre tremeram. — Estou apenas tentando ser honesto, Eduardo. Nunca lhe menti e não vou começar agora: você é muito importante para mim, mas tenho me perguntado se é realmente esta a vida que me faz feliz e ainda não sei a resposta. Tem algo em mim que não está certo. Não é minha culpa se em alguns momentos penso que nada disso que estamos vivendo é normal.

— Pare com isso! — gritei de repente. — Eu não sou um doente e não vou continuar ouvindo você falar assim do nosso amor. Aposto que Caíque anda botando essas idéias na sua cabeça. Garanto que há homens que podem amar outros homens bem mais do que ele é capaz de amar uma mulher. Além do mais, Caíque não ama ninguém; ele trata as mulheres como se elas fossem lixo. Eu não as amo, mas pelo menos as respeito!

— Ele não tem nada a ver com isso — Alexandre estava irritado com a minha insinuação. — Você não o conhece; ele seria incapaz de falar alguma coisa contra você.

— Você é jovem, Alexandre; não percebe que existem muitos modos de manipular uma pessoa. Muitas coisas podem ser ditas de forma sutil.

— Eu não sou o idiota a quem todos enganam, Eduardo. Ou, ao menos, não sou mais! Você tem raiva de Caíque porque ele me deu a mão quando eu resolvi procurar trabalho, enquanto você ficou me enrolando. Ou será que você pensa que eu não percebi isso? — a voz de Alexandre estava abafada, e seu rosto revelava angústia. — Você sempre prefere acreditar que não existe nenhum problema entre nós dois, que a dificuldade é sempre colocada por alguém ou alguma coisa que não faz parte da nossa relação. Mas e se a culpa não for de Caíque, Eduardo? E se minha infelicidade for culpa da nossa relação? Será que você já pensou nessa possibilidade?

Era a primeira vez, desde que estávamos juntos, que Alexandre me falava daquele modo. A partir dali, tive certeza de que algo não era mais como antes. Alexandre não era mais o jovem deslumbrado com a imagem de um homem mais velho. Uma aflição dominou meu coração, fazendo-me sentir que o apartamento começava a rodar e que eu desmaiaria. Com certo esforço, me aproximei da cadeira em que ele estava sentado e toquei seu rosto.

– Não diga isso. Você não é infeliz, está apenas confuso. Pensa que foi fácil para mim enfrentar meus medos e ficar com você? Acha que se eu pudesse ter feito diferente não teria feito? Antes de você, eu nunca pude amar sem sentir medo.

– Sei que não foi fácil! Mas esta é a sua vida... não sei se é a minha, não sei se é a que quero para mim. Não suporto mais você negando o tempo inteiro as coisas que eu digo que sinto. Como você pode dizer que não estou infeliz? Por que você pensa que sabe mais de mim do que eu mesmo? – Alexandre tinha dificuldade de controlar o queixo, que não parava de tremer. – Existe uma coisa me fazendo mal e eu nem ao menos tenho a chance de descobrir o que é, porque você não deixa! Você me confunde – havia desespero em seus olhos, e sua voz parecia conter o choro.

Ele tinha razão no que estava dizendo, mas eu, sufocado pela angústia, era incapaz de respeitar a dor daquele rapaz. Eu sentia que o estava perdendo, e isso me cegava. Sem conseguir controlar o que se passava dentro de mim, continuei acuando Alexandre, obrigando-o a mergulhar ainda mais fundo em sua agonia.

– Acho que fui um bobo imaginando que você pudesse ficar ao meu lado. – Minha voz era áspera quando acrescentei:

– Se você me amasse de verdade, nada disso estaria acontecendo.

– Agora você está sendo muito injusto comigo! – havia mágoa em suas palavras. – Eu só tentei lhe falar das coisas que estão acontecendo dentro de mim porque achei que você entenderia.... Pensei que você me ajudaria a resolvê-las. Mas você só me acusa. Você deveria conhecer Michelle; talvez começasse a pensar diferente! Quem sabe se não tomava coragem para arrumar outra mulher!

Eu sabia que ele estava magoado e certamente compreendi que aquelas últimas frases haviam sido ditas com a intenção de me ferir. Entretanto, não consegui conter minha irritação:

– Não quero conhecer ninguém. Fique com essa puta para você!

– Não seja agressivo!

– Eu, agressivo? Você é quem me agride com essa sua indecisão. Talvez já seja hora de você parar de mentir para si mesmo e encarar os fatos. O que você acha que essa moça pensaria se soubesse que você vive com outro homem? Acha que ela seria tão maravilhosa assim com você?

— Ela já sabe e não deu a mínima importância!

Senti que o chão fugia de baixo dos meus pés.

— Você não pode estar falando sério. A não ser que... Seja franco: você já dormiu com ela, não foi, Alexandre?!

— Eu não fiz nada disso! Você distorce tudo que eu digo!

— E você me desaponta! Ontem fui eu; hoje, essa moça, que em uma noite está com você e na outra com o namorado dela! Amanhã sabe Deus nos braços de quem você vai estar. É triste a vulgaridade!...

No instante em que acabei de falar, senti que havia passado dos limites. Eu não tinha o direito de falar daquele modo com o homem que eu amava, mas estava dominado pela emoção. Alexandre permaneceu calado. Sabia que minhas palavras haviam tido para ele o mesmo impacto de um soco. Vi sua expressão mudar: se entristeceu, ficou cabisbaixo e começou a soluçar baixinho.

— Me desculpe, Alexandre — tentei recuar, aproveitando meu momento de lucidez. — Eu não tenho nenhuma razão em estar falando com você desse modo; estou sendo egoísta. Acho que me descontrolei! — baixei os olhos, sentindo-me culpado e triste, e acrescentei:

— É que a simples idéia de você estar com outra pessoa me enlouquece.

— Não falei nada sobre estar com outra pessoa, não sei nem ao menos se quero estar com outra pessoa. Você nunca acredita que eu também gosto de você... Às vezes parece que você não me escuta, Eduardo; nem ao menos presta atenção em mim. Você só olha os seus sentimentos — Alexandre estava realmente sentindo dor. Passou as costas das mãos nos olhos para secá-los e continuou falando:

— Aprendi tanta coisa a seu lado que nem sei mais quem sou eu ou quem é você, e isso me apavora. Estou confuso. Quero saber quem sou eu de verdade, e você só piora as coisas. Está sempre me pressionando, me cobrando...

— Ei, era apenas paranóia da minha cabeça! — disse eu, tentando remediar a situação e calando Alexandre mais uma vez. — Não há motivo para choro! Por favor, não chore... Me perdoe. Você sabe quanto seu choro me machuca.

Ajoelhei-me junto à cadeira, puxei Alexandre de encontro a meu peito e encostei sua cabeça em meu ombro. Seu corpo estava coberto de suor frio; o coração, disparado. Pôs-se a tremer, e as lágrimas começaram a escorrer-lhe pelo rosto. Em seguida, levantou a cabeça, olhou-me com os olhos sem brilho contornados de vermelho e falou baixinho:

– Pelo menos uma vez na vida gostaria de poder experimentar viver como as outras pessoas da minha idade vivem.

– Muito bem, faremos o seguinte, então. Colocaremos uma pedra sobre esse assunto. Não quero mais ver sofrimento nos seus olhos. Para mim, toda essa discussão não muda em nada a nossa relação. Na verdade, não tem nenhuma importância! O que existe entre nós é muito mais forte do que Michelle ou qualquer outra pessoa; ou você não concorda comigo?

Olhei para ele como se minhas palavras fossem a solução para todas as angústias que estávamos sentindo, mas Alexandre não respondeu.

Permanecemos quietos pelo resto da noite. Naquela madrugada, vi o relógio que ficava ao lado da cama marcar três horas... quatro horas da madrugada, e eu continuava rolando de um lado para o outro, esforçando-me inutilmente por adormecer. Sentia-me invadido por mil pensamentos e sensações que se fixavam em minha mente, apoderando-se do meu raciocínio e impedindo-me de perceber o absurdo das minhas atitudes. Insistia em acreditar que Alexandre era apenas um rapazote submetido às minhas vontades. Que eu, com minha experiência, saberia sempre o que era melhor para ele e para mim. Minha alma não estava em seu estado normal, e era por isso que eu agia desse modo. No fundo, era muito doloroso constatar que Alexandre estava encontrando novos interesses, e por isso eu o desrespeitava com minha variância de amor e de ódio.

Os dias foram passando, e o tempo que Alexandre me dedicava foi se tornando cada vez mais escasso. Sob o pretexto de encontrar sossego para concentrar-se nos estudos, passou a dormir com mais freqüência na casa de Beatriz; muitas manhãs não esperava minha carona para ir ao cursinho e, quando não desmarcava nossos almoços, "engolia" a comida e partia apressado ao encontro de algum aluno que já deveria estar à sua espera. Mesmo assim, ainda conseguíamos fazer piadas um com o outro, embora só raramente experimentássemos momentos de comunhão. Parecíamos estar começando a viver um daqueles períodos em que nos encontramos tão divididos em uma situação que tentamos, contraditoriamente, desfazer a relação – sem, porém, perder o contato. Mais que qualquer outra coisa, entre nós, nesse momento, existiam apenas rotina e automatismos.

Também o meu ritmo de estudo voltou a ser intensificado. Mesmo sabendo que esse artifício não funcionaria mais como antes, passei, nos momentos em que Alexandre não dormia em casa, a ler e a escrever intensamente. Entretanto, por mais que eu enchesse minhas noites e minha cabeça, havia algo dentro de mim que não mais sossegava. Alexandre me roubara a capacidade de mentir para mim mesmo, e agora que ele me acenava com a materialização do distanciamento afetivo que já existia, saindo de minha vida, em mim avolumava-se uma falta que não podia mais ser dimensionada. Apenas sentida com desespero crescente.

Em conseqüência disso tudo, minha capacidade de escapar ao sofrimento foi ficando paulatinamente mais enfraquecida, até que a dor passou a assumir contornos perigosos dentro de minha vida. E, sem que nem ao menos eu me desse conta, comecei novamente a ser perseguido por meus fantasmas, especialmente ao final do dia.

Lembro-me com exatidão da primeira dessas "noites de purgatório". Foi quando Beatriz fez a inauguração do seu novo apartamento. Já fazia algumas semanas que eu e Alexandre não saíamos juntos para nos divertir e, como vínhamos nos esforçando por evitar que novas e dolorosas discussões se produzissem entre nós, recebemos, ainda com alguma satisfação, o convite de Beatriz para participar, com outros amigos mais íntimos, de um pequeno jantar em seu novo endereço.

Ao que tudo parecia indicar, aquela prometia ser uma noite bastante agradável. Alexandre estava particularmente insolente e, embora eu não compreendesse o caráter agressivo contido em nossas brincadeiras, passamos a noite como se fôssemos dois adolescentes que resolvem, numa estranha aliança, infernizar-se mutuamente. Caçoávamos da maneira como cada um se portava à mesa; cutucávamo-nos com a ponta do garfo; apostávamos para ver quem bebia mais vinho de uma só vez... Enfim, lançávamo-nos toda sorte de desafios que, aos meus olhos, naquele momento, eram percebidos como intimidades de um casal de namorados que podem dar-se ao luxo de fazer troça de si mesmos.

Porém, a verdade era que mascarávamos toda uma profusão de hostilidade mútua e ambivalência de sentimentos. Até que finalmente chegou a hora em que deveríamos partir, e Alexandre me comunicou que não viria comigo. Aquela seria mais uma noite em que dormiria em casa de Beatriz. Senti-me arrasado e, olhando-lhe o rosto, compreendi que seria inútil tentar dissuadi-lo. O máximo que eu teria conseguido seria uma briga em público, e disso nossa relação não estava precisando. Assim, sentindo tristeza e vergonha pelo mal-estar que aquela situação provocara em todos que estavam presentes, peguei meu carro e saí.

Eu realmente planejava ir para casa, mas de algum modo uma força estranha parecia conduzir meus movimentos, e, antes que pudesse recuperar o controle de meu corpo, parei o carro em uma das praças do centro da cidade. Sob a luz esbranquiçada dos postes, expostos como em uma vitrine de supermercado, vi rapazes do subúrbio, enfileirados, fazendo o *trottoir*. Mais afastados, sob as árvores ou sentados em bancos, homens velhos, alguns levemente maquiados, buscavam, com olhares sôfregos, comprar um pouco da companhia daqueles jovens.

Sentindo uma náusea imprecisa revirar meu estômago, abri a porta e convidei um adolescente para entrar. Chamava-se Alberto, era especialmente feioso, tinha dentes amarelados e pele manchada. Olhando-me com uma cara assustada, aceitou o convite.

Por um breve instante, pensei no rosto doce de Alexandre, e a recordação me trouxe alegria. Mas já não conseguia agarrar-me ao passado; algo estava destroçado dentro de mim e, pelo prisma de olhos turvos, eu começava a enxergar Alexandre como uma criatura fria e detestável. "Por que ele não está comigo agora, para me abraçar e me arrancar desse desespero?", pensei. Tornei a encarar o rapaz sentado ao meu lado e percebi que seu semblante amedrontado trazia-me algo de minha própria história. Medo e abandono. Em seguida, de modo totalmente casual, vi meus olhos no retrovisor e tomei um susto, surpreso com o terceiro passageiro, no banco traseiro, que tudo observava...

No segundo seguinte, percebendo ser eu mesmo, dei-me conta de quanto eu me sentia um estranho naquele momento. Aqueles eram os olhos de um homem seco, que começava a transformar amor em ódio, desejo em inveja. Movido pela força desse ódio, dei partida no carro, levando comigo aquele adolescente. Em meu íntimo, ainda que intuitivamente, buscava alguém que não me fizesse lembrar Alexandre. E, no entanto, mais que nunca, que me permitisse a vingança.

Não fiquei muito tempo com aquele garoto – nosso encontro não deve ter durado mais que uma hora –, mas é certo que quando voltei para casa eu já não era o mesmo. Não sei se consigo descrever o que se passou entre nós. Lembro-me apenas de socos, pontapés; um menino franzino tentando esquivar-se da minha fúria, e, por fim, eu que gozava sobre um corpo encolhido e machucado que buscava abrigo em um dos cantos do quarto. Em minha mente transtornada, apenas três nomes, três imagens que se cruzavam e se fundiam: "Adriano"... "Alexandre"... "Alberto"... Eu buscava continuidade, mas todas as letras pareciam esgotadas; não havia desejo de outro som que não o do "A"; não havia mais sons, além do gemido e do choro baixo daquele quase menino, sujo, ensangüentado, humilhado, logo abaixo, entre minhas pernas.

Agora, perdido em minha solidão, essas lembranças retornam, e começo a ver tudo que fiz durante aquele período com olhos novos. Eu amava muito Alexandre... Sim, mesmo que eu não saiba ao certo como explicar essa confusão de sentimentos que me possuiu quando percebi que ele estava se tornando um homem maduro e independente, eu o amava! E, à medida que aumentava o meu descaso comigo mesmo, com mais força eu venerava a imagem de Alexandre. Inveja e adoração sufocavam meu espírito. Desejava sua juventude; sentia-me humilhado por sua beleza; alegrava-me com sua felicidade...

Mas nessa época eu não queria ser como Alexandre! Não, isso eu não queria! O que seria de mim se não houvesse aquela diferença? Alexandre deveria se manter belo e forte, como sempre, para que eu o dominasse e o tornasse algo que me pertencia, mas não era eu. Possuir Alexandre, recuperar uma parte da vida que me havia sido negada, que nele existia em abundância. Eu, nada além de um mendigo, comendo os restos que Alexandre, sem saber e sem querer, me oferecia.

Não importava quanto ele me desse. Na minha cabeça, seriam sempre as sobras que me caberiam. Não me sentia digno de receber nada além disso. Mesmo no tempo em que fomos felizes, em meu íntimo eu o achava generoso por me permitir ficar junto dele. E era dessa autopiedade que se alimentava o meu amor. Só muito tarde entendi ser infinita a variedade de sentimentos opostos que se produz, ao mesmo tempo, no coração. Àquele tempo, o coração era meu órgão maior, o mais pesado. Inchado pela dor. Uma aflição insuportável se produzia, e às vezes eu entrava em desespero sem saber o que fazer. Nada. Nada dava resultado, a não ser mergulhar na fonte da própria dor. Esgotado, por alguns segundos a dor não importava mais e eu desmaiava em cima de uma cama, numa poltrona, no consultório, em casa, por vezes em lugares menos recomendáveis...

Percebi que não mais teria Alexandre. Cheguei mesmo a pensar, em meu ciúme, que seu esplendor seria oferecido, em algum momento, a outra pessoa, e o odiei por isso. Foi então que quis torná-lo igual a mim: velho, amargo, detestável. Destruir o rosto, o corpo de Alexandre, para suportar meu ódio. Quanto mais eu tentava, menos conseguia; mais belo ele reluzia. "Talvez se ele se corrompesse", pensava, "eu tivesse razões para distanciar-me". Mas não acreditava que alguém pudesse, no fundo, corromper-se mais que eu mesmo.

Acho que foi desse modo que aquele prostituto, e todos os outros que vieram depois dele, me serviu. Alberto foi tratado como mero objeto: descartável, jogado fora quando não mais precisava dele. Sua imagem grotesca e o desprezo que ela me fazia sentir serviam-me para dar vazão ao ódio que eu nutria por mim e precisava sentir por Alexandre.

A noite com Alberto foi realmente reveladora. Nunca mais o vi. Quando recobrei a razão, dei-me conta do que havia feito. Tive medo. Creio que ele também. Voltei inúmeras vezes àquela praça, sempre à procura de um novo rosto, de um novo corpo – sem nome, sem forma definida –, mas nunca o reencontrei. Com alívio, percebi estar em território de caça. Eu era o predador.

Dentro de mim, já havia se estabelecido uma necessidade incontrolável de repetir, exaustivamente, aquele comportamento, como se aquilo fosse um tipo de tarefa que eu precisasse executar. Sentia-me vazio. Compelido.

Disso tudo, doía-me especialmente o desejo de encontrar ali, na praça mal iluminada, Alexandre. Reduzi-lo desse modo, humilhá-lo na minha fantasia, fez-me gozar intensamente certa noite. A partir daí, passei a cultivar uma preferência por rapazes que, por qualquer característica isolada, sugerissem o corpo que me faltava. Colecionava partes de corpos, e em minha excitação passava a ser mais e mais seletivo, pagando cada vez mais alto por isso. Os mais belos, eu que o diga, custavam caro. Mesmo assim, valia a pena, por algumas horas, pensar que o homem que eu amara durante três anos se reduzira a um prostituto ordinário que se sujeitaria a qualquer condição para ganhar dinheiro.

Foi assim que, valendo-me da intensidade do sofrimento, comecei a transformar amor em ódio. Indiferente aos olhos da pequena cidade, passei a não mais me importar se algum conhecido me visse vagando pelas avenidas escuras... Nem mesmo me importava mais se Alexandre me visse... Eu não conseguia me ver.

Certamente, depois de Alberto, comecei a me deprimir. Sentia-me preso e sem sono. Já não precisava do uísque. Em seu lugar, saboreava doses de cinismo, à medida que me dava conta de que minha tentativa de fuga transformara-se em uma jaula cuja chave eu perdera.

Não conseguiria escrever sobre cada dia que ainda passei junto de Alexandre antes que nosso convívio chegasse ao fim. Ainda que eu me empenhasse por fazê-lo, os detalhes me escapariam. Desde então, tudo ficou escuro dentro de mim, impedindo-me de registrar os acontecimentos com clareza. Existiam dias em que, mergulhado em uma espécie de entorpecimento, esquecia-me do mundo que me rodeava, ia pouco ao consultório, atendia mal meus pacientes. Minha clientela, com isso, naturalmente começou a procurar outros colegas, e a situação só não se agravou mais ainda pelo nome que cultivara por vários anos. Por isso mesmo, conseguia me manter com certa dignidade aparente.

Alexandre passava ao largo disso tudo. Não lhe falava de nada do que fazia, nem de minhas saídas noturnas, já que ele cada vez menos estava em casa à noite. Não era necessário. Havíamos feito mais um pacto entre nós, o do silêncio. Em outros momentos, quando nos encontrávamos, compelido pelo meu desespero, ora agredia Alexandre, ora o tratava com esmerado carinho. Tudo isso terminava por aparentar a artificialidade que resultava, crescente, da distância que decidíramos estabelecer entre nós, por motivos bem diferentes. Até meus sucessivos períodos de doenças, com fortes dores de cabeça e freqüentes variações da pressão arterial, não importavam mais a nenhum dos dois. Meu corpo, abatido, dava sinais de excessivo cansaço. Tristeza e ironia em meu coração.

Mesmo sabendo que havia uma conversa séria a começar com Alexandre, as mais simples palavras, o convite para sentar a meu lado, faltavam. Havia muitas coisas que eu desejava dizer a ele, mas me obriguei sempre a permanecer em silêncio. Não acreditava mais em nossa relação e só pedia a Alexandre que adiássemos e adiássemos... Indefinidamente, quem sabe? Sabia que, falando, minhas forças sumiriam; voltaria a sentir a dor desesperada e não conseguiria separarme dele dentro de mim.

Portanto, sem que eu mesmo o admitisse, resolvi abandonar Alexandre, antes de ser deixado por ele. Mais que isso; resolvi obrigálo a tomar a decisão de partir. Não fazia sentido. Ainda não faz, agora que escrevo. Mas era como se esse modo de proceder me fizesse pensar que eu estava de posse do meu desejo; que era fundamental fazêlo valer naquela situação. Isso, não sei por que, me tranqüilizava.

Fui me retraindo. Voltei a gostar de ficar só. Calado, minha mente repassava cada sonho, cada momento que havíamos compartilhado um com o outro, forçando-me a compreender que dentro em breve tudo aquilo só existiria em minha memória. Lentamente, os planos que havíamos feito juntos iam se transformando em sonhos, que iam sendo relegados ao esquecimento, como imagens que se decompunham sob o efeito do tempo. Mesmo queridas, já não suportavam os efeitos do tempo.

Passei, com relativa freqüência, a chegar em casa bem mais tarde que o habitual, mesmo sentindo que as mentiras que eu contava para justificar meus atrasos quando Alexandre estava em casa não o enganavam. Certamente ele se acostumara a ouvir minhas desculpas sem levantar qualquer dúvida aparente. Muitas vezes nem nos olhávamos, o que facilitava tudo. Hoje percebo que, se por um lado queria enganá-lo, também queria que ele reagisse, me dissesse que sentia minha falta, desse indicações de ciúme pelos meus momentos de ausência. Pelo contrário: meu comportamento só nos afastava mais e mais.

Uma manhã, após ter passado parte da noite na companhia de outro homem, acordei assustado ao ver Alexandre ao meu lado. Ele ainda dormia; seus cabelos dourados cobriam o travesseiro e sua boca entreaberta dava a impressão de estar sorrindo para mim. De algum modo, parecia mais másculo e mais belo do que antes.

Ao meu redor, reflexo de meu interior, tudo estava fora do lugar. O apartamento há muito tempo se tornara desorganizado e sombrio. Os amigos não nos visitavam mais, com exceção de Beatriz e, poucas vezes, Caíque. Alexandre tinha colocado luz na minha vida, com suas feições sensíveis e o ar vibrante de adolescente. Mas tudo isso já havia acabado, e eu não sabia como continuar vivendo sem o mundo que ele me havia levado a conhecer.

Onde estaria aquele rapaz agitado, que fazia minha vida valer a pena? "Está morto!", respondeu-me uma voz. Talvez porque, dormindo, ele me parecesse vulnerável, um impulso monstruoso atravessou meu corpo, fazendo-me sentir medo e desejo de machucar Alexandre. Assustado, senti minhas mãos se retesarem e imaginei meus dedos apertando sua garganta até que ele não mais pudesse respirar. Percebi, repentinamente, como a história daquele rapaz havia se misturado com a minha, fazendo-me confundir fantasia e realidade.

Era quase como se eu acreditasse que era possível sentir o gosto das coisas que ele saboreava, viver suas emoções, experimentar seus prazeres. Deus, como aquilo tudo havia se tornado uma grande confusão dentro de mim! Seu modo de andar, de se vestir, sua voz, sua anatomia... O que era dele e o que era meu, afinal? Eu havia desejado tanto aquele mistério que acabara me perdendo dentro dele.

Ainda tentando me controlar, notei que a inocência daquele rapaz adormecido me fazia imaginar o tempo em que ele era apenas uma criança. "Alexandre deve ter sido um menino adorável!", pensei. E, em meio à confusão, veio-me uma curiosidade: como será seu pai? Surpreso, dei-me conta de que – assim como eu jamais conhecera o meu – também nunca me havia interessado em saber nada sobre o pai de Alexandre. Lembrei-me então do rosto de sua mãe: "Pobre Heloísa!", lamentei, sentindo o coração endurecer e estremecer ao mesmo tempo. "Nem ao menos desconfia do que tenho feito a seu filho...", imaginei, sorrindo, com ódio debochado.

Oscilando, senti-me só, logo depois triste e, por fim, cheio de culpa por tudo que eu estava fazendo com Alexandre. Contive o choro. Aquela foi a primeira vez em minha vida que o desejo de implorar o amor de um homem se apresentou a mim como uma realidade.

VI

Chegou o momento em que não pude mais ser negligente com o trabalho. Ou eu tentava me tornar uma pessoa mais controlada, capaz de manter a necessária distância entre a vida profissional e a pessoal, ou estaria condenado a perder definitivamente tudo que havia levado anos para construir. Foi assim que, reunindo forças, obriguei-me a retomar minha rotina.

Algum tempo se passou até que a ante-sala do meu consultório já estivesse cheia novamente. Os pacientes mais antigos me cumprimentavam, falavam de minha aparência, elogiavam minha perda de peso. De modo geral, todos pareciam felizes com o meu retorno, e surpreendia-me o fato de que nenhum deles me perguntasse por que, meses atrás, eu reduzira a menos da metade o número de horas que me dedicava ao consultório.

Talvez eu estivesse tomando consciência de minha angústia. Afinal, cuidar daquelas pessoas que precisavam de mim me fez ver que eu próprio necessitava de cuidados. Muito mais do que ouvir sobre as doenças de meus pacientes, eu precisava falar da minha aflição com alguém.

Seja como for, ainda que cheio de agonia, retomar minhas atividades diárias fez que parte de mim se reerguesse. Ao menos até o dia em que, cego pelo ciúme e pelo desespero que havia tempo me consumiam, dei a Alexandre o motivo que lhe faltava para que ele saísse definitivamente de minha vida.

Era quase meio-dia quando o último paciente daquela manhã de quinta-feira guardou a receita que eu lhe havia dado, levantou-se e, com expressão mais aliviada, saiu do consultório. Momentos depois, havia silêncio quase completo, e ouvi a porta da sala de entrada do consultório ser fechada. Peguei o telefone e, após falar com minha secretária, deixei-me afundar na poltrona que ficava próxima do computador. Por alguns instantes, mergulhei em devaneios.

Meu consultório, que ficava em uma das principais avenidas da cidade, sempre fora para mim uma espécie de refúgio, no qual eu me escondia do resto do mundo. Antes de conhecer Alexandre, era ali que eu passava a maior parte do tempo. Como em um sonho, meu passado parecia misturar-se a cada recanto daquele aposento: os livros, as obras de arte, os móveis, o pequeno corredor que levava para a sala de exames... Tudo ali era parte de minha história, que eu então não conseguia reunir. Com tristeza, percebi que aquela sala já não exercia sobre mim a mesma força.

Levantei-me e, caminhando até a parede de vidro que ficava logo atrás de minha mesa, olhei a vida que fluía na cidade lá embaixo. O brilho da manhã nublada tornava o dia sombrio e levemente melancólico. Na calçada, mulheres idosas caminhavam lentamente; jovens saídos da escola passavam quase correndo, parecendo famintos; pessoas alvoroçadas se comprimiam nas portas dos ônibus; flanelinhas limpavam os vidros dos carros que paravam nos cruzamentos. De onde eu estava, o mundo me parecia estranho, sem som. Se eu olhasse apenas para o alto, em direção a um sol escondido, talvez tivesse a sensação de estar voando... O que me prendia à terra era o barulho do vento que, soprando forte, me trazia a voz de Alexandre.

A porta da sala foi aberta, o que me obrigou a voltar rapidamente. Girando o rosto naquela direção, fiquei contemplando a mulher que, parada diante de mim, trazia consigo uma pequena jarra e um copo em uma bandeja de madeira. Como se os segundos pudessem ser longos, lentamente relembrei o período em que não acreditava ser possível encontrar alguém capaz de suportar por muito tempo a intensidade do meu ritmo de trabalho. Entretanto, os anos haviam me forçado a reconhecer meu equívoco. Solange, a secretária que me acompanhava já há doze anos, embora fosse uma pessoa simples tinha uma agilidade mental e um senso de organização invejáveis. Pigarreando, como se tentasse limpar a garganta, ela falou com voz calma:

— A água que o senhor pediu, doutor Eduardo.

— Obrigado. Pode deixar aí mesmo, sobre a mesa — respondi, de modo casual.

Solange afastou alguns papéis, colocou a bandeja e, em seguida, abriu a agenda que trazia consigo. Com a liberdade que os anos a meu lado concederam, comentou:

— O senhor teve uma manhã realmente cheia hoje. Finalmente voltou ao seu ritmo normal de trabalho! — E, sorrindo satisfeita, acrescentou:

— O telefone não parou de tocar um só instante!

Solange era uma mulher sensível. No contato com o sofrimento de meus pacientes, ouvindo-os na sala de espera, suportando suas queixas e fazendo sempre um ou outro comentário — na maioria das vezes bastante pertinente —, ela se mostrava uma mulher observadora apesar de discreta, capaz de conjugar dois sentimentos opostos e de passar por entre eles como se não houvesse conflito, separações, dificuldades... Do riso, portanto, ela passou a balançar a cabeça de modo pensativo e, soltando um longo suspiro, acrescentou:

— As pessoas parecem não compreender que se querem uma consulta precisam esperar até que eu consiga uma hora para elas. Será difícil entender que não posso fazer milagres?

Ela parou de falar alguns segundos, folheou a agenda e em seguida pôs-se a ler, de forma metódica, os compromissos que estavam marcados para aquela tarde.

Continuei próximo à parede de vidro, olhando a cidade. Ao mesmo tempo que me esforçava por ouvir Solange, ficava confuso com a outra voz insistentemente trazida pelo vento.

— Eu quase ia esquecendo: o responsável pelo Núcleo de Medicina Social do município telefonou e pediu para falar com o senhor o mais breve possível.

— Ele disse o que quer comigo? — indaguei, interrompendo Solange e tornando a sentar.

– Não, senhor – respondeu-me meneando negativamente a cabeça.

– Está certo... De qualquer modo, isso não importa. Não faria mesmo muita diferença se ele tivesse dito – comentei, ao mesmo tempo que, angustiado, imaginava a longa tarde de trabalho que ainda teria pela frente. – Ele certamente quer me pedir algum favor. – E acrescentei como se dissesse a mim mesmo:

– Deus do céu! Como a vida pode ser aborrecida às vezes!...

Abri a gaveta da mesa e, enquanto examinava atentamente o estojo de acrílico transparente onde eu guardava alguns antidepressivos, vi, esquecida por entre os muitos objetozinhos lá espalhados, uma foto tirada na época em que eu havia conhecido Alexandre. E de repente lá estava eu pensando em Alexandre novamente. Eu mal conseguia lembrar de como éramos felizes naquele tempo. Observei aqueles dois rostos que sorriam e senti como se, estranhamente, eu não os conhecesse. Dois homens, um com certa idade, outro bastante jovem, olhavam para a câmera como se ambos verdadeiramente gostassem da terceira pessoa que tirava a foto. Os olhares não se cruzavam, é verdade, mas era como se com aquele terceiro modo de ver as coisas fosse celebrado o início de uma relação significativa entre eles.

Não conseguia lembrar quem tirara a foto. Talvez tenha sido Beatriz ou até mesmo Heloísa. Ou quem sabe um passante desconhecido, que fizera a gentileza de atender a nosso pedido? Seja como for, aquela imagem tinha força! Não estávamos abraçados, mas sim muito próximos, lado a lado. Se alguém nos visse, não conseguiria pensar que éramos pai e filho. Também não poderia dizer que éramos amantes, já que naquela época ainda não havia em nosso olhar a cumplicidade conhecedora dos limites mútuos, nem mesmo a vergonha, o ranço ou o ódio que compartilham alguns amantes quando se sentem forçados, por estranhos motivos, a estar unidos. Éramos apenas dois homens, separados pelo tempo e pelas distâncias, pelo modo como viviam a vida e como lidavam consigo mesmos... E, no entanto, duas pessoas que gostavam dessa proximidade mútua...

O sorriso de cada um, em especial, denunciava essa entrega ao novo. O moço talvez se encantasse com a fragilidade do homem mais velho, expressa em sua face geralmente angustiada e séria, denunciada por traços soturnos a olhos mais atentos e próximos. O sorriso do homem mais velho apontava para um medo discreto, resultado de alguém que, desperto de um sono profundo, dava-se conta de que a vida é limitada e de que o tempo passa, sem volta...

Haveria condescendência entre eles? O olhar daquele moço estaria apiedado? Haveria desespero no olhar do mais velho? Ainda agora não saberia dizer ao certo. Certo foi, e aquela fotografia mostrava inegavelmente, que eles suportavam mutuamente seus olhares, cheios de generosidade, dor e acusações...

Só havia um detalhe: não conseguia entender por que eu via aquela foto como se não estivesse nela. Como se o terceiro a ver aqueles dois fosse eu mesmo e eu, fora de mim, houvesse estado no passado e visto a cena. Era uma bela cena, aquela, por mais melancólico que eu estivesse a olhá-la, quase adivinhando seu futuro. E não havia desejo de adverti-los do que ia lhes acontecer, nem mesmo piedade em meu olhar, ao ver a foto. Não havia nada que eu pudesse fazer além de lamentar com tristeza o fim daqueles dois que haviam prometido tanto um ao outro, em silêncio...

– Doutor Eduardo... – a voz de Solange revelava hesitação.

– Sim? – respondi, acordando, enquanto colocava um dos comprimidos na boca e enchia o copo com água. Um pouco irritado, lembrei-me das vezes em que receitara aquele tipo de medicação a alguns pacientes, prometendo-lhes o alívio da angústia e uma sensação de felicidade. Há mais de um mês eu vinha sendo medicado e ainda não sentia nem uma coisa nem outra. Os dias continuavam arrastados e tudo me aborrecia. Estava longe de sentir-me bem.

– Me desculpe se pareço intrometida, mas tenho andado preocupada... O senhor não me parece estar bem! Penso que... – ela ia dizer mais alguma coisa, mas resolveu interromper-se.

Bebi a água de um só gole. Por um instante, imaginei Solange como um cão aos pés do seu dono. Apesar da estranha fantasia – e talvez por causa dela –, fiz um esforço real em responder e falei:

– Não há motivo para alarme, Solange. Esta minha cara de zumbi é puro cansaço – e, exagerando o tom de voz na tentativa de brincar um pouco para desfazer a impressão desagradável, acrescentei:

– Ah! Como eu gostaria de fazer uma longa viagem!... Esquecer todos os compromissos! Mas, infelizmente, no momento não posso me dar ao luxo de fazer esse tipo de extravagância.

Solange anuiu afirmativamente, baixou os olhos e tentou forçar um sorriso. Em seguida, respondeu-me de modo educado:

– Realmente, o senhor tem razão em não querer se ausentar do consultório agora.

– Pode apostar nisso! Você mesma viu as conseqüências dos meus sucessivos afastamentos nestes últimos meses. Meu nome como médico ficou um pouco arranhado depois disso – e acrescentei, novamente em tom de brincadeira:

– Por isso, não reclame do telefone que toca sem parar! Esse é um bom sinal.

Solange acompanhava meus gestos com olhar pensativo.

– Não, eu não estou reclamando! Reconheço que não foi muito prudente passar tanto tempo longe dos seus pacientes. Mesmo assim, ainda acho que...

– Talvez – disse, tentando me manter simpático ao mesmo tempo que impedia Solange de falar o que desejava –, se você rezar para que eu consiga ganhar dinheiro sem ter de trabalhar tanto, eu possa tirar férias. – Minhas palavras revelavam artificialidade quando acrescentei:

– Garanto que suas orações não seriam uma má idéia.

– De fato, o senhor sempre trabalhou muito, mas... – ela desviou o olhar como se estivesse envergonhada de dizer o que estava pensando. Quando falou, sua voz saiu rouca:

– O senhor um dia me disse que a gente sobrevive sem dinheiro, mas morre se não tiver amor...

E acrescentou:

– Não é possível que tenha esquecido do tempo em que eu não era ninguém e o senhor me estendeu a mão. Me deu emprego, me ajudou a ter minha casa, minha família... Mas não foi isso que me salvou do buraco, doutor Eduardo. Eu só me reergui porque alguém se importou comigo. O senhor foi a primeira pessoa que demonstrou preocupação por mim.

Ela fez uma pausa e eu percebi que seu rosto estava contraído pela emoção.

– Fico angustiada por ver o senhor tão abatido!... Gostaria muito de poder fazer algo para ajudar.

Ela falava muito baixo quando disse:

– Quero que o senhor saiba que pode contar comigo! Farei tudo que estiver ao meu alcance para ajudá-lo. – Tornou a fechar a agenda, antes de acrescentar:

– E, por favor, não se ofenda com o que estou dizendo. Sei que o senhor não gosta quando alguém se intromete nos seus assuntos... Acredite, não foi essa minha intenção.

Tocado, notei que sua voz de fato revelava preocupação e tristeza. Mesmo assim, eu não queria nem podia permitir que a distância que nos separava se desfizesse.

– Eu não estou ofendido, Solange. Agradeço a preocupação. Tenha certeza de que você já me ajuda bastante. Não sei o que seria de mim neste consultório sem você!

Notei que minha frase parecia ter-lhe causado satisfação e mesmo lisonja. Um pouco ruborizada, ela sorriu, antes de perguntar:

– O senhor está com fome? Posso providenciar algo para comer, se o senhor quiser.

Talvez eu estivesse mesmo com fome, mas há muito tempo eu me sentia vazio a ponto de nem perceber mais os sinais que meu corpo mandava. Indiferente às minhas necessidades, respondi, sem qualquer convicção nas palavras:

– Não é necessário, Solange, obrigado. Almoçarei com Beatriz hoje.

Ela afastou-se ligeiramente, como se pretendesse sair da sala. Em seguida, parando, virou-se para me encarar. Em silêncio, seus olhos examinaram meu rosto, e, naquele momento, senti-me desconcertado. Até que ela finalmente falou:

– Espero que o sobrinho da doutora Beatriz esteja bem. As tardes eram mais alegres quando ele aparecia por aqui, sempre contando alguma piada. Algumas vezes, enquanto esperava para falar com o senhor, ele chegava mesmo a conversar comigo ou com um dos pacientes e terminava dizendo coisas engraçadas. O senhor certamente recebia bem as visitas dele...

– Ah, sim, ele está bem! – disse secamente, interrompendo Solange, que, ao tocar no nome de Alexandre, demonstrava saber o que estava se passando comigo.

Aborrecido, e antes que ela retomasse o curso dos seus pensamentos, acrescentei com voz enfática:

– Agora é melhor você ir almoçar, Solange. Teremos muito trabalho durante a tarde, e não gostaria que tivéssemos nenhum atraso hoje.

– Sim, senhor! – respondeu ela, saindo da sala de modo discreto.

Eu sabia que Solange não era tola e não me surpreendia que ela tivesse compreendido o verdadeiro motivo do meu abatimento. Afinal, ela conhecia Alexandre e, usualmente muito atenta, percebera a freqüência com que aquele rapaz tão bonito vinha a meu consultório durante o tempo em que nossa relação ainda estava bem... Recordava-me que na primeira vez em que ele aparecera eu o havia apresentado como sobrinho de Beatriz, mas Solange me conhecia há tempo suficiente para perceber, ou ao menos desconfiar, que aquilo era mentira.

Isso porque seu lugar como "sobrinho" de uma amiga minha não justificava a regularidade de sua presença. Além do mais, Alexandre não era de se preocupar com os disfarces, e Beatriz – que falava pelos cotovelos – jamais havia falado de irmãos para ninguém.

Penso que nem mesmo as visitas de Beatriz, ao lado de Alexandre, serviam para mascarar suficientemente a relação especial que eu tinha com ele. Assim, mesmo quando nós três estávamos juntos, a presença daquele jovem nunca podia ser totalmente explicada, levantando suspeitas tratadas com discrição e silêncio por Solange, que sempre percebia cada movimento que se desse na circulação do consultório.

Certo de que eu não perderia a fidelidade de Solange nem mesmo sua dedicação por isso, ao final do primeiro ano da relação com Alexandre deixei de me preocupar com o que ela estivesse pensando. Ela, com seu silêncio sobre nós e o tratamento especialmente gentil que dava a Alexandre, sinalizava respeitar meus afetos, inclusive estar feliz por me ver tão disposto. Mesmo assim, naquele momento eu não conseguia evitar minha irritação diante da sua per-

Um estranho em mim

gunta. Na verdade, minha saída sempre era aborrecer-me com o que me parecesse ser intromissão dos outros, ainda que eu reconhecesse que, no caso de algumas pessoas como Solange, essa intromissão fosse zelo e atenção carinhosa.

Fiquei ainda algum tempo sentado, pensando nas memórias que as palavras de Solange haviam feito ressurgir em minha mente. Apesar de certa distância profissional que eu fazia questão de manter entre nós, ela gostava de mim. Surpreendia-me perceber como a secretária eficaz era diferente da pessoa machucada e sofrida que eu conhecera há muitos anos. De fato, sobre a mulher arruinada que um dia havia precisado de minha ajuda, construíra-se aquela outra, inteiramente refeita. Sim... Ela não precisava mais de mim, e isso, de certo modo, era uma espécie de prêmio que me reconfortava.

Em silêncio, comecei a relembrar a época em que ela fora minha paciente. Tudo havia começado quando eu ainda dava plantão nos hospitais da cidade...

Era final de tarde, e os poucos raios de sol que entravam na sala de exames do pronto-socorro já não conseguiam esconder a palidez doentia que as lâmpadas fluorescentes lançavam sobre cada centímetro quadrado daquele aposento.

Não fazia muito tempo que Solange havia sido atendida por mim. Recordava-me bem de sua história. Naquela primeira vez em que estivera sob meus cuidados, fora um enorme galo na cabeça que a obrigara a ficar sob observação por algumas horas, seu estado de saúde era bom. "Levei um tombo e bati a cabeça, doutor. Depois o céu rodopiou em círculos e eu não vi mais nada. Isso é tudo que consigo lembrar", repetia ela de modo mecânico.

Aquela moça de um metro e sessenta e cinco, corpo franzino, rosto afilado e olhos castanhos revelando cordialidade teria conseguido me enganar com sua história, caso a vizinha que lhe havia acompanhado até o hospital tivesse permanecido em silêncio. Foi ela quem me contou sobre o homem que "protegia" Solange. Era uma espécie de cafetão, recém-saído da cadeia, que gostava muito de bater nas mulheres com quem dormia.

Na época, o fato não havia despertado minha atenção, mas um mês após o primeiro episódio lá estava ela novamente, deitada na maca, esperando que eu a examinasse. A diferença, entretanto, era que daquela vez ela estava realmente machucada. Seu corpo havia sido violentamente surrado, e seus olhos estavam tão inchados que ela mal conseguia abri-los.

Sem compreender o motivo, aquela cena me comovia e me incomodava, compelindo-me a tomar uma atitude. Um pouco hesitante e esforçando-me por manter a fachada profissional, falei:

— Você não deveria permitir que fizessem isso com você. Vai acabar morrendo desse jeito!

— Foi um acidente.

— Não foi isso que sua vizinha me contou quando você esteve aqui da outra vez. Será que não percebe que esse homem está ficando mais violento a cada vez que bate em você?

— Doutor, eu entendo sua preocupação e agradeço. Mas eu não posso fazer nada agora, e ninguém pode me ajudar — o que havia de dor em seu rosto cedeu um resto de expressividade para dar lugar à raiva. — Eu não posso fazer nada, além de esperar ficar boa e voltar pra minha casa e pra minha vida. Por favor, doutor, faça o que for preciso para eu sair daqui logo!

Solange deixou que seu braço esquerdo deslizasse da mesa de exames, mostrando sua passividade aparente e sua capacidade de resistir ao sofrimento.

— Desculpe, Solange, por estar me metendo na sua vida. Sei que não é mesmo da minha conta! A vida que você deve levar não é fácil... Eu só acho que não precisa ser desse jeito. Existem outras formas de conseguir as coisas.

Ela parecia atordoada pelas minhas palavras. Ficou alguns minutos em silêncio enquanto eu examinava seus olhos e depois falou:

— Eu preciso de um lugar para morar — sua voz estava séria e a expressão de raiva havia desaparecido do seu semblante. — Não posso deixar Marconi; ele é um homem bom pra mim. Sei que às vezes bebe e perde o controle, mas não é sempre assim. Na maioria das vezes, ele não deixa nada me acontecer enquanto eu trabalho na noite.

– Eu sei que você precisa de casa e comida... Acontece que você poderia trabalhar de outra forma para conseguir essas coisas. Por que não procura um emprego?

– O senhor sabe bem que uma pessoa como eu não arruma um emprego fácil, não... Não é assim, a gente fica marcada, por fora e por dentro. Deixar essa vida era a coisa que eu mais queria, até uns tempos atrás. Agora, desisti; vi que não tem jeito mesmo. Assim, a gente vai vivendo, como Deus consente...

Fiquei calado por algum tempo, examinando o rosto desfigurado pelo inchaço e pelo sofrimento. O corpo não estava em melhores condições: edemaciado e roxo nos locais das pancadas. Faltava coragem para dizer o que eu estava pensando, mas não consegui evitar as palavras que saltavam de minha boca quase automaticamente, como se viessem de outra pessoa e fossem ditas a outra mulher que não Solange:

– O que você me diria se eu lhe contasse que estou precisando de uma secretária para os serviços mais simples do meu consultório e de minha casa? Você faria a limpeza e pequenas tarefas, e eu lhe pagaria o mesmo que você ganha hoje. Mas tem uma coisa, eu sou uma pessoa de temperamento difícil, você pode não gostar. Mesmo assim, se estiver disposta a tentar...

– Por que o senhor está me oferecendo isso? – perguntou, desconfiada. – Eu nem terminei a terceira série. Na escola, tenho dificuldade de escrever algumas palavras e de ler palavras mais compridas...

– Eu não sei bem, ainda, Solange... Estou apenas lhe oferecendo outra oportunidade; pode dar certo ou não. Mas o fato é que não dá mais pra você continuar assim. Você experimenta, eu vejo se você serve pro trabalho e, nesse meio-tempo, você tenta encontrar um trabalho menos perigoso...

Solange, que havia se sentado na beira da mesa de exames, abriu a boca mas não conseguiu falar. Em vez disso, sua pele tornou-se repentinamente pálida e ela desatou a chorar. Imagino que ela tenha chorado por uns dez minutos antes de conseguir recuperar o controle.

– O senhor me desculpe, mas eu não posso aceitar! Eu tenho medo, eu não sei... Eu não sei de nada! – sua voz estava entrecortada e seu queixo tremia. – Eu não sei nem como é aquele negócio de bater à máquina...

Atordoado com a proposta que ouvira sair de minha boca, custei um pouco a entender que ela falava da datilografia.

– Ninguém nasce sabendo. Você pode ser treinada para essa função, se quiser. O que estou lhe perguntando é: *você quer mesmo?* – Não consegui esconder minha determinação. Seria a última vez que eu ofereceria aquela oportunidade, esdrúxula a meus olhos.

– O senhor não tá zombando de mim, tá?

– Dou minha palavra de que não estou.

Entreguei-lhe meu cartão, disse-lhe o dia e a hora em que deveria aparecer em meu consultório e, em seguida, antes de nos despedirmos, dei-lhe algum dinheiro para que pegasse um táxi. Uma semana depois, como combinado, Solange veio me procurar.

Para minha surpresa, ela passou a dedicar-se com afinco ao trabalho. Da faxina em casa e no consultório, esforçava-se por aprender outras pequenas coisas e, quando finalmente compreendia algo, já estava em busca de uma nova dificuldade para ultrapassar. A possibilidade de sair do cortiço em que morava e de carregar o filho bebê consigo deu-lhe novo ânimo de viver. De fato, ela estava entusiasmada com a idéia de sair daquela vida. Quando finalmente recebeu seu primeiro salário, abandonou de uma vez por todas o tal Marconi e voltou a morar com a mãe. Começou a fazer o curso supletivo e foi demonstrando, além do interesse, inteligência suficiente para avançar. Não demorou muito até que Solange se tornasse a peça fundamental que fazia girar as engrenagens do meu consultório.

Por tudo isso, era estranho vê-la, naquele momento, me oferecer ajuda. Mesmo que no fundo eu soubesse que ela seria realmente capaz de fazer qualquer coisa por mim, ainda assim aquela situação me parecia insólita.

Emocionado, percebi finalmente que, mesmo tratando-a durante todos aqueles anos de modo respeitoso e formal, eu gostava dela. Havíamos constituído uma relação que, apesar de aparentemente secundária em minha vida, tomara uma dimensão especial, como se Solange fosse mais um dos artifícios que eu havia criado em meu mundo que me garantia continuar vivo.

Levantando os olhos para o relógio na parede, lembrei que já estava atrasado para o almoço com Beatriz. Estava ficando ansioso. Nunca imaginei ter essa sensação por causa de Beatriz, mas atribuía a culpa a ela. Foi ela quem, discreta mas insistentemente, marcou o almoço, dizendo que tinha coisas importantes para conversar comigo. Não me lembrava de ouvi-la falando naquele tom – ao mesmo tempo leve e tenso – até então, em todo o tempo de nossa amizade. Se não fosse pela curiosidade que sua voz havia despertado em mim, talvez eu tivesse recusado o convite. Com o distanciamento de Alexandre, eu também havia começado a me distanciar de Beatriz. Na verdade, já fazia algum tempo que sua presença se transformara em um incômodo.

Guardei as fichas dos pacientes que atendera naquela manhã, providenciei pequenos detalhes para os atendimentos da tarde e saí do consultório.

Exceto por duas mulheres que passaram reclamando dos maridos, o corredor do prédio estava completamente vazio. Por alguns segundos, fiquei ali, sozinho, mergulhado num desconfortável silêncio, até que a porta do elevador foi aberta e o ascensorista, gordo, de bigode espesso e rosto redondo, me cumprimentou sorrindo:

– Boa tarde, doutor.

– Boa tarde, Francisco – respondi sem qualquer emoção.

– O dia hoje está horrível, não acha? – disse ele com voz jovial. – Esta chuva só serve pra atrapalhar a vida de todo mundo...

Ele continuou falando sobre o tempo e sobre a cidade, enquanto eu me mantinha calado, limitando-me a menear afirmativamente a cabeça. Na verdade, eu nem me dera conta de que havia começado a chover. Nunca consegui prever tempestades: somente quando já estou molhado é que me dou conta delas.

Quando finalmente o elevador chegou ao térreo, foi com alívio que me despedi de Francisco e, a passos largos, cruzei o saguão do edifício em direção à saída. Abri a porta de blindex e uma súbita rajada de ar me fez estacar o passo. Um lençol de nuvens acinzentadas escurecia o céu do início da tarde, enquanto uma chuva torrencial caía sobre os carros que desciam a Epitácio Pessoa e tornava o asfalto perigosamente escorregadio. O lixo acumulado nas ruas se misturava à água da chuva, formando um rio de sujeira que começava a inundar o meio-fio das calçadas.

Com um divertimento secreto, sorri ao ver algumas pessoas abrigadas em uma parada de ônibus protestarem inutilmente contra o mau tempo. Abrindo o guarda-chuva que seguia sempre em minha pasta por precaução, caminhei quase correndo para o estacionamento onde havia deixado meu carro, e alguns minutos depois já estava a caminho do restaurante.

Enquanto descia a avenida, trânsito lento, pouca visibilidade e motoristas impacientes se misturavam à imagem de Alexandre que não parava de se formar em minha cabeça. Aquilo parecia uma obsessão, e por isso mesmo começava a me irritar. Entretanto, eu não me sentia capaz de – ou nem sabia como – lutar contra os sentimentos que me possuíam e me faziam lamentar o inferno que parecia ter se tornado nossa vida juntos. Eu respirava mais rapidamente, embaçando logo os vidros do carro e dificultando mais ainda a visão. Os embaraços comuns ao trânsito num dia chuvoso, retardando todos os compromissos, fizeram-me lamentar ter de sair para esse tal almoço naquele início de tarde que já se mostrava tão complicado. Ainda não estava exasperado, mas minha habitual impaciência já me deixara tenso, pensando na espera de Beatriz, sozinha, no restaurante, e no quanto me constrangia chegar atrasado aos meus compromissos.

E nada podia ser feito, a não ser esperar e reduzir o ritmo. "Nada", pensava eu. Perder o controle era algo que achava, em último caso, lastimável, mas no meio da Epitácio Pessoa dava-me conta da inutilidade de meus esforços por sair dali. Percebia os milhares de tantos outros movimentos e universos microscópicos que giravam à minha volta, quase invisíveis: as gotas d'água no pára-brisa, os rostos cansados ou sorridentes e felizes nos carros ao lado, à frente, a música quase serena que tentava ouvir para abrandar a espera. Mais adiante, um acidente havia criado um congestionamento que obrigava os motoristas a desviar pelas avenidas transversais. Tudo parecia admiravelmente pertencer àquela rua e de forma tal que estava para além de meu controle. Pela primeira vez em minha vida, talvez, eu não me sentia mais com forças para tentar manter o domínio do que me cercava. "Realmente", pensei, "eu estou cansado".

O restaurante, apesar do mau tempo, estava lotado. Aquilo me incomodava: depois de uma manhã carregada de trabalhos e de um engarrafamento que havia exigido mais que o usual de minha paciência, estar num lugar cheio de gente, cuja acústica permitia que tudo se ouvisse sem nada se entender, tal como se estivéssemos em uma feira cheia de vida, era a última coisa de que precisava para o resto de meu tempo livre. Queria almoçar e repousar um pouco, mesmo que para isso tivesse de suportar a companhia de Beatriz... Logo que entrei, avistei-a bem ao fundo do salão principal.

Ela constituía uma visão estranha. Cheguei a perguntar-me se eu não a estaria deformando por conta da tensão de que nem me dava conta completamente – ainda que a pressentisse –, quase como se estivesse possuído de uma daquelas auras que avisam o advento de uma enxaqueca ou de um ataque epiléptico. O fato é que, a meus olhos, Beatriz parecia mais gorda do que na última vez em que eu a vira, e seus cabelos avermelhados aparentavam, graças à umidade da tarde chuvosa, estar pesados e sem vida, quase marrons.

Apertei os olhos e confirmei ser ela mesma. Quase tive pena enquanto caminhava em sua direção, pensando em quanto aquela mulher parecia desistir de sua feminilidade a cada vez que comia. De repente, ficava claro isso em minha mente: desistindo de si mesma, pouco a pouco, sem mesmo dar-se conta disso, lá estava Beatriz, a antítese de seu nome. Sentada, os olhos contemplavam um generoso prato de frios que havia sido colocado diante dela. Ao me ver, soergueu-se abruptamente da cadeira e, numa câmera mais lenta que o usual, iniciou o ritual do acolhimento ao melhor amigo: abrindo os braços rechonchudos, veio me abraçar. Tudo de repente começava a me parecer artificial nela, até mesmo a voz sugeria certo esforço ao falar, como se o riso e a alegria saíssem esganiçados daquela garganta gorda. "Estranha contradição, curiosa mesmo", pensei, enquanto ouvia os primeiros sons:

– Oh, Eduardo, não imagina como fico feliz quando o encontro! – exclamou, sacudindo as mãos de forma espalhafatosa. – Como está você, meu anjo? Teve uma boa manhã no consultório hoje?

– Nada de muito emocionante – respondi com sinceridade.
– E você, o que fez neste dia cinzento? Estava no colégio ou no consultório?

– Pra falar a verdade, fiquei em casa... Tirei o dia de folga para organizar alguns papéis – ela riu de modo divertido.

Sentamo-nos de frente um para o outro e os olhos faiscantes de Beatriz se fixaram em mim, como se me avaliassem. Em seguida, com voz encabulada, falou:

– Como imaginei que você se atrasaria, achei por bem pedir uma entrada de frios enquanto o esperava.

Sorri diante da inutilidade da explicação. Aquela não era a primeira vez que Beatriz me fazia pensar na imagem de uma menina que se sentia envergonhada pelo seu exagerado apetite. Aliás, desculpar-se por comer muito também fazia parte do ritual de acolhimento: "Senhor, eu não sou digna de que entreis em minha morada, mas dizei uma só palavra e estarei perdoada", eram quase essas as palavras da liturgia latina as que eu ouvia traduzindo a justificativa de Beatriz, que, com algumas variações, sempre se repetia em nossos encontros em restaurantes. Eu só não entendia mais *para quem* ela dizia aquelas palavras. Não eram para mim, certamente. Mas, percebendo que ela não entenderia isso, fiquei calado.

O almoço em si foi excelente. A princípio, não sentia apetite e imaginei que pediria algo apenas para fazer companhia a Beatriz. Mas, experimentando a comida que o garçom pôs diante de mim, percebi que meu corpo reclamava por alimento.

Antes de começar a comer, pensei na curiosa capacidade que eu tinha de alhear-me, esquecendo mesmo minhas necessidades. Havia em mim um outro que me detestava e com quem eu convivia com dificuldade, mesmo por não o conhecer bem. Não havia temor, pois não havia conhecimento. Ele me detestava e às minhas preferências; eu o tolerava com um desprezo quase arriscado. O sabor do alimento, a essa altura, já me possuía com alegria, e eu estava feliz por um segundo, provando e depois comendo com satisfação.

Beatriz, entretanto, parecia estar durante todo o tempo mais nervosa que o habitual. De fato, isso só confirmava a impressão que eu havia tido quando ela me telefonara para marcar aquele encontro.

Era quase como se ela desejasse dizer algo grave, ao mesmo tempo que tentava desesperadamente fugir do assunto. Interessante esses movimentos numa mulher que sempre me parecera tão inteira, tão sem conflitos... Não que eles não existissem, eu sabia que sim, mas por simples generalização da condição humana. Na prática, Beatriz especializou-se em mostrar-se feliz *para mim*. Era inútil, certamente, mas ela ainda não o sabia. Totalmente inútil, eu já não me iludia com ela. "Não faria diferença para ela", pensei, e por isso permaneci uma vez mais calado.

O que a impeliria a tão tremendo esforço? Ela não era verdadeiramente feliz. E por que aquele teatro para mim? Eu não acreditava mais ser tão especial assim na sua vida. Uma mulher infeliz, ansiosa, comendo sofregamente, solitária... preocupada comigo. E, num relance, saboreando o alimento, percebi algo que pareceu importante e me ajudou a compreendê-la e a manter distância: ela me odiava, em algum lugar escondido dela mesma, simplesmente por me achar mais livre que ela. Ela me odiava e se detestava por isso. Porque ela também me amava. Independentemente do que eu fosse ou fizesse, eu era essa ficção entre o amor e o ódio construída por ela, perfeito manequim de fantasias. Isso, mesmo isso, não me importava. Eu estava ao lado dela e a quilômetros, ouvindo os sons das outras conversas ininteligíveis, transformadas agora em música repetitiva e hipnótica. Começava a experimentar prazer com tudo aquilo; um prazer vindo do prato e, pouco a pouco, imiscuído em cada detalhe, um gozo que me fora preparado como uma suculenta salada, preenchendo a boca, o estômago, os espaços, antes de saciar...

Por isso mesmo, embora estivesse curioso, desisti, ao menos naquele momento, de pressioná-la para saber o motivo do almoço. Eu estava satisfeito. O mais surpreendente entretanto era que, além de não falarmos nada de mais importante em nosso diálogo, Beatriz, ansiosa por nós dois, estranhava minha leveza e insistia em discutir um único tema: ter filhos. Eu jamais a escutara discorrer com tanta preocupação sobre o assunto.

— Acredite no que estou lhe dizendo, Eduardo — a voz de Beatriz era vigorosa. — A maternidade é uma necessidade tanto para a mulher como para o homem.

– Não sei, não, Beatriz. Acho que não concordo muito com você – e acrescentei, mais entusiasmado pelo agridoce do molho que pela conversa descartável:

– Afinal de contas, eu nunca desejei ser pai, nem mesmo no tempo em que fui casado com Virgínia.

– Pois aposto que se sente uma pessoa incompleta! Eu mesma nunca fui mãe e pago o preço por isso. Há momentos em que me sinto tão humilhada... tão vazia... – e, boca cheia de salmão, mal-educadamente, complementou:

– É como se eu fosse menos mulher que as outras.

Aquilo parecia tão verdadeiro! Não importavam, naquele momento, o enorme par de seios e as feições mais delicadas, inchadas pela gordura. Não importava mesmo a ausência dos pêlos. Não importava a posse de uma vagina, de um útero, de ovários ou grandes lábios, pequenos lábios, clitóris... Aquela pessoa não passava de uma menina, quase um bebê, resmungando a falta da mamadeira ou da mamãe que não chegaria, nem naquele momento nem nunca... Eu nunca me preocupei em alcançar tanta lucidez sobre Beatriz, mas tudo vinha tão gratuitamente! Para não me irritar mais, tomei um gole de vinho e, após refletir alguns segundos, respondi:

– Pois fale por você. Eu, de minha parte, nunca me senti menos homem por isso. Além do mais, acho que odiaria uma criança barulhenta correndo perto de mim.

– Você pode não concordar comigo agora, mas certamente concordará um dia.

Eu me separara dela. O que antes era ciúme ou raiva tornara-se irritação e cansaço. Ela conseguira ao menos isso naquele almoço. Ela não percebia, mas estávamos separados. Eu a ouviria tantas vezes quantas ela quisesse, mas não falaria. Apenas, divertido com o meu sadismo, prestava atenção ao efeito maior ou menor de minhas palavras sobre aquele discurso.

– Será mesmo? – e disse com um sorriso de provocação:

– Espero que você não esteja me jogando uma maldição!

– Ora, por favor, não diga isso, Eduardo! Você sabe do bem que lhe tenho.

Sorri intimamente de minha indiferença e da passagem do tempo, admirado com o vácuo que deixara entre nós.

– Bom... Ainda assim espero que sua teoria esteja errada.

– Por quê?

– Porque isso só me traria ainda mais sofrimento do que já tenho. Você sabe o tipo de vida que levo. Acha mesmo que eu teria condições de ser um bom pai? De fazer uma criança feliz?

– Não vejo por que não faria... Mas não é esse o ponto em questão. Se você seria ou não seria um pai adequado não vem ao caso. O que quero dizer é que essa necessidade existe em cada um de nós, e você não é exceção. Espero que você se lembre disso.

Sem compreender muito bem aonde Beatriz estava querendo chegar com toda aquela conversa aparentemente fora de propósito, e com consciência de que qualquer coisa que eu dissesse seria inútil, calei-me. Fiquei escutando enquanto ela continuava seu discurso inflamado sobre o que acreditava ser o instinto paterno e materno. Ela nunca falara antes sobre um "instinto" nessas circunstâncias, e, desconfiando daquela repentina ingenuidade intelectual, fiquei intrigado pelo esforço que ela fazia para convencer-me, inutilmente, de suas idéias. Mais que isso. Beatriz parecia querer defender uma causa. Não pude controlar-me e perguntei:

– Por que tudo isso, Beatriz?

– Me deu na telha falar sobre o assunto, Eduardo... Estou ficando velha e nunca tive coragem de admitir meus desejos de ser mãe.

Era aquele o momento preciso. Fui intencionalmente agudo, cáustico:

– Paciência. Agora não dá mais tempo. Temos de conviver com nossas impossibilidades; não foi isso que você mesma me ensinou, minha amiga?

Beatriz não se conteve e, perturbada, desviou do assunto:

– A comida estava deliciosa, mas agora preciso comer algo doce. Vamos à sobremesa?

– Não, Beatriz, já estou satisfeito.

Eu sorria enquanto contemplava a angústia que minhas palavras haviam provocado e o desejo por açúcar na mamadeira daquele bebê... Eu sorria, livre desses domínios tão precários, senhor de mim e ao mesmo tempo leve, surpreendentemente leve...

Com um gesto pouco discreto, ela chamou o garçom, pediulhe uma porção dupla do preferido creme de papaia com licor de cassis e, tão logo o pedido foi anotado, foi-se o garçom. Um silêncio quase constrangedor para dois amigos que se encaram por muitos segundos produziu-se.

Hesitei alguns instantes até que finalmente acabei perguntando:

– Quando você marcou este almoço, me disse que tinha coisas importantes para conversar comigo. Há algo acontecendo com você, Beatriz?

Não havia, no fundo, sentido em minha preocupação. Eu estava indiferente, apenas curioso, e, por hábito, toquei no seu braço e tentei ser o mais espontâneo possível.

– Por favor, me conte por que você está tão esquisita! Ou você acha que não percebi que passamos o almoço inteiro fugindo do motivo de sua preocupação?

Inclinado, como se para contar-lhe um segredo, acrescentei:

– Vamos lá... Não sei qual é o problema que você está enfrentando. Mesmo assim, você sabe que pode contar comigo.

Ela guardou silêncio por alguns instantes e finalmente respondeu:

– Não sei se nossa conversa se distanciou tanto do motivo de minha inquietação quanto você pensa, Eduardo – falou, arqueando as sobrancelhas. – E também não sou eu quem precisa de ajuda.

– Como assim? O que você quer dizer com isso? – minha voz revelava a mim mesmo uma ansiedade que até então dormia. Eu começava a pensar de novo em Alexandre...

– Está certo, querido. Vai ser muito doloroso, mas você tem o direito de saber o que está se passando. Até porque eu não teria sossego se continuasse lhe escondendo isso.

Eu me continha enquanto chegava o tal creme. Ela não deixou de sorrir para as taças que reluziam discretamente em suas pupilas.

– Parece ser algo grave, Beatriz. Seja objetiva e acabe com o suspense.

– Você já ouviu falar em uma tal de Michelle?

A pergunta de Beatriz ficou pairando no ar enquanto ela sorvia o líquido avermelhado pelo licor. Interrompi o silêncio, respondendo com um leve tom de irritação na voz:

– Alexandre me falou sobre ela certa vez.

– Falou... o que exatamente? – indagou, entre uma colherada e outra.

– Parece que ele ficou um pouco interessado nessa garota, mas não acredito que tenha sido nada muito significativo. Acho que eles tiveram um namorico sem importância, nada além disso...

Balancei a cabeça tentando desmanchar a expressão amargurada que começava a recobrir meu rosto. O cheiro daquela extravagante sobremesa começava a me dar náusea, e o que fora prazer transformava-se em mal-estar.

– Ele não foi muito claro no dia em que falamos sobre isso, e preferi não tocar mais no assunto.

Continuei falando, só que agora de modo arrastado:

– Na época... não levei muito a sério, porque tive certeza de que isso se devia ao convívio com Caíque. Não sei se você sabe, mas eu... detesto aquele rapaz. Tenho certeza de que é ele quem coloca idéias estúpidas como essas na cabeça de Alexandre! – Hesitei um instante antes de indagar. Algo se iluminava, uma luz fria, amarela, poste de mercúrio na rua deserta. Eu começava a entender tudo:

– Por que está me perguntando sobre essa moça?

Beatriz piscou os olhos.

– Alexandre me procurou há duas semanas para conversarmos e disse que estava com um problema...

– Continue, Beatriz. O que ele lhe disse? – perguntei, angustiado e impaciente. Eu já imaginava algo como uma paixão avassaladora ou...

– Michelle... Ela... está grávida, Eduardo.

Foi serenamente que ela me disse aquilo, mas eu me senti abruptamente interrompido em meu sono, como se levasse um soco ou um empurrão. O sonho acabava.

– Ela *o quê*?

– Ela vai ter um filho de Alexandre.

Em um primeiro instante, nada pude responder. Apenas fiquei calado, a boca entreaberta, o olhar perdido no espaço. "Lute! É agora! Não se entregue a isso!" Era algo em mim que gritava, tentando fazer que eu raciocinasse, com uma voz cada vez mais distante. Um gigante se avolumava, flor monstruosa e carnívora, crescendo veloz em meu peito, raízes num estômago farto do alimento que logo se faria adubo.

Minhas mãos estavam muito pálidas e, quando finalmente consegui falar, elas começaram a tremer discretamente.

– Você está... brincando. Não poderia... – tentei rir e saiu antes uma fala esganiçada e traiçoeira, indicando meu estado de perturbação.

– Não, Eduardo, falo sério – informou Beatriz, que já não conseguia esconder sua preocupação terminadas mais rapidamente que de costume as taças do maldito creme.

E, pegando minha mão, acrescentou:

– Eu pensei que você já sabia que eles se encontravam com muita freqüência na casa de Caíque.

– Por que ele não me disse nada? Por quê?... Eu o amo tanto... Eu teria... – minha voz sumiu, como se algo em mim tivesse morrido.

– Ele vai lhe contar, Eduardo.

As posições invertiam-se: era Beatriz quem estava leve naquele momento, como se flutuasse, sorrindo para mim em seu eflúvio de verdade e mansidão. Já não via mal algum nela. Eu, sim, transformava-me em uma montanha de ódio e desespero. Ela continuou, sem parar para prestar atenção ao que eu pensava, mesmo porque entre meu nome e a palavra que se seguiu deu-se um vácuo suficientemente grande para comportar esse espaço de meu pensamento, sem perturbar a realidade das coisas a meu redor:

– Eu é que me antecipei, porque tive medo de sua reação. Queria que você estivesse preparado... Ele me disse que vai viajar este final de semana com Caíque para um campeonato de surfe em Baía da Traição, mas assim que estiver de volta na segunda-feira vai lhe contar toda a história.

Ela continuava, impassível e cega para a tormenta que se avizinhava, da qual tinha sido a portadora inocente.

– Eu só lhe peço uma coisa, Eduardo: tenha calma! Por favor, esfrie a cabeça para que vocês possam conversar como pessoas civilizadas.

Eu? Eu não conseguia me mover! Músculos paralisados, num misto de fúria e desespero, vísceras revoltadas a dizerem que aquilo não podia estar acontecendo... Eu não me sentia capaz de suportar o peso da realidade. Imensa rocha à minha frente, e tudo claro. Liso rochedo e o cheiro do mar, que ali passava a penetrar, sons de ondas nos meus ouvidos. O restaurante à beira-mar, e eu não sabia, não quis ver. Um outro mar de coisas que acabara de ouvir, invadindo uma praia interna, um pesadelo certo.

Como se desaguasse tudo, tudo confluindo, rio e mar e sorriso de Beatriz. Uma santa à minha frente; vastos hábitos e apetites vorazes, que eu sentia vontade de matar. Excitante idéia! Solução dulcíssima, e eu queria matar: Caíque, Beatriz, Alexandre, Heloísa, meu avô, meu pai, minha mãe, Piedade e aquela velha terrível que foi minha avó!

Queria me matar... Tão leve, folha ao vento, folha das relvas que um dia fora verde e então escurecera, saída do chão para tornar-se asa. Incontrolável desejo de matar as pessoas pela força dos pensamentos, ferina certeza explodindo em minha mente. Urrei, dentro de mim, como se falasse a Alexandre:

– Que outras coisas mais você me escondeu, maldito? Quantas mentiras ainda ousou me contar?

Nem ao menos se ele viajaria durante o final de semana eu estava sabendo.

– Há quanto tempo você, aquele velho irresponsável, Caíque, e essa sua putinha safada, essa rapariga que agora está grávida vêm se divertindo à minha custa? Ou você pensa que eu não sei que você me considera uma bicha velha, um veado desesperado e sem remédio?

Tempo e mais tempo, e nenhum segundo entre um pensamento e outro.

– Ah, não! Não! Não vou permitir que isso passe sem minha adorável presença! Vou dar um basta nessa situação! Rir de mim não importa, mas não serei enganado! Ah, mesmo isso não é o bastante! EU QUERO MAIS! Rio e mar e sorriso de Beatriz. EU QUERO VINGANÇA! Nunca me permiti desejar: EU QUERO VINGANÇA!

Minha alma continuava berrando, rosto impávido e destroçado. Tudo não se passara senão entre um piscar e outro das pálpebras. E tudo estava acertado.

Já não era invasiva a voz de Beatriz. Para ela, eu estava pronto. Para todos, eu estava pronto e voltava a sorrir, quase envergonhado, um traço apenas nos lábios, imperceptível sinal para aquela mulher inconveniente, tão sem perspicácia.

– Eduardo, as coisas entre vocês não andam bem faz tempo. Tente compreender... Alexandre cresceu, virou um homem. É natural que ele sonhe em ser pai e construir uma família...

Ela me dizia aquilo angustiada, mãos nas minhas, como se me pedisse algo. Como se suplicasse por Alexandre. Como se eu tivesse algum poder, alguma força para intervir. E tinha. Ela não sabia, mas eu tinha. Eu estava convicto, eu sabia o que pretendia fazer. Ela não. Por isso, permaneci sorrindo com o olhar discreto e distante dos santos, enquanto ela continuava a intercessão, falando a ouvidos surdos:

– Isso não quer dizer que ele não tenha carinho por tudo que vocês viveram juntos...

"Maldita! Isso não me interessa, seus valores, sua opinião não me interessam!"

– Acontece que, talvez...

Como se quisesse medir as palavras, dizia, arrastado e lentamente:

– ...Talvez o amor que ele tenha por você hoje seja o de um filho pelo pai.

"Maldita! *Cale sua boca, vaca ordinária!*" Eu continuava, sorrindo, traço discreto nos lábios. Não havia ameaça aparente em meu semblante. Beatriz podia descansar tranqüila. Eu não a atingiria. Ao menos, não diretamente. Mas ainda assim ela também sentiria as conseqüências da minha mágoa. Só que de forma tão imperceptível e silenciosa quanto irreparável. Eu gozava com minha certeza. Lágrimas vinham a meus olhos, e ela temia, em vão, por Alexandre... Eu quase chorava por meu gozo.

Voz serena e compassada, rito da missa que se conclui, bênção que se profere sobre todos, pronunciei as palavras de despedida:

– Esse é um problema que terei de resolver sozinho, Beatriz. Deixe-me refletir um pouco. Eu lhe direi depois o que pretendo fazer.

Ela não teve tempo para revidar. Levantei-me, tranqüilo, e marchei para o carro, logo ali, à minha frente, deixando minha parte do almoço em dinheiro, tal como planejara, dois segundos antes de dizer minhas últimas palavras a Beatriz.

VII

Eu sabia que havia voltado para o consultório após o almoço. Mas fora automático. As palavras de Beatriz, beata mulher, ressoavam em meus ouvidos, cada vez mais longe, mas suficientemente claras para serem ainda audíveis. Eu as ouvia, já deslocadas. Elas em si mesmas não importavam: o som, a entonação, o sentimento de angústia e o esforço de Beatriz pedindo-me calma e tentando fazer-me razoável. Eu tinha um dispositivo precioso, já disse, de alhear-me das coisas e das pessoas. Assim, importava apenas a informação que o pedido daquela mulher havia trazido. Michelle grávida! Como retribuir semelhante gesto de atenção?

Matar parecia-me, desde o almoço, a melhor opção. Mas não se mata assim, da noite para o dia, não sem preparativos. É preciso escolher a arma, depois de decidir quem vai morrer. O que aconteceria após isso de fato não me interessava, na medida em que eu não era mesmo um profissional. Gozo seria ver minha vítima cair. Um corpo grande, tombando com algum efeito, até por conta do sangue.

Eu havia me acostumado ao sangue. Mas aquela imagem me deixava estranhamente excitado. Não era nojo nem mesmo uma tara. Não: era curiosidade. Crescia em mim a curiosidade de checar até que ponto minha fantasia de um assassinato estaria próxima da cena real. Até que ponto meus conhecimentos de medicina teriam me valido. Mesmo assim, e até por isso, estava decidido a entregar-me ao trabalho. Trabalhar era preciso naquele momento, porque me daria tempo tanto para esfriar a cabeça quanto para projetar melhor o espetáculo. O tempo que meus pacientes me dariam seria especialmente vazio, porque eu não os ouviria, afinal. Mas meu ódio resfriado não me assustava, ao mesmo tempo que me orientava para que eu fosse minimamente cuidadoso. Esse mesmo ódio já me fazia ver que não era mais só uma humilhação ou mesmo uma vingança que eu procurava. Não, não... De forma alguma. Eu havia aprendido um pouco com meus anos. O que eu queria mesmo era *participar* daquela doce cena.

Caíque, sem dúvida, seria o alvo. Evidentemente, ele me parecia o pivô, mas não de uma trama amorosa contra mim, em que eu sairia perdendo. Absolutamente. Eu mataria Caíque por sua importância para os dois jovens. Ele era querido de Alexandre e mesmo de Michelle. Não foram conhecer-se lá, junto dele? Caíque morreria não por ter roubado de mim meu belo Adônis, mas sim por tê-lo feito amar alguém. Melhor: por ter permitido que isso acontecesse, contribuindo para o encontro. Obviamente, sabia eu, Caíque não era dono do coração de ninguém, muito menos de dois adolescentes começando a vida. Mas ele estava no caminho. Deu azar. Só isso. Pela primeira vez na vida, eu sabia, Alexandre estava de fato amando alguém. E Caíque estava no caminho. Paciência, então. Seria ele meu alvo.

As horas foram surpreendentemente suaves, até mesmo para mim. Uma tarde absolutamente tranqüila, serena. Eu havia incorporado a decisão, e isso bastava. Nenhuma afetação, nenhuma aparência enganosa: eu estava calmo. É claro que isso não chamou a atenção de ninguém, nem havia mesmo um porquê. O rosto de mínima satisfação que cada paciente apresentava era algo comum, e mesmo Solange estava ocupada demais para conseguir perceber um traço sutil de alheamento meu: eu ainda não tinha tomado o tranqüilizante que fazia par com o antidepressivo. Ele estava lá, propositadamente, ao lado do telefone, para que pudesse ser visto e não esquecido.

Sorri ao dar-me conta disso. Deixei-o lá para minha diversão e análise. Solange era mulher atenta, cuidadosa, não deixaria passar um detalhe como esse, ela que vinha monitorando, por assim dizer, meu tratamento. Entretanto, essa quase enfermeira sequer se deu conta, apressada, humana também ela, de que eu não havia tomado meu remédio. Aquela de fato era uma tarde perfeita; tudo se aproximava daquele resultado, não como uma convergência, é certo, mas – imagens geométricas – numa rara tangência. Aquela era a tarde perfeita e nada poderia dar errado.

Quinze para as sete, sem pressa, quase terminada aquela jornada de atendimentos, levantei e fui até o banheiro. Água fria e cabelos molhados, olhei para o rosto à minha frente. Meu rosto, decerto. Sem tensão, sem congestões, sem aridez. Um homem envelhecendo que se remoçava, como se houvesse recebido uma boa notícia, tão boa que não soubesse bem ainda como reagir. Ouso dizer: eu estava feliz. Abri mais os olhos, impressionado com aquela expressão de felicidade, deixando inundar-me de uma doçura, uma quase perfeição. Eu rejuvenescia admiravelmente, como se, nobreza desperta naquele instante, saísse para caçar.

Voltei para a sala de atendimento e tornei a sentar-me em minha cadeira. As idéias, maceradas ao longo da tarde, sem perturbação, iam fermentando, agregando-se, produzindo seus humores, seus cheiros, suas cores. Compondo quadro de graciosa harmonia. Como se eu assistisse a um balé de espontaneidade e rapidez. Quebra-cabeças, peças se encaixando... Tudo se organizava em meu espírito, sendo o cérebro componente importante para pôr razão e ordem.

Disso resultou que eu tinha a fazer algo muito simples e rápido. Procurar Caíque, a pretexto de ter uma conversa, e em seguida atirar nele. Eu, de súbito, vi novamente a imagem de Beatriz diante das taças de papaia licorado. Sorri, entendendo minha pobre amiga. Também eu precisava chamar o garçom e fazer meu pedido. Precisava entrar em contato com alguém que me arrumasse uma arma. Alguém que não me fizesse perguntas. Quem me seria útil?

Eu já falava baixinho, os pensamentos saindo pela boca, voz suave, macia, sussurro ininteligível para quem não conhecesse o desejo.

– Quem vai poder me quebrar este galho? Se ao menos eu...

Outra imagem, um nome insignificante e eu me calei. Mais satisfação em meu rosto e, de novo, um sussurro, como se reprovasse minha ingenuidade:

– Por que não me lembrei dele antes? É isso mesmo!

Rapidamente peguei o telefone. Solange, do outro lado do aparelho:

– Pois não, doutor Eduardo.

– Solange, acho que terminei me cansando com essa chuva toda e tanto trabalho. Eu ainda teria de ver um paciente do doutor Tales e, em seguida, ir jantar na casa do doutor Luís Gonçalves. O paciente, ainda bem, pelo que eu soube, não tem nada tão grave e pode esperar. E o jantar fica pra outra noite... Você poderia, por favor, ligar para o doutor Tales, avisando que vou discutir o caso dele amanhã e ligar pra casa do doutor Luís, avisando que recebi um chamado urgente?

– Está bem, doutor Eduardo – disse ela, parecendo decepcionada com aquela aparentemente súbita mudança em meus planos. – O senhor virá ao consultório amanhã cedo?

Eu quase não ouvia mais Solange. Sua pergunta soou descabida, apesar de óbvia. Ela não poderia ver o sorriso que brotou, duradouro:

– Não, Solange, amanhã tenho outros compromissos que não vão permitir que eu venha pra cá. Melhor deixar meus horários da manhã livres. Preciso rever um grande amigo... antes que ele viaje.

Desliguei o telefone e, por algum tempo ainda, permaneci onde estava, quieto e respirando fundo. Fascinado pela delicadeza da mistura, sentia o ódio quase físico liquefazendo-se e alimentando o coração, os pulmões, as veias, enriquecendo-me o sangue. Brando leite, morno, alimentando cada célula do meu corpo. Sugava-o tanto quanto o produzia, fartamente. Samael era o nome que, naquele instante, fazia a conexão. Ele, sem dúvida, me ajudaria a consumar minha vingança.

A chuva havia parado, e por entre as nuvens que começavam a se dissipar eu podia ver o brilho opaco da lua que insistia em aparecer naquela noite nublada. Caminhei alguns metros em direção ao local onde estava meu carro. Era impressionante como as idéias se organizavam, mapa, bússola guiando cada passo; de repente, dei-me conta de que, em situação tão peculiar, eu deveria me manter o mais anônimo possível. Deixando meu carro onde estava e afastando-me algumas quadras do prédio onde ficava o consultório, tentei pegar um táxi. Naquela hora, e depois da chuva que havia caído, aquilo

Um estranho em mim

não seria fácil. E, de fato, demorou algum tempo até que um táxi parasse à minha frente.

Quando finalmente me acomodei no banco traseiro do automóvel, o motorista, um homem muito magro, de nariz adunco e rosto afilado, olhou-me com a expressão usual e eu me adiantei: repeti-lhe o endereço que há algum tempo escutara de um garoto de programa, e o taxista, para meu espanto, comentou, já sorrindo:

— Está procurando diversão neste começo de noite, não é mesmo? — E, como se sua impertinência já não tivesse sido suficiente, acrescentou de modo cínico:

— Conheço bem aquelas "paradas". Certa noite, levei um gringo lá!

Fui obrigado a olhar para ele. Por alguns segundos, em silêncio, aborrecido pela atenção que ele reclamava, permaneci olhando com um misto de indiferença e desprezo por aquele homem nojento que tentava forçar uma intimidade comigo. Nada respondi. Eu estava realmente cansado. Recostei lentamente a cabeça no vidro da janela do carro e fechei os olhos para tentar recordar, com o maior número de detalhes possível, de Samael.

Nome estranho. Eu não conseguia saber com exatidão quando havia sido a primeira vez em que o escutara. Mais razoável seria "Samuel" e ainda assim seria estranho esse nome bíblico pesado naquela criatura. Era quase como que um erro de nome numa pessoa... errada. Sorri de novo, no escuro do carro, com a perfeição das formas que a vida revela. Quase todos os rapazes que eu pegava nas ruas me falavam sobre Samael. De fato, embora eu não o conhecesse pessoalmente, já havia escutado muitas histórias escabrosas a seu respeito e não tinha nenhum motivo para duvidar delas.

Inteligente, oportunista e incapaz de perdoar uma afronta, Samael era, sem dúvida, o mais respeitado entre todos os vigaristas que agiam pelos subúrbios da cidade. Eles têm suas redes e o homem era realmente influente, a ponto de se dizer, na fantasia, que nenhum crime acontecia sem o seu conhecimento, e por isso mesmo era chamado de "Mil Olhos". Seu envolvimento com tráfico de drogas, agiotagem, prostituição e qualquer outra coisa que lhe trouxesse lucro ilegal era do conhecimento das autoridades, mas ninguém se interessava em interferir nesse outro universo — a não ser que fosse lucrar com isso. Daí sua "imunidade" natural. Matar, vender e comprar pessoas, portanto, era algo que já havia se incorporado à sua rotina diária. Frieza e crueldade haviam feito dele uma espécie de lenda viva. Naquele momento em que ia a seu encontro, eu também começava a sentir certo respeito, uma deferência sem invejas mas curiosa.

Quando tornei a abrir os olhos, o táxi já havia atravessado toda a cidade e estávamos em um local desconhecido para mim. Era um bairro pobre e só menos desagradável porque velho, fazendo parte da história da cidade: velha periferia, com ruas esburacadas que faziam o carro sacudir e me ajudaram a acordar. À medida que o carro andava, as casas que iam surgindo diante de mim pareciam progressivamente ainda mais sujas e feias. Lendo uma pequena placa de metal afixada na lateral de um muro, percebi que estávamos no endereço certo. Após percorrer mais alguns quarteirões, o carro parou diante de uma casa, e o motorista, que permanecera em silêncio durante todo o percurso, falou com voz enfadada:

– Chegamos. O senhor me desculpe, mas eu não vou esperar. Aqui é perigoso e não se pode passar muito tempo parado, compreende? – e, estendendo-me um cartão com um número de telefone impresso, acrescentou:

– Eu sei que não é muito fácil pegar um táxi nesse lado da cidade; o senhor pode ligar que eu volto para pegá-lo, basta deixar seu nome.

Meu nome? Gentil mas desnecessária preocupação. Não tinha qualquer medo de ficar naquele lugar, naquela noite sem nuvens e estrelas, terminada a chuva. O ar frio e o chão sujo, as casas fechadas e luzes lá dentro. Ainda assim, como medida de segurança, passou-me pela cabeça pedir ao taxista que ligasse para minha casa no dia seguinte para certificar-se de que eu havia voltado. Se eu não atendesse, ele até poderia avisar a polícia de meu desaparecimento. Talvez procurassem por mim.

Depois entendi que mesmo isso não importava:

– Não será preciso, eu posso demorar – e olhando para os números que reluziam no taxímetro tirei algum dinheiro do bolso, paguei o que devia e, sem esperar o troco, desci do carro. O motorista resmungou algumas palavras de agradecimento, acelerou e partiu.

Um estranho em mim

A casa velha, de tons escuros e gastos, chegava mesmo a ter certo ar macabro. Os sons dos riachos, formados pela lama e pela água da chuva que havia caído, quase amenizavam as sensações, dando um leve toque de familiaridade. Quase sereno, sabia que devia manter um mínimo de energia, apesar de meu cansaço. Por alguns segundos, respirei deliberada, profunda e rapidamente, alterando meus batimentos cardíacos. Prendi a respiração novamente e entrei.

Logo que entrei, compreendi que a casa em questão era, na verdade, um prostíbulo da mais baixa categoria. Naquela hora da noite, ainda não estava lotada, e a ausência de mulheres fez-me perceber que eu me encontrava em um lugar exclusivo para "homens". Rapazes circulavam de um lado para o outro do bordel, copo na mão e olhares fixos, como aves de rapina, procurando sua presa. Comida, era disso que precisavam e o que diziam, claramente, com o olhar e os gestos. Ratos, cobras e comida. Corpos firmes e andares ensaiadamente sensuais que se mesclavam, misteriosamente, a rostos atormentados pela pobreza. Quase bons atores num palco sem graça, que queria mesmo ocultar mais que mostrar. Recém-saídos da adolescência, aqueles garotos, não encontrando coisa melhor para fazer e transformados em prostitutos e ladrões, davam-me a nítida consciência de minha velhice, de meu estranho papel naquele lugar.

Eu não buscava nenhum deles: meus prostitutos vinham de lugares mais arejados. Eles pareciam saber disso. Minha chegada foi curiosamente banal, como se me esperassem: nenhum gesto alterado, nenhum rosto intrometido. O estranho era bem-vindo, quase reconhecido, como se eu sempre tivesse ido lá. Alguns, embora atraentes, não chegavam a desviar-me do que eu fora buscar. Mesmo assim, olhar para eles filtrava o cansaço e embalava os segundos.

Sereias imensas, todos os que ali estavam. Sereias, corpos e peitos e peles à mostra. Canções saídas de bocas fechadas, bocas abertas em surdina, sussurros altos e inaudíveis. Palavras ditas com força, mas ininteligíveis. Eu passava solene, forçando entrada naquele mar parado. Olhado por todos, visto por ninguém, escutava-lhes o canto. Sereias doces, cabelos e tetas duras, peles escuras, algumas claras. Homens-sereias, repousando nas ilhas estreitas das mesas do bar. Tão diferentes entre si! O sorriso de um, o rabo de outro, os braços mais fortes, a busca do olhar... Tudo aquilo me era conhecido. Eu não me deixaria encantar.

Valentões tatuados; outros, mais tímidos e quase assustados. Diferentes, aquelas sereias. Corpos belos que os faziam iguais. E o desejo de carne. Aquela carne enlaçada, envolvida, devorada com agudos dentes de tubarão. Rápidas mandíbulas. Prazer-carne-dinheiro, anéis de ferro que os prendiam no mesmo mar. Irmãs de dor. Irmãs de fome. Irmãs de prazer, belíssimas sereias de almas angustiadas, corpos cheios de líquidos e gozos mortíferos...

Bem no meio do salão, havia duas mesas lado a lado acomodando alguns homossexuais – que, com vozes e trejeitos escandalosos, galinhas alvoroçadas, faziam-me odiá-los com ternura. Minha aversão por eles, alguns jovens, outros velhos pederastas efeminados e ridículos, usando colares, brincos, lenços de seda e roupas extravagantemente coloridas, envolvia-se de fina ironia. O que me separava deles eram alguns quilômetros e uma história diferente. Eu mesmo, outra sereia descamando a cauda, posta sobre as pedras, esperando o marinheiro... Dentes de tubarão começava a ganhar e, de uma tarde para cá, havia descoberto especial capacidade de cheirar... sangue. Qual seria, ainda, o tamanho da diferença?

Cada vez mais me sentindo em casa, ainda enojado, eu os observava, enquanto eles gargalhavam e gesticulavam, caricaturas estreitas de mulher. Eu nunca quisera ser uma mulher. Mas me tornava, sabia, em faminta sereia, carnívoro monstro de perdida beleza. A beleza se fora com a idade. Restavam-me os dentes e o olfato por sangue. Eu tinha apetite. Minha diferença residia, cada vez mais, no tipo de manjar que eu queria comer. Meu prato estava se aprontando e não seria dali que viria. Não me interessaria passar a noite acordado, batom na boca, calças justas, brincos e colares. Para a maioria deles, restaria apenas o amargo exercício da contemplação, como se rezassem, contentes, as Completas. Frases altas, gritinhos histéricos, bebida ofertada sempre que algum rapaz de porte atlético se aproximasse e pronto: cumprido o ritual sagrado, de volta ao fundo do mar. Seu consolo, por certo o único, é de que eram eternas. Jamais morreriam, e com o mar sempre farto, quem sabe?...

Um deles ainda conseguiu me fazer mal com sua imagem velha, já bastante calva. Estava em pé, um pouco afastado dos outros, roçando-se em uma mesa de bilhar, visivelmente excitado, segurando uma garrafa de uísque. Não demorou e os rapazes se aproximaram: trechos de valsa, e o próximo passo era reunirem-se em torno dele. Copos vazios e música detestável, promessas e frases dúbias, atenção farisaica. O velho, vaidoso, sorrindo os servia, enquanto se insinuava, contorcendo seu corpo horrivelmente magro de forma lasciva, sexo em riste.

E o miserável parecia realmente gozar, como se imaginasse ter algum poder sobre o desejo e a juventude daqueles garotos. *Prima donna* e violinos e estranha valsa, e um solo cantante. Pele flácida e rugas em torno dos olhos e da boca; conseguia vê-lo, cada vez mais e melhor. Maquilagem barata, que, pelo calor, começava a derreter, desenhando lágrimas que quase o fariam poético, quase me fariam acreditar na sincronicidade das coisas do universo. A camisa lilás, tecido leve e vaporoso, desabotoada e amarrada em nó na altura do umbigo, deixava ver o abdômen branco e artificialmente liso. Pele de sapo em calças laranja, cintilar de estrelas na roupa apertada, revelando a magreza das suas pernas: tudo era gracioso movimento de morte, que mesmo da morte se pode rir. De fato, os prostitutos-sereias riam de sua rainha, gritavam troças, gemiam desafios, louvavam sua senhora, mãe grotesca de todos eles, cínica e embriagada, querendo-lhes e a cada um.

Senti vergonha: estava, sem perceber, olhando a pele de meu braço e não percebi diferenças significativas entre mim e aquele velho. Tive ódio daquele espelho móvel, daquela dança. Ao mesmo tempo, sentia-me agradecido pelo alimento invisível que ele parecia dar-me sem que eu mesmo o tivesse notado, leite dos seios flácidos e frios, ódio suculento, eu estava saciado e sorria de novo, com as sereias. Eu era capaz de participar, também, igual a elas, enfim.

Já não queria me afastar do horror que aquilo causava. Eu já gozava em ver. A cena bastava e, de fato, eu não resistia ao movimento do olhar, arrastado para ela. Eu não bebera e já estava embriagado, perfume e maconha no ar temperado de cheiros fortes, vulgares, pedindo que os machos pusessem pra fora seus membros eretos. Fedentina encoberta, levantando os olhos já tontos, notei o velho me encarando. Sorrindo. A brancura, o nada no meu olhar para ele fez com que o miserável risse de modo ainda mais debochado.

Virei o rosto. Fui em direção ao bar. Sentei e, gozando minha momentânea vacuidade, pedi ao homem gordo, branco, quase corado naquele breu cansativo, uma bebida. Eu não entendia, mas vinha de dentro um sorriso que não queria deixar se mostrar. O que eu teria visto naquela criatura? Que capacidade para me sugar pelos olhos e... me fazer desfrutar sereníssima paz? Um homem de idade vestido de mulher. Tentando comprar prostitutos com doses de uísque. Isso não era exatamente uma novidade para mim.

O que havia nos olhos daquele velho? Queria que me visse sem me despir, que me sugasse sem me tocar. Asqueroso, queria de novo a firmeza daquele olhar.

Bebida e pensamento. O álcool abriu-me a razão e compreendi estar vendo nos olhos daquele pederasta nojento a mesma inveja e cobiça com que, por tantas vezes, desejei a beleza e a juventude de Alexandre. Meu irmão, aquela bicha velha e asquerosa, meu espelho deslumbrado com a semelhança de meu olhar, que, com seu sorriso, demonstrava saber da igualdade existente entre nós.

Indiferente às pessoas que passavam, permaneci um bom tempo imerso em uma espécie de torpor, imaginando como deveria proceder para encontrar Samael em meio àquele prostíbulo. Tomei a bebida de um só gole. Não me mexi. Ali, olhar fixo nas garrafas coloridas, uma mão surgiu do nada e apertou de modo firme meu ombro. Deixando escapar uma exclamação de espanto, virei assustado. Um rapazote, de fisionomia comum, quase inexpressiva, estava parado atrás de mim, a me observar. Estava longe de ser atraente, e de sua roupa, um pouco suja, se desprendia um desagradável odor que misturava suor e almíscar. "Eu arranjaria coisa melhor do que isso pelas praças da cidade", pensei por um segundo. Já ia mandá-lo afastar-se e, de repente, ocorreu-me: ele era, provavelmente, a pessoa certa para me dar a informação que eu estava procurando.

Diogo mostrou-se meio desconfiado.

– Então não é transa que você procura aqui? – perguntou ele, em tom reticente.

– Na verdade, não – respondi, tentando imaginar se aquele seria o melhor momento para revelar minha busca de uma arma.

– Então o que é que você quer com "Mil Olhos"? – sua voz soou áspera, rápida.

Continuou, palavras santas do ritual iniciado:

– Já sei. Está procurando uma diversão mais forte. Quer cheirar um pouco, não é? – e ele arrematou sua frase com um sorriso sinistro.

Cocaína. Fora a maconha, o álcool e os comprimidos que eu tomava, a idéia de experimentar uma droga mais poderosa ainda não havia me passado pela cabeça. Ouvindo Diogo pronunciar aquela frase, senti como se uma luz se acendesse dentro de mim: afinal, por que não tornar tudo mais "divertido"? Respondi, firme:

– O que é que tem de mais nisso? Será que nunca viu gente da minha idade interessado em viver novas experiências?

Depois disso, após alguma conversa e bebida, estava acertado que Diogo me levaria ao encontro de "Mil Olhos".

Noite alta, Diogo pôs-se de pé e fez sinal para que eu o seguisse. Eu o acompanhei de perto, ele abrindo caminho por mar denso, entre sereias invejosas, imaginando ter-me ele ganho para a noite. Brincando, menino risonho, trocava gritos com elas, olhares insinuantes, desafio vencido. Ele gostava da oportunidade de fingir ter completado a pescaria, de estar eu fisgado, anzol rijo e indefensável. Atravessamos o salão principal. Após alguns corredores escuros, decadentes, e a subida de alguns degraus, paramos diante de uma porta que me pareceu ser a entrada de um depósito.

Diogo adiantou-se alguns passos e de modo ritmado, executando seu código, bateu quatro vezes com o nó dos dedos sobre a esquadria da porta. Demorou um pouco até ouvirmos ferrolhos serem destravados e a maçaneta ser girada. Um rapaz surgiu diante de nós, cópia mais bem-acabada de Diogo, um pouco mais alto e mais jovem que ele. Obviamente, compreendi que ambos eram irmãos. Cochicharam entre si e entramos. A porta tornou a ser fechada e, dando as costas aos meus acompanhantes, permiti que meus olhos vagassem pelo ambiente.

O lugar era pequeno, sem qualquer ventilação, e tinha um cheiro rançoso de urina, que parecia estar impregnado nas paredes. O chão de cimento estava imundo, todo manchado, e um pequeno corpo rápido e rastejante deu-me a idéia de que ali também moravam ratos, procurando um lugar para se esconder. Por todos os lados, pedaços de cadeiras, garrafas vazias, engradados de madeira, cortinas rasgadas... se amontoavam e se deterioravam, aumentando a grossa camada de poeira que não recebia vento havia algum tempo. "Tralhas propositalmente postas para aparentar descaso, inutilidade e esquecimento", pensei, e que sob a luz da lâmpada presa num bocal sem abajur criavam um estranho jogo de sombras. Tom impreciso entre o marrom e o carmesim, lâmpada de 25 *watts* balançando, pendurada por um longo fio no teto alto. Era, sem dúvida, uma casa velha, como... aquelas casas de minha infância, onde o vento fazia que as lâmpadas tremessem, turíbulos voando numa nave cheia de incenso e tensão... Deus no céu, escutando, olhando, atento observador, para o curioso espetáculo que se montava. Luz, como fumaça perfumada, pouca luz, era o que se espalhava por entre as sombras. Pó que a luz mostrava, flutuando, deixando-me levemente tonto, álcool e poeira, luz e sombras, casas da infância, imundície do presente. Lixo e mais lixo.

Onde estaria o tal "Mil Olhos", afinal? Irritado, cheguei a imaginar que Diogo estaria fazendo alguma piada, esquecido de que marinheiros e sereias não brincam em alto-mar, mas se devoram. Voltei-me na direção em que eu o havia deixado e, de repente, dei-me conta de que nem ele nem seu irmão se encontravam mais lá. Assustei-me, olhando em todas as direções: a sala estava completamente vazia.

Voltei imediatamente até a porta: os ferrolhos estavam fechados a cadeado. Como poderia ser aquilo? Eu não escutara nenhum ruído; tinha absoluta certeza de que havíamos entrado todos juntos. Mágica. A mágica sempre me atraíra. Gostava de pensar na solução para os truques. Nunca acreditei em mágicas. Ou, antes, acreditei, mas fazia muito tempo que havia perdido a fé. Mágica e eu dentro de uma cartola, suor do mágico impregnado, mágico fedorento, odor de cabelos e suor. Homem. Não há elegância que extinga o suor de um homem quando ele tem de brotar. Não há perfume mais forte.

E ninguém poderia sair da sala trancando a porta pelo lado de dentro. Enigma que me excitava tanto quanto assustava, voltei a examinar o local, dessa vez mais vagarosamente. Cubículo sem janelas e sem qualquer outra saída a não ser aquela porta. Caminhei até a outra extremidade do aposento e puxei o lençol amarelado que recobria um velho sofá à minha frente. Nada além de uma pilha de bugigangas enferrujadas. Ainda mais confuso, compreendi que não existia qualquer lugar ali que pudesse servir de esconderijo nem mesmo para uma criança. Os dois rapazes haviam, misteriosamente, evaporado no ar.

Voltei a sentir um medo intenso. "O que se faz com o coelho depois que ele esquece o truque?" era uma pergunta que eu sempre me fazia, quando perdi a fé. Meu coração batia violentamente. O que se faz com um coelho que não cabe mais na cartola? Era uma sensação muito estranha aquela. Os mágicos nunca me responderam, e eu deixei de perguntar. A situação me sufocava e ainda assim eu me mantinha tranqüilo. Mágica. Eu fazia a minha mágica, cartolas e coelhos e varinhas secretas, tudo bem negro, traje a rigor. Separados, carne e espírito, hormônios eram injetados em minhas veias, fazendo que vísceras e músculos se contorcessem em um compreensível estado de alerta, enquanto minha alma, indiferente e desprovida de qualquer aflição, vagava suave. O coelho livre, afinal. Eu sorria. Aqueles olhos brilhosos e vermelhos olhavam para mim, e eu sorria. Movia meus lábios para que os olhos do coelho pudessem ler: "Você não me engana; eu sei, é só um truque". Ele movia as orelhas, sinal de agradecimento por minha compreensão. Trancafiado no escuro, aquele coelho era capaz de agradecer, enquanto fingia obediência. Mágico burro. Todos sabíamos o seu segredo, até o coelho. Sempre tão atrasado o coelho de Alice!

E eu num país sem maravilhas. Onde estaria a rainha de copas? Já não sabia o que pensar nem como distrair meu pensamento. Foi então que vi a estante que parecia pesada ser deslocada silenciosamente para o lado, deixando à mostra um buraco na parede, espécie de vão secreto. Diogo reapareceu, atravessou a passagem. Não porque empunhasse um revólver, mas parecia outro homem, mais másculo ainda. Como um policial. Um guarda-costas. Objetivo, direto, duro, ereto. Veio até mim, e meu corpo foi cuidadosamente apalpado, até ter certeza de que eu não trazia comigo nenhuma arma escondida. Ele sabia que não havia, mas queria experimentar-me e o fazia com gosto, roçando mais demoradamente do que precisaria em minhas coxas e nádegas. Buraco por buraco, fez-me passar pelo da parede, puxando após si o móvel, que voltou à posição original.

Aquela sala de trás era muito maior e mais limpa que a da parte da frente. Havia várias pessoas ali além de mim e Diogo. Dois rapazes negros, realmente fortes, fisionomias secas, estavam parados, encostados a uma porta de aço que ficava na parede oposta à da estante. Um deles, a cabeça raspada, usava camiseta de malha apertada mostrando o cabo da pistola. O outro, me olhando de modo penetrante, quase sem piscar, segurava uma escopeta. Guardiões míticos esses escravos modernos. Belos, também eles, impávidos colossos de Rodes...

Entendendo ser aquela porta de aço, com um pequeno orifício de observação, uma passagem camuflada para a casa abandonada ao lado direito do bordel, estratégia de fuga inteligente, parei novamente para olhar em torno de mim. Não havia necessidade de grandes movimentos. Tudo estava ali, à vista. Quem entrasse poderia ver tudo. Quase tudo.

No centro da sala, em volta de uma enorme mesa com tampo de vidro, meia dúzia de rapazes, todos adolescentes pobres da periferia, trabalhavam freneticamente. Pesagem, teste e empacotamento de cocaína. Notável habilidade com que aqueles garotos franzinos, vigiados de perto pelo irmão de Diogo, desempenhavam aquela tarefa. Jamais sairiam daquele mar, peixes pequenos, miséria e veneno, criados para o alimento dos grandes. E era com admiração e pena que eu contemplava aquela fábrica, em tudo burguesa, menos no conteúdo. O fino fio da lei os separava dos olhos da luz. Fio de náilon. Cortante, profundamente cortante. Inofensivamente cortante, varais e roupas pendurados, resistência do aço, flexibilidade do plástico. Mágica capacidade de adaptação.

Em outra mesa mais ao fundo estava Samael. Fiquei parado, olhando-o, fascinado pela figura incrivelmente assustadora e magnética daquele homem que contava meticulosamente dinheiro espalhado à sua frente. Talvez 50 anos, talvez menos, um metro e noventa e oito de altura. Com um peso muito superior ao seu tamanho, usava uma camisa de linho branca, e seus cabelos, empapados de brilhantina, estavam penteados para trás, o que realçava sua cabeça oval.

Percebi Diogo empurrando minhas costas e, como se por reflexo, andei em direção àquela imagem quase angélica, desses anjos que a terra produz. Brilhantina e cigarro na boca, asas caídas, dinheiro na mão.

Foi só quando eu já estava sentado à sua frente que Samael parou o que estava fazendo para me olhar. Tinha na garganta uma antiga cicatriz que, pelo tamanho e profundidade, só poderia ter sido feita por uma navalha. Seus olhos, negros e ferozes, revelavam sem disfarce que aquele era um homem capaz de matar a sangue frio. Quando ele finalmente falou, sua voz soou profunda e gutural:

— Estava me procurando, doutor Eduardo?

— Mas... Você sabe quem eu sou? — balbuciei meio atônito.

Samael jogou a cabeça para trás, rindo um riso que balançava sua protuberante barriga.

— Em meu ramo de negócio, doutor, vive mais quem é bem informado. — Sua voz estava carregada de ironia quando ele acrescentou:

— Além do mais, já soube muito a seu respeito.

Subitamente, dei-me conta de quanto minhas saídas noturnas, no período de maior distanciamento de Alexandre, tornaram-me conhecido no submundo daquele meio homossexual. De fato, eu era um médico conhecido na cidade e expusera-me além da conta. Entendi também que minha violência contra Alberto e, depois dele, contra um ou dois prostitutos desavisados ajudara a construir minha imagem. Compreendi o riso da bicha velha, a olhar-me no bar. Era um misto de admiração e respeito, um cumprimento e um desafio. Cheio de inveja. E ódio. Senti-me desconfortável, súbita luz do dia sobre meu rosto, nu, exposto. Minha vida assim, passada de boca em boca, de mão em mão... Saber que, além de "Mil Olhos", alguns dos prostitutos daquele bordel me tinham como velho conhecido fazia-me sentir, de repente, como um deles, igual, mais sujo e velho que de costume.

— Mas vamos lá, doutor! — interrompeu-me Samael, que mantinha um leve sorriso de satisfação sobre os lábios. — Diga-me o que o fez sair de seu mundinho e vir ao meu encontro — ele acendeu outro cigarro antes de voltar a falar. — Estou realmente curioso.

— Eu... quero comprar cocaína e... uma arma — disse-lhe com voz hesitante. Voz de menino assustado.

– Precisa de droga e de uma arma ilegal? – os olhos de Samael se arregalaram de incredulidade. Eu não acreditava que ele ainda pudesse se surpreender com alguma coisa. E, no entanto, era apenas um homem alto e gordo.

– Exatamente! – confirmei, só que daquela vez imprimindo ao final, milésimos de segundos de diferença, firmeza na voz.

– Você não me parece um assassino, doutor.

As palavras de Samael me atingiram como um soco na boca do estômago. Por um instante, relembrei que eu mesmo sempre me considerara um bom médico, e que bons médicos salvavam vidas. Maldito seja Alexandre e maldita toda a sua descendência! Frase bíblica, Desterro de volta em minha cabeça, um anjo da morte sobre meu ombro, pingando sangue... Só me saciaria um pouco de sangue. Especial sabor, queria-o para mim, eu próprio tonto com meu desespero. Violentamente dominado pelo desejo de matar, respondi com voz lacônica:

– Tenho contas a acertar; é só isso.

Samael balançou a cabeça num gesto de compreensão.

– Que tipo de arma deseja?

– "Rápida, discreta, eficaz..." – uma sucessão de palavras. Pensadas. Imediatamente ditas. Saíam lentas ou rápidas demais. Estava tonto. Foi o suficiente para que ele compreendesse.

– Hum... Isso quer dizer que está planejando uma "festa-surpresa" – brincou Samael, tentando ser engraçado enquanto raciocinava, conseguindo demonstrar aquilo que ele na verdade queria ser: cínico.

Rangendo os dentes, falou:

– Você é um homem de sorte, doutor. Veio à pessoa certa. Eu tenho sempre o que meus clientes precisam. Um homem competente que encontra outro... Coisa rara, não acha? – um riso maior mostrou a boca marcada, os dentes amarelos, um breu imenso ameaçando sair da garganta aberta... Ele não ria, ele dava uma pequena gargalhada, levantando a cabeça um pouco mais para trás.

Em seguida, satisfeito, baixou os olhos para os pacotes de dinheiro que estavam sobre a mesa, mudou o tom de voz e voltou a ser objetivo, retomando o controle profissional, ator em cena, próximo ato.

– Mas isso vai lhe custar caro! – sua fisionomia variava do desprezo à condescendência e, empertigando-se na cadeira, acrescentou:

– Acho bom ter trazido dinheiro ou vai descobrir que eu tenho um jeito todo especial de lidar com trapaceiros.

– Eu tenho dinheiro; posso pagar. Pago o dobro se me conseguir a arma já com munição.

Samael voltou a olhar para o dinheiro, e seus olhos brilharam com a mesma intensidade que brilhavam os de Beatriz sempre que via comida. Em seguida, seu semblante desanuviou-se e ele voltou a sorrir.

– Você tem coragem – disse, esfregando as mãos uma na outra. – Gosto disso!

Acertados os detalhes, paguei a quantia exigida. "Mil Olhos" colocou diante de mim um saco plástico com alguns gramas de cocaína e uma arma enrolada em um pedaço de flanela alaranjada. Arma, amar, armadilha, ilha de imenso mar... Os trocadilhos, as letras e um estranho prazer: a pistola entre as mãos. Mais que potente, ela era perfeita. Samael fazia bem seu trabalho. E queria ver-me contente. Queria servir bem ao doutor. Ele sabia: eu estaria a seu serviço para sempre. Arma, armadilha, cama de armar... Arranje fama e deite-se na cama. Uma arma que me dava a repentina sensação da certeza e do poder.

O doce sentimento da antecipada visão. Havia matéria e minha vingança se tornava mais concreta, germinando, fecundada... Metal frio e brilho opaco na sala semi-escurecida e uma onda de excitação correndo por entre meus dedos. Glock 36. Pequena, discreta, bolso e mão feitos para ela. Insidiosa serpente, seu calibre era baixo, o tiro só mataria de perto, num ponto vital. Mas não havia por que errar. Eu via a pistola dançando à minha frente, algo como uma mão levantando e um som e uma dança e um corpo fazendo curvas tão retas que se poderia duvidar... E o corpo de Caíque. Um corpo belo, mas frio; sangue e sangue e sangue que eu queria ver perdido. Não para mim, não para alguém. Não. Queria um chão vermelho e a imagem dum rio se abrindo, mar vermelho por onde passo, arma e verme no chão. Um verme, apenas, após minha serpente picá-lo. Sangue e mais nada. "A beleza é frágil", pensei, sorrindo, "e mais frágil quem nela se fia". Eu acertaria Caíque bem no coração.

Eu sabia onde ficava, conhecia bem a anatomia. Arma, amar, armadilha e eu quase me compadeço daquele homem tão belo que estava ainda no caminho...

Samael, novamente:

– Se ouviu falar de mim a ponto de saber onde me encontrar, doutor, então também já devem ter lhe dito que sou um homem que trata bem os amigos – sua voz estava carregada de ironia quando ele acrescentou:

– Nosso encontro merece uma comemoração.

Com um misto de apreensão e surpresa, vi o rapaz negro, de cabeça raspada, aproximar-se e colocar próxima a seu patrão uma placa de granito esverdeado exibindo, cuidadosamente dispostas, feito pratos na mesa de jantar, duas grossas carreiras de cocaína. O belo edifício de músculos tornou a afastar-se. Ele me olhou, e eu quase senti desejo de deitar-me a seu lado. Dilacerado pelos sons da inalação do pó branco, primeiro Samael e sua cédula de cem reais, enrolada na forma de um tubo esdrúxulo, depois eu mesmo. *Maudit*, diziam seus olhos, num surpreendente francês; bendita palavra, estando tudo sacralizado.

Leão-de-chácara e tudo guardado, negros da Namíbia, corpos reluzentes, sorrisos de vampiro, garganta exposta e meu sangue à mostra. Não, eu não estava sangrando, mas a cabeça pesava. Todos ali pareciam me testar. Samael e seus leões, seus ursos sem pêlo, negros como a noite, testando e testando minha resistência. Para quê? Havia ainda algo a querer? Eu tinha algo a dar? Nada era meu, nada de precioso me pertencia. Eu sorria daquele homem tão mau e mesmo assim tão ingênuo. Eu sorria daquela imensa fantasia por ele mantida, de que ele estava no poder... Negros e terras e drogas e sexo e armas e armadilhas e ele não estava no poder. Um corpo de mulher entre mim e Alexandre estava no poder. E perderia. Por isso mesmo, também Samael perderia, porque o poder faz perder. "Não se iluda, 'Mil Olhos', eu sou algo que nem você nem Michelle podem tocar..." Pensava eu, experimentando uma profunda euforia.

Quando me pus de pé novamente, minha gengiva estava dormente, e eu já não percebia os movimentos da língua dentro da boca. Estranha força, descomunal gigante de ouro e aço e barro que me possuía, alimentando meus músculos, varrendo minha carne, fazendo-me novo e ágil e disposto. Como se não visse nada disso, o miserável Diogo, impaciente, fazia gestos e sons para me conduzir até a saída. Ele via a saída, escuridão e amarelo, luz e porta; e ele via a saída, anjo cego de asas cortadas, voando baixo por não poder fugir. Mercúrio nos pés, Cocaína no sangue, foi meio andando, meio levitando que segui os seus passos. Anjos belos sustentavam minha queda, para que eu não me ferisse nas pedras. *Maudit*, eles me diziam, carícia, sorrindo, como se cantassem um hino em minha honra, canções de ninar...

Sala grande, misteriosamente diferente, o mesmo caminho e corredor de poucos metros. Tudo mudado. Alargado. Armado, ilha flutuante num mar de concreto... Amar, por certo, conduz ao fim, cujo som ao longe se escutava... Ruídos e uma falta de sentido, como se demônios e anjos sorrissem, e eu, embalado, deixando-me ir. Sons agrupados, hiena, bebê, bodes e chifres e gargantas cortadas, voz de mulher a cantar, Hidra sem Hércules, serpentes sibilantes: arma-matar-armadilha-amar. Agudíssima soprano que não parava de gritar. Ária bendita, anjos e demônios empurrando minhas costas, roçando minhas nádegas, sentindo meu cheiro acre, incerto... Cadáveres ressurretos, abortados fetos, sombras em potes de acrílico, flutuando e sorrindo para mim. Forma e formol, morte-amor-meu-quero-te-matar-amar-destruir-*l'homme-maudit-que-j'suis*... Finalmente, a soprano não gritava mais, a voz estava em paz, mulher gozosa, orgasmo atingido. Pênis possesso que se lhe entrou e lá se perdeu. A estranha ninfa, grávida de Narciso. Morto, o belo, devorado por um buraco no ventre, sangrando sangue de plástico, seco, plaquetas em perfeito funcionamento mas que não podem estancar... Transformado em mulher, Narciso estava morto; seu pênis, agora, pertencia à ninfa...

Passando pelo buraco na parede, compreendi finalmente que "Mil Olhos" tinha voltado a gargalhar. "Homem bobo", pensei. Como podem ser os poderosos tão idiotas?

Diogo havia se interessado por mim mais do que eu havia percebido. Por mim? Talvez somente por minha carteira. Visto a distância, bem poderia ser um menino mal crescido, querendo sentir pena de alguém, incapaz de ver a si mesmo. Essa a raiz de sua "bondade"; a ausência de espelhos à sua volta. Eu mesmo não o vira realmente, até então. Até o momento em que ele, sorriso tenso, aguado, ofereceu-se para levar-me de volta ao meu carro. Eu não me preocupara em disfarçar nada, nem mesmo a surpresa com aquele detalhe tão simples, esquecido por sua precisão: como eu chegaria ao estacionamento do consultório?

Ele queria dinheiro. Dizia precisar. Cocaína; estava viciado, disse um pouco constrangido, querendo fingir-se à vontade e ficando ainda mais tenso. Eu precisava sair dali, voltar para pegar meu carro e propus-lhe a simples troca: uma carona e ele teria dinheiro para sua droga. Diogo mandou que eu aguardasse. À minha volta, parecia uma festa de casamento, uma alegria obrigatória flutuando no ar, e eu leve, solto, indiferente, já batendo as asas imensas ganhas há pouco. O tempo não importava tanto; era apenas outro detalhe sem maior valor enquanto o sol não tornasse a nascer. E a noite parecia protetora em sua eternidade, facilitando o vôo dos pássaros noturnos, céus livres e abertos, ratos à mostra e caça possível.

Diogo reapareceu em um carro grande, um dos negros à direção. Talvez o próprio carro de Samael, quanta gentileza! Não sei... Diogo, no banco traseiro, porta aberta, eu entrando e me sentando ao seu lado. Quis receber o dinheiro naquele instante. – Só pago quando chegarmos, respondi. – Eu sentado, o carro em marcha, Diogo ao ouvido sussurrou-me algo bem rápido; só entendi no fim. – Eu me abaixo – ele disse – e lhe faço gozar por uma grana extra. – Sem esperar para saber se eu queria, baixou minha braguilha, meteu a mão, roçando no membro que estava esquecido; a boca ligeira e um banho de cachoeira, água fresca no ar da noite escura; água fresca e calor e mais banho querendo tomar; um segundo, dois, o caminho sem volta, e minhas pernas em forma de fonte; o rio, o rio, e meus olhos fechados de tanto lembrar das fontes que emanavam do corpo de Alexandre, e de quantas e quantas vezes, leite e mel da terra prometida, Abraão, Isaac, Jacó, "ó meu grande bem, pudesse eu ver...", mais e mais forte, mais e mais, isso, menino, assim, assim, meu silêncio e um grito, boca fechada, o negro olhando pelo retrovisor, cabeça em poltrona encostada, o negro sorrindo, Diogo, assim, isso, assim... ASSIM!

Lábios entreabertos. O cuspe pra fora. Meu carro parado ao lado, precisão, eficiência, pontualidade. Esperma sendo limpo do canto da boca. Não era muito, e havia nojo de quem se limpava. Sem cerimônia, minha carteira de novo aberta, dinheiro saindo. – Quanto? – O suficiente, doutor, o suficiente... Não se preocupe, o senhor tem mais de onde tirar... Pronto, pode sair. – Eu do lado de fora, viv'alma à minha volta, o carro de Samael já longe, todo negro, faroletes vermelhos e mais nada depois. Fazia frio, quase, céu claro e chão molhado, a chuva ainda pairando no ar, como se as gotas houvessem sido interrompidas e dissolvidas e caíssem das estrelas e não das nuvens, que nuvens já não havia...

Sentado ao volante, vidros abertos, rosto ao vento, música estridente, qualquer qu'ela fosse, e eu guiando, alta bem alta música, tão alta velocidade das ruas em sono, sonhando, todas, paradas, eu bem mais veloz que jamais... Sinais amarelos, piscando, piscando, piscando, piscando encruzilhadas abertas e ninguém entre nós. Nem Caíque, nem mesmo Michelle, ninguém e tudo tão fácil. Pão e manteiga e café-da-manhã ao lado do meu amor. Meu Alexandre que não sabia quanto eu o odiava e quanto eu o queria. E eu cantando e rindo e voando...

Quatro da madrugada, eu sentado no chão da sala do meu apartamento. Ao meu redor, pilhas de fotos, cocaína, um copo com uísque. Perdido em recordações, que iam surgindo dentro de mim... Sem sono, sem mais Alexandre. Ele que não viria mais. Uma noite em claro e eu querendo olhar e olhar e olhar as fotos, os bons e os maus momentos vividos juntos. Ele sorrindo naquelas fotos; um homem jovem e atraente, maravilhosamente belo, manequim e aura encantada. Nossas viagens, o começo, os jantares a dois, os amigos, os malditos amigos e nosso amor se acabando... Rindo e chorando e procurando o meu amado, vida, graça, luz e dor. Encostando a cabeça, querendo dormir... E não tinha sono. Até que o sol começou a aparecer e trouxe com ele um mínimo de razão. Um mínimo de lucidez, lembrando-me do tempo e da tarefa que eu tinha de cumprir.

Três anos de minha vida foram se passando rapidamente diante de mim, segundos de precisão mínima, trazendo de volta o sossego de espírito para a tarefa por vir. "Tudo estava em sua hora", pensei. Nada havia se perdido. Ao contrário; eu estava pronto. Mais que isso: eu estava mais leve. A solidão podia ser leve, descobri, estranhamente.

Uma das fotos fez-me parar. Fortaleza, viagem de aniversário, nosso primeiro ano juntos. Cores bonitas de um entardecer juntos na praia de Iracema. Felizes, é verdade, naquele dia. Alexandre parando para comprar pipoca. Nós, duas crianças leves, despreocupadas, desejando unicamente sentir alegria, caminhando, lado a lado, até o fim da ponte metálica. Aquela cena ridícula; dois homens em duas crianças transformados, e eu era feliz; eu que sempre havia sido tão rígido, tão severo comigo, era feliz àquela tarde bela e serena... Alexandre, meu belo, havia me dado uma felicidade jamais experimentada até então... Eu tão tacanho que não pude ver.

Observando seu rosto na foto, sereno, largo, leve, os olhos realmente felizes, pensei como se lhe falasse: "Que mais adianta? Adeus. Que mais adianta?" Eu sabia que sua imagem ficaria para sempre em mim; devoção estranha que me mataria aos poucos. "Adeus. Você se perdeu em mim, que já não é o mesmo. Eu me perdi, distante, que já não lhe vejo. Adeus. É escuro, e o sol já nasce. Não mais lhe verei. Adeus, que eu lhe vejo pela última vez, Alexandre." O sol nascia fraco, mas iluminava, fazendo a lâmpada parecer desnecessária. E, no entanto, eu não a apaguei. O mar e tudo que ele contém estavam lá, abertos para o sol que os fecundava. Acendi uma vela, em um ato quase sagrado. O rosto de Alexandre sorrindo, uma cesta, papéis, fotos, cartas. "Adeus!" Tudo o mais, o mar, o céu, as nuvens, o dia que nascia nublado, o corpo formoso do meu Adônis, uma manhã, e eu quase sorrindo de novo, eu que nunca mais me esqueceria da luz de Alexandre em minha noite... "Adeus!"

Esta foto. Aquela outra e todo o resto. Mas primeiro esta. Chama, vela e céu nublado. Curioso como a ponta da foto demora a queimar, mas não se apaga depois que incendeia. Entretanto, mesmo o fogo não conseguia ofuscar a beleza de seu rosto. "Adeus, Alexandre, não mais lhe terei. Há muito que já lhe perdi." A imagem sumindo, as cores encolhendo, pretume e chama e mesmo assim ele brilhava, belo... "Adeus." A cada foto que ia queimando, eu, de algum modo, o eternizava. "Você não passa, Alexandre. Jamais passará. Eu sou o seu guarda, sua imagem mais formosa, sua graça imprecisa, indefinível emanação de fumaça, incenso e você, seu corpo cremado. Você está morto; adeus, Alexandre. Você está morto, e eu não lhe posso matar mais ainda. Por isso, lhe poupo. Por isso, você há de viver. Não tema. Fora, em si mesmo. Dentro, em mim, para sempre, você viverá... Seu rosto, seu corpo, suas curvas mais retas, suas formas corretas, como a flor de jasmim."

O peso de Alexandre, é disso que mais sentia a falta. Um peso que se fez em meu corpo. Eu leve e pesado, e ele indo para além e ficando, sem saber. "Adeus, Alexandre, meu belo. Eu vou sem mais volta. Adeus."

Uma a uma, cuidadosamente, queimei nossas fotos, as cartas, tudo o mais. Não queria mais ver. E os anjos cantavam, invisíveis que sempre estiveram, pairando nos quatro cantos da sala; ritual mágico, velando minha dor, assegurando-se de que eu não falharia. O céu nublado, e a vela, e a chama, e o ritual, cesta e sacrifício. Após o sacrifício, a dor alivia, eu sabia. A dor havia diminuído um pouco, e eu estava de novo, como antes, em sereníssima majestade.

———

Dia feito. Eu me preparava para meu encontro com Caíque. Felicidade, desespero, mágoa, tudo agora era só uma cena de vingança esvaziada de emoção. Tudo reunido ao mesmo tempo, sobre a mesma oferenda, vítima e pão e sangue e eu simples agente de algo maior. Restaria pôr em prática o que tinha aprendido, e eu me revelava um fiel devoto.

Levantei-me, caminhei até o quarto e me despi lentamente diante do espelho. Curioso sentimento aquele que me impelia a trocar de roupa. Mas eu precisava me trocar. Afinal, como bem dissera "Mil Olhos", aquela seria uma "festa-surpresa", e eu queria estar bem-vestido, com um terno de cor escura e corte reto, para assistir, como quem assiste ao último ato de uma ópera. O surfista e o sangue, afogado em si mesmo, num mar aberto, graças ao tiro e ao bastão de Moisés.

Sem terra prometida, aquela era a manhã de Páscoa, e me aguardava o deserto. Conferida a simetria da gravata, molhei o rosto, passei os dedos úmidos por entre os cabelos tentando recolocá-los no lugar e olhei ao redor, como se espantasse para longe dos objetos a presença de Alexandre. Comida. Após o almoço com Beatriz, eu não havia comido mais nada, lembrei-me. Sorri: os assassinos comiam antes de matar suas vítimas? Os profissionais, certamente. Sorri de novo. Pelo sim e pelo não, eu sabia da possibilidade de fraquejar no momento em que eu mais precisaria dele, meu corpo tão fiel, tão disponível para tudo... Não, mesmo sem fome, vamos comer. O que temos? Pizza! Sorri de novo. Cerveja e pizza, regalo e festejos... Nem a comida me faria mais lembrar, que não mais precisava. De nada e de ninguém mais precisava para lembrar. Eu estava pronto, afinal.

Em seguida, de modo cuidadoso, guardei a pistola num bolso e a cocaína no outro. Não havia mais tempo a perder; eu precisava encontrar Caíque antes que ele viajasse. Não seria educado de minha parte deixá-lo partir sem lhe desejar uma boa viagem...

VIII

Nove horas da manhã. Eu sempre fui pontual. Carro parado, casa e Caíque. Fechei os vidros, desliguei o motor. Novamente, havia dor e dor e dor insuportável dentro de mim, e eu estava cego. Havia alguma razão também e, por um instante ainda, permaneci onde estava, esforçando-me por dominar o corpo.

Como podiam estar juntas? Como? Uma dor intensa e uma determinação serena que me consumiam, dividido, uma para cada lado, como se eu fosse dois homens, duas figuras e sorrisse, entre ambas, consolado... Era intrigante o paradoxo, que eu nunca tinha vivido, paradoxos em minha pele, sob minha casca, como se tudo sempre fora perpétuo e imóvel. Paradoxo e movimento. Pelo movimento, um corpo cansado e leve, docemente lento e firme, o meu. Queria poder, passou isso por minha cabeça; queria poder fazer amor comigo mesmo... Excitado, eu quase me entreguei a carícias sozinho; gozar antes talvez fosse bom... Sim, eu era uma consciência. Aturdida e anestesiada, tranqüila de tão gasta e pobre. Pura consciência de que não havia saída; eu *tinha* de estar ali. E eu já gozava com a sensação de submissão a uma força maior que eu próprio, brotando das minhas veias, de minhas vísceras, dos meus testículos! Gozava e flutuava, voando com asas velozes e fugidias...

Amarga a sensação de anestesia, a cocaína havia deixado minha boca seca e murcha, como se aquela mucosa houvesse sido fechada para sempre, num inverno antecipado. Eu olhava, fora de mim, para mim mesmo e troçava. Um demônio em mim, eufórico e onipotente, sorria, antegozando a cena de minha ruína. Essa euforia, lembrava-me dela: todas aquelas descrições médicas tantas vezes lidas; todos aqueles jovens pacientes drogados que atendera na emergência, nos plantões do hospital, não foram de todo inúteis, afinal... Sabia o que se passava e sabia o que se passaria. Alegre antecipação de minha decadência; desejo furioso que me destruía. Nada, absolutamente nada no exterior. Se um transeunte fosse parado e questionado, ele não perceberia qualquer anormalidade em mim. Nada. E tudo fervilhava, como numa seqüência inevitável, imutável, num trecho delicado e gentil ao piano de Bach.

Sorria de mim mesmo, discretamente, pelo canto da boca, ridicularizando aquele alguém que eu conhecia pouco. Era estranho sentir um corpo que não me pertencesse e, apesar de tudo, habitava. Moradia admiravelmente jovem e velha, forte e fraca, viva e exausta...

Distante de mim, desesperadoramente próximo, preso a tudo que eu mesmo começara, minhas mãos suavam sem parar e eu sentia o coração muito acelerado, quase me sufocando. Não demorou até que a dificuldade de respirar fizesse surgir o medo de morrer ali, sozinho, dentro daquele carro.

Não... Não seria assim. Eu chegara até ali não à toa; havia um destino a ser cumprido. Que se fizera um rito todo meu; uma celebração particular de meu ódio, enquanto o universo, indiferente a tudo, assistia curioso.

Ofegante, caminhei pela calçada e me dirigi até a entrada da casa.

Mesmo o mar me parecia belo aquela manhã. Águas curiosamente doces; havia um cheiro de açúcar que se tornava abusivo e vinha do mar. Tinha certeza. Vinha daquelas águas azul-acinzentadas e açucaradas de tão doces, nauseabunda sensação que me deu ímpetos de vômito. E, ainda assim, era capital avançar.

O imóvel em que Caíque morava era relativamente novo; as paredes, feitas de tijolos aparentes, realçavam as grades de ferro que protegiam os vidros coloridos das janelas. Como se num detalhe estranho e cruel, senti fome. Nem a cocaína nem mesmo o fato de haver comido há pouco tempo me impediam de ter uma fome tremenda, um vazio no estômago, como se eu tivesse seios que não podiam me alimentar. Seios fartos de leite, pesados no tronco vazio sob o meu diafragma. Eu tinha fome! Não podia suportar ou compreender como isso se dava, mas se dava, e eu sorria.

Olhando o terreno ao lado da casa, vi o galpão em L onde estavam situadas a escola de surfe e uma pequena loja de artigos esportivos. Por um instante, sentindo as pernas firmes novamente, atravessei o jardim.

Subi os degraus de pedra que levavam à porta da frente e toquei a campainha. Sons lentos, ecoados, uma, duas, três vezes; toquei a campainha um sem-número de vezes, como se masturbasse uma mulher de voz fina e agradável, gemendo a cada dedada. Eu queria arrancar aquela campainha; fúria discreta, e eu querendo o clitóris da mulher em minha mão! Membro pequeno, sangue e meu nojo escorrendo por entre os dedos.

Mulher idosa, de lenço estampado na cabeça, abrindo a porta. Uma mulher entre tantos homens! Como isso seria possível? "Vagabunda", pensei ainda enojado; "vagabunda miserável, o que você fez comigo?"

Ela simplesmente me ouviu dizer o meu nome; murmurou algo que não entendi e me convidou a entrar para aguardar na sala de estar.

Vendo-a afastar-se, como se houvesse horas de contato e conversa e ela fosse minha presa amarrada à cadeira, senti desejo por aquele corpo minúsculo e endurecido pela idade. Imaginei-me penetrando aquela criatura, e isso trouxe mais nojo, mais ódio do que estava guardado, um derramamento de ódio para Caíque, que agora transbordava sobre um corpo frágil, velho, pobre, arrogantemente autônomo! Ainda assim, eu queria possuí-la, arrancar-lhe os cabelos enquanto gozava, vê-la contorcer-se de dor e pavor. Se me fosse possível, eu a penetraria por todos os poros, todos os buracos ficariam marcados.

Em meu desespero, queria estuprar uma mulher de meia-idade que nunca vira antes em minha vida. E nada poderia fazer quanto a isso. Gozava da entregue certeza dos corpos caminhando inocentes, sem saber que são detestados, presas fáceis, de reação lenta. Eu era máquina submetida aos desejos de meu senhor, caçador irado e doente.

Nessa angústia brocada e tão vaporosa, dois minutos se passaram até que a faxineira reaparecesse, diante de mim.

– "Seu" Caíque disse pro senhor esperar, que ele já vem – disse a mulher, tornando a desaparecer; dessa vez pelo corredor que levava para os quartos.

A sala era pequena, com um sofá e duas poltronas de alvenaria. Em uma das paredes, três prateleiras, também de concreto, estavam ocupadas por garrafas de bebida, um aparelho de som e uma pilha de discos. Eu a tudo que via atribuía um número, título e destino. E já exausto, saturado de formas geometricamente dispostas, obedientes a um sentido escondido e a mim proibido. Odiava aquelas formas tão claras, tão racionalmente organizadas, tão próprias até em sua desordem. Esquecidas em um canto, caixas de papelão, provavelmente com mercadorias da loja, amontoavam-se, bloqueando parte da entrada do lavabo, que ficava mais à esquerda.

Irrequieto, minha boca estava muito seca. De repente, dei-me conta de que começava a ter necessidade de aspirar uma nova dose de cocaína.

Começou a chover; no início, com certa força; depois, mais amenamente. Um calor intenso percorreu-me o corpo; eu tentava fugir, andava de um lado para o outro; havia labaredas e brasas sob meus pés. Havia quase nada em meu coração além do ressentimento mais certo que experimentara em toda a minha existência. Isso. Ressentimento e rancor, até por amados, era o que constituía minha vida. E dali a pouco tudo estaria fora, posto, compondo uma disposição formalmente equilibrada, como se de repente fezes e urina pudessem, a um canto da sala, participar daquela cena de forma discreta, imperceptível, mesmo aos olhos cansados de tanta obviedade.

Cinco, dez os minutos? Não sei ao certo. Até que escutei rodinhas minúsculas de um metal claro, talvez aço brilhante de tão limpo, deslizarem sobre um trilho de ferro, enquanto uma porta corrediça era empurrada. Parei. Girei a cabeça. O momento solene do anúncio da palavra havia começado, estávamos todos à espera, o mundo todo olhava para mim, e eu sentia o peso do ar sobre os ombros, sobre os dedos; impulso querendo sair duma só vez.

Caíque entrou na sala, anjo inocente, de sunga azul e camiseta amarela. Voaria tão rápido, esse homem, para chegar até mim? Que roçar branco o das suas asas! Encantadores, seus cabelos encaracolados estavam molhados, como se ele tivesse acabado de sair do mar, e

eram da chuva as gotas d'água que caíam sobre a cerâmica propositadamente rústica cobrindo o chão!

Que imenso desperdício! Tanto mar e tanta chuva, e um corpo
verdadeiramente brilhante despontava, sensual. O fato de conseguir,
apesar da idade, se manter com um corpo atlético e simultaneamente macio fazia-me, naquele momento, odiá-lo ainda mais.

Sua voz era grave quando falou:

– Eduardo, você por aqui? Isso é realmente uma surpresa! Pensei que a mulher da limpeza tivesse confundido os nomes. Lamento
muito ter feito você esperar – desculpou-se ele, colocando sobre os
lábios o mesmo sorriso de satisfação que eu já havia visto outras
vezes, mas naquele instante parecia um terrível deboche. Sinos e
sinos e quase desmaio e mais ainda: quase me atiro duma vez para
fora dali.

Nada respondi. Cumpria meu dever; participava do ritual; estava pronto para o sacrifício discreto e humilde.

Caminhei alguns passos em sua direção e, no momento em
que Caíque estendeu o braço para me cumprimentar, tirei a mão do
bolso, saquei a pistola e apontei para ele.

Caíque olhou para a arma com uma expressão aturdida.

– Que brincadeira é essa, Eduardo? O que deu em você? – sua
voz estava trêmula quando ele acrescentou:

– É melhor guardar isso ou vai acabar disparando.

– Michelle está grávida e você vai morrer, Caíque! – foi tudo
que consegui dizer.

– Eduardo... Por favor! Você está nervoso! Sei como você deve
estar se sentindo... mas eu, eu não... tenho nada a ver com as coisas
que estão acontecendo entre você e Alexandre. Por favor! – ele começou a gaguejar, tentando forçar o tom de naturalidade na voz. –
Vamos conversar, não faça isso, pelo amor de Deus!

Eu mantive a arma, o braço, o silêncio e o olhar.

Os olhos de Caíque, antes atentos e controlados, cederam
lugar a uma expressão de medo. Como se ele finalmente tivesse visto
que algo havia sido desencadeado dentro de mim e que nada poderia deter o meu gesto.

Ele não disse mais nada. Com a sabedoria dos que alcançaram
a graça, apenas recuou alguns passos, até que, acuado, parou próxi-

mo à prateleira de concreto onde estavam as bebidas. "Concreta prateleira", pensei. As coisas banais tornam-se obstáculos inúteis na hora da morte.

Espírito leve, como se eu me deliciasse com tudo aquilo, apontei o cano da pistola em direção ao seu coração. Foi nesse momento, numa fração de segundos, que Caíque, passando a mão por sobre a cabeça, apanhou uma garrafa de vinho e a jogou em minha direção. O meu punho e o gatilho e toda a força do homem às portas terríveis da morte.

A arma disparou e a bala, atingindo-lhe de raspão o braço, foi alojar-se no reboco da parede, enquanto a pistola, arrancada de minha mão pela força da garrafada, parou perto da porta do lavabo.

Com dor e gemendo, Caíque, quase de modo reflexo, levou a mão ao corte aberto em sua pele que começava a sangrar. Em seguida, já não podendo raciocinar e sem dominar minha gana vingativa, avancei para ele e, dando-lhe um soco na boca, derrubei-o no chão.

Caíque, ainda aturdido, não teve tempo de reagir. Com uma das mãos, segurei-lhe a cabeça e, passando a outra em volta do seu pescoço, comecei a apertar-lhe a garganta. "Sim, eu não precisarei da pistola", pensei, cheio de ódio. Será ainda mais justo vê-lo morto por minhas mãos tão nuas...

Não consigo calcular quanto tempo permaneci ali, gritando uma profusão de palavrões, enquanto Caíque se debatia tentando livrar-se do peso do meu corpo e da asfixia que o estrangulamento começava a provocar. Até que, conseguindo apoiar-se sobre um dos cotovelos, ele impulsionou o tronco para a frente e, de modo violento, me deu uma cabeçada. Senti a vista escurecer e meu supercílio começou a sangrar. Ainda assim, não o larguei nem saí de cima dele.

De repente, o ruído de uma porta sendo escancarada, pessoas entrando, correndo. Levantei os olhos e, por entre a cortina negra que embaçava minha vista, divisei três vultos chegando e agarrando meus braços. Fui arrastado e jogado em um dos cantos da sala.

Barulho e discussão, e as três pessoas conversando entre si. Até que finalmente escutei quando duas delas levaram Caíque, que não parava de tossir, em direção ao sofá de alvenaria. Depois, tudo ao meu redor ficou quieto. Respirei fundo e tentei me pôr de pé, mas o violento golpe que eu havia recebido ainda fazia minha cabeça girar, e o chão da sala parecia balançar sob meus pés. Esfreguei o rosto, tentando limpar o sangue e fazer que minha visão recuperasse o foco; em seguida, apertando os olhos, procurei ver quem estava na minha frente.

Diante de mim, Alexandre me observava. Por um momento, nada parecia se mover. Ao meu redor, apenas o vazio; um silêncio profundo, enquanto ele, lábios cerrados e olhos paralisados, ódio sobre dor, permanecia mudo. Visão estranha aquela: um rosto belo, endurecido pela amargura. Fascinante e terrível máscara de cera.

Não sei como, compreendi naquele instante exato: a amargura que eu via nele também era minha. Alguma coisa em meu coração anunciava o que se daria entre nós naquele momento preciso.

Desviando o olhar, continuei em silêncio. O impulso de vingança que há apenas alguns instantes me havia feito sacar a pistola começava a dar lugar a um esmagador sentimento de humilhação. Eu, miserável eu, nem ao menos consegui matar Caíque!

Eu sentado. Alexandre em pé, naquele instante parecendo um gigante, dentro e fora de mim.

Levantei-me e senti a cabeça girar: quase perdi o equilíbrio.

Com algum esforço, firmei as pernas e voltei a encarar Alexandre. Ele continuava parado no mesmo lugar. Estranho e assustador desprezo o que eu vislumbrava por trás das lágrimas que umedeciam seus olhos. Ele me olhava e quase não me via; quase não divisava minha imagem: eu não estava mais ali.

Eu, insignificância de formiga. Desprezível grão, areia suja, fantasma desaparecido das memórias, varrido pelo furacão. Não, eu não era mais nada, doravante. Só o vazio no lugar que antes fora meu.

Alguém consegue lembrar-se detalhadamente dos traços que compuseram um rosto depois que ele se foi? Alguém consegue de fato? Ou, no instante seguinte a seu desaparecimento, restam muitas linhas, desesperadoramente reagrupadas por quem pensa tê-las visto, mas não mais do mesmo modo? Linhas que se tornam ondas de fumaça e, logo a seguir, gotas de vapor perolado?...

Eu fui gotas de pérola sem valor, segundos depois, no olhar de Alexandre. Eu já não era um agrupamento de idéias: retalhado por meu ímpeto, que a partir de então se voltara completamente contra mim, via-me num espelho translúcido. Eu era um monte de pingos nácares, aquecidos e reforçados pelas manchas vermelhas de sangue. Nácar e sangue, quem poderia dizer a diferença?

Admirável eu. Ainda forte para postar-me simplesmente ali, diante do olhar claro e óbvio, magno. O outro olhava-me como se não tivesse algo a ver com aquilo tudo. Como se fosse um policial, um representante da lei, indiferente, sóbrio, surgido para invocar as leis e os costumes e voltar para casa, a fim de descansar ao lado da esposa e dos filhos.

Era bela a visão. Hoje dela tenho um impacto, uma sombra, em murro cuja força ainda me enternece, comove como se fosse, pela primeira vez, olhar o mar. Ouvia os sons e as vozes dos anjos, que gemiam, aflitos e tristonhos, lamentando o quase assassinato e minha perdição (que eu desejei ter matado).

Eu, que conseguia ouvir os anjos, sabia: nada era tão belo quanto Alexandre. Quanto aquele manequim em que os espíritos encarnavam, sem sexo, para saborear a forma humana, e de onde saíam bisonhos e cheios de respeito...

A obviedade daquela beleza obrigava-me a calar. Nada havia que precisasse ser dito, e, no entanto, como se fosse algo surpreendente, eu tinha de dizer alguma coisa. Não havia pensado no que, exatamente. De improviso, as palavras mansas saltaram da boca e se recolheram na escuridão:

– Alexandre... Importa o que fiz agora?

A razão mais simples riria. Mas eu sabia que ele entendia o que quer que eu dissesse, e eu não me desculpava:

– Fiz e estou livre de você, compreende?

Alexandre tinha duas grossas filas de lágrimas, tranças duma água que lhe lavava a pele e o tornava limpo. Ele continuava em silêncio.

– Você pode agir como quiser. Eu estou livre.

Eu já não podia suportar sua indiferença, sua ausência, sua vida para além da minha.

Alexandre não moveu um único músculo. Não ouvi resposta. Havia ainda algo a ser escoado que restava no fundo do vaso, como se os fragmentos do que se espatifara ainda deixassem um recôndito, uma concavidade em que um animal pudesse se esconder do fim de todas as coisas e sobreviver. Uma barata, talvez, que tenha suportado tudo até agora. Uma pequena barata, ignorante, movida pelo instinto de sobrevivência:

– Você... você... não tem nada a dizer?

Alexandre piscou. Lento movimento, fatigado e distante. Música e anjos, música aérea de trompetes e flautas, gemidos agudos dos anjos, cegos pelas lágrimas abundantes do jovem que então seria homem.

Como se o resto da construção flexível se movesse pela força das asas que batiam, molhadas e salgadas, pálpebras-asas de dor, e recuasse para abrir-se o portão pesado de ferro e madeira anciã, convento sem paredes ou grades visíveis – estaria eu sendo aceito ou expulso? –, ele voltou-se para o lado.

Os lábios se moveram e, além dele, nada diziam. O rosto era pétreo e eficiente. As palavras foram simples e secas, proferidas em sentença sem retorno ou misericórdia. Eu esperava por elas, dócil, manso; pronto para o sacrifício que eu mesmo iniciara. Ele pronunciou, num tom firme, em voz baixa, o que não iria repetir:

– Eu nada lhe devo, Eduardo, nem mesmo palavras.

E, após um átimo:

– Suma daqui. A partir de hoje eu não o conheço mais. Em minha vida você não existe de agora em diante. Não se dirija mais a mim. Adeus.

O que havia dele ainda para mim, os olhos, de súbito voltou-se para Caíque, que já estava sendo socorrido. Correu na direção do ferido.

Não havia mais sombra de mim em Alexandre a partir dali. Ele, de fato, era capaz de eliminar-me de sua vida de um modo tão ágil e decidido que tive inveja. Inveja de todas as vezes em que eu sofreria inutilmente e lamentaria estar perdido. Inveja do sabor que havia nos frutos da Árvore da Vida, ardendo à minha frente. Eu, que conhecia o bem e o mal, não teria mais a vida eterna.

De repente, em meio ao breu que se fazia dentro de mim, eu vi a luz. E vi que ela se afastava de minhas mãos, à medida que tentava alcançá-la, debalde... Não havia sequer anjos ou sons. Estava cego, surdo e mudo.

"Adeus": com que voz ouvira aquilo? As palavras perdiam, segundos um após o outro, inexoráveis, a sua propriedade de remeter a alguém ou a alguma coisa: seus donos, seus tons, sua canção. "Suma" ainda fazia sentido. Agarrei-me a ela e obedeci.

* * *

Eu não sabia como, não havia mais nem chuva nem céu nublado; a sala estava clara. Seria o sol? Havia um frio dentro de mim que me fazia duvidar da manhã. Desorientado, esquecera que horas seriam.

Movi as pernas e caminhei até a porta que dava para o jardim. Às margens do portão, aguardava, espada ardente, o arcanjo, pronto a decepar-me dali a pouco. Eu corri e atravessei o limite e penetrei na escuridão, fugindo da morte e da companhia daquele a quem mais tive amor, um dia. E de quem passaria o resto de meus dias distante.

Quando pensava na cena que há poucos instantes ocorrera, nuns *flashes* eu me sentia invadido por uma mistura lenta de pavor e gozo: sim, eu acabara de tentar matar um homem. Não qualquer homem, mas Caíque. Estava consumado o sacrifício, e minha vida estava posta à mesa, esperando o garfo e a faca, as bocas secas e o sabor do vinho regando as línguas cansadas.

Mesmo que me sentisse acuado, sem escapatória, mesmo que já não houvesse segurança para mim em parte alguma, a brancura do dia lembrava-me a cocaína e a sensação de gozo sempiterno.

Gozo. Alexandre. Demônios. Prostitutos. Todos juntos não paravam de gritar uma profusão de obscenidades dentro dos meus ouvidos. Mas não Alexandre: ele era o arcanjo e o fruto da vida eterna e a espada em chamas, pronta a arrancar de mim a única coisa que, por não ver, sabia ser minha, cabeça vã e vazia.

Em outra casa, do outro lado da rua, um pastor alemão latia insistentemente, como se estivesse tentando me transmitir uma mensagem. Cães. O demônio é um cão, um lindo pastor alemão que late. Um pastor transformado em demônio, ou o contrário, do outro lado da grade, mostrando os dentes e as garras, tentando devorar-me a carne suada. Mensageiros, esses anjos do inferno.

Sons e escuridão e a brancura... Ah, gozosa visão! Polícia e cães, homens sem saber dos diabos que lhes perseguem, sob as coleiras, prontos a voar, asas embutidas sob o pêlo negro e bem cuidado. Se aquele cão pudesse voar, eu estaria perdido!

Mas havia algo em mim de sereno. Se eu fora posto à mesa, os convivas ainda não haviam chegado. Fugir! Sim, eu precisava fugir, que fugir seria correr para meu lugar de prisão, círculo em que a vida se faz, correr sem sair do lugar. Escapar. Sair da cidade e me esconder em algum hotel.

Um Grande Hotel como os que via nas revistas da minha mãe; fotos em minha cabeça, e eu esperando que o tempo passasse para poder fugir. De casa. Da casa em que tentei destruir o homem e em que o Anjo da Guarda me apareceu e disse: "Vá!"

Obedeço, dulcíssimo. Sons e sinos, e hei de me esconder e esperar que a vida volte. Esperar um curso. Normal seria não tentar. Um curso normal e a vida. Correr.

Sentia-me molhado, suando em bicas. Minhas forças ameaçavam acabar ali mesmo, e eu me estatelar, ridículo pateta, menino acuado, melado de merda.

De repente, lembrei-me do revólver! Eu o havia deixado no chão da sala! Ah! Minhas impressões digitais, minha carta, declaração de meu direito de matar. Caí em mim. Caíque. Ele poderia me incriminar; derrubar-me, como eu o pusera ao chão, sangrando.

Mas não havia mais nada que eu pudesse fazer a não ser sumir daquele lugar. Dali em diante, eu era meu e de mais ninguém. Que ninguém me queria, senão para repasto. Os demônios não querem as almas. Querem os corpos. Meu corpo estava fervendo e eu sentia frio; fazia-se o inferno e eu congelava. Meus demônios comiam-me a carne. Crua. Sem anestesia.

Não perderia mais tempo. Os vermes teriam começado a agir? A imagem dos vermes destruindo o corpo sob a terra sempre me assombrara. Montes e montes de corpos lisos e melosos, uns sobre os outros, em círculos e círculos, velozes, imensos, fora do...

Tempo! Quanto tempo já se passara? Eles já teriam chamado a polícia? Quanta incompetência! E mesmo assim eu já não sentia nem ódio de mim. Tudo saíra errado; Caíque continuava vivo, e eu flutuava nas asas ausentes do anjo de chifres e mau hálito e corpo quente que me sustentava.

"Eduardo... Ande!" Era o que me dizia a voz: "Ande! Não há mais tempo!" Entrei no carro e eu já não andava, eu voava. Voar tem mais graça quando não se tem mais pernas, e sim rodas. Eu não me importava; tudo era paz e desespero, tudo era uma linha reta que me levava a Recife.

Ah! Recifes! Já conhecia o trocadilho e os sons dos carros que passavam por mim. Já conhecia o trocadilho, mas queria a pedra instável que flutuava, segura, sobre a água salgada. Tubarões. Há tubarões em Recife, de olhos frios e indiferentes, querendo-me a carne que está posta à mesa.

No carro mesmo, aspirei ainda mais cocaína. E os tubarões brancos mostravam os dentes, seguros, certos do que engolir. De minha boca e garganta, saía o inferno, e eu não sabia se o sangue que escorria era real. Não, não era sangue, era catarro branco, uma secreção, uma coriza intensa. Assoei o nariz e os tubarões se afastaram.

Em Recife há tubarões. Eles vêm e vão; espreitam o melhor momento e, quando o peixe dorme, nhac! Foi-se!

Pelo resto da manhã e durante toda a tarde, dirigi a esmo, sem parar, pelas ruas de Recife; e os tubarões cada vez mais perto... Mulheres e tubarões e fantasmas, tudo igual. Beata Beatriz, *domina felix*, onde andarás? Calçadas e peixes, cardumes de peixes andando pelas calçadas e pontes, e o centro da cidade apinhado de peixes coloridos, cores diferentes e eu entre eles. Aquário imenso, piscina aberta, inundando o ar. E ninguém se afogava?

Todos batráquios. Ah! Peixes barulhentos! Recifes ferventes e águas imundas! Pra que tanta rua, calçada e ponte se todos conseguem nadar?

Hominídeos. Macacos. Orangotangos. Homens peludos. Pêlos cheirando a erva e a suor. O meu? O deles? Importaria? Admirável sensação. Estranha e maravilhosa faixa de tempo em que experimento a sensação de que todos os homens me olham enquanto eu passo pelas ruas. Homens com seus membros deliciosamente eretos. Fartos pedaços de torta de chocolate.

Fartos olhos, coxas, pêlos, pênis, daqueles homens partidos, incapazes de agir, reagir. Reação, corpos masculinos convergindo, busca. Em busca do meu.

E eu me exibia. Eu que nem cabia dentro de mim; eu que ria, gozoso e tristonho entre os homens cegos e sem vida, peixes reluzentes de amarelo fulgor. Homens que nasceram para ser desejados. Comidos com coco. Ou fritos na brasa. Eu, naquele instante, garfo e faca e comida e guardanapo, à mesa, imponente, belo, deus, comendo-me a mim mesmo.

Cães e homens malditos e policiais fardados fingindo trabalhar. Onde eles estavam afinal que não vinham me prender? Sons de eternidade e paz. Sinos. A catedral de Recife, onde será? Sem grifos ou guelras à porta de entrada, a Catedral estaria desprotegida. E os demônios de bata e batina e báculo e anel sairiam de lá. Bons demônios, vestidos de negro e vermelho, quando o dia era de festa.

Sexo. O que os pais querem é sexo. Padres e pais, amontoados sob o peso das roupas. Pais e mães. Ainda que eu tentasse despistá-los, eles me achavam. Sentiam o cheiro do meu sexo, queriam-no para si. Eu não pararia, é claro, mas não porque não quisesse gozar. Eu só queria, de fato, descansar.

Opulência do sol no rosto. O sol que já começava a se pôr. Parei o carro em frente a uma casa de muro alto, que ficava próxima à praia de Boa Viagem. Meu pulso doía, tanta era a força que aplicara na direção; tantas tinham sido as horas ao volante.

No muro diante de mim, semi-escondida pelos galhos de uma trepadeira que se enroscara ao portão de ferro, uma pequena placa de bronze, onde estava escrito:

SAUNA OÁSIS
15h às 5h. Piscina. Sala de musculação. Massagem.
Sauna seca e a vapor. Cabines. Backroom. TV. Bar. Snack.
Seleção na entrada.

Mãos nos cabelos, disfarce de vida, empertiguei-me. Olhei para a câmera que ficava logo acima do portão e sorri para entrar. Alguns segundos se passaram e um zumbido eletrônico. Deus! Quanta demora! Um estalido se produziu e o portão foi aberto. Eu havia sido aceito.

O pátio: atravessá-lo. Um terraço, e, de repente, vi-me entrando em um vestíbulo. Atrás de um balcão, um rapaz: uns 20 anos, em pé, arrumava prateleiras. À sua direita, um monitor de vídeo: túneis e tubos e câmeras. Aquela câmera, olho que me via na calçada.

Olhos. Os olhos dele eram bonitos: viam-me com vistas rápidas e sinuosas, como os movimentos da medusa. E Dante ao descobrir Beatriz: "Os olhos lhe luziam mais que a estrela". Bela criatura com asas e tentáculos ácidos, pronto a flutuar para além, arrastando consigo um pedaço de minha pele. O mar é puro ar. Ar condicionado. Num momento de tanta água e ar, vi suor escorrendo de minha testa.

Seu corpo, um porte atlético, exibia tentáculos de osso e músculo e carne, uns sob o *jeans* apertado; outros à vista, sem a camisa amarela que lhe cairia tão bem... Braços, pernas, sexo, dedos, todas as projeções de seu corpo combinavam com a porta de entrada, dizendo: "Entre, seja bem-vindo, eu vou comê-lo". Ah, quem dera me comesse mesmo! A casa de chocolate e a bruxa má. Não, não, aquele belo e oculto Adônis estava longe de fazer-me pedaços de bolo com chantili.

A pele dele reluzia e, por isso, eu pensava em uma camisa amarela. Mas era outra coisa. De fato, era o pôr-do-sol que eu vislumbrava, saindo de suas costas, como se um raio ainda brilhasse e não fosse já noite. Cada movimento fazia o sol sumir e reaparecer e as asas dele baterem um som semelhante ao rufo delicado, como se louvássemos o Senhor em seu Templo santo.

E ele, como se lesse meu pensamento, recitava Dante: "Queres volver à prístina agonia? Por que não galgas o ditoso monte, que é razão e princípio da alegria?"

Qual seria o monte? Qual a alegria? O monte havia se perdido e eu, sem Virgílio. Eu buscava a luz que desaparecia. Vi cada movimento, como numa aula de anatomofisiologia: os bíceps, os extensores, os serráteis, as pequenas constrições sob uma pele impecável, e ele colocando diante de mim a toalha gasta, as sandálias e a chave com meu número em acrílico.

Acrisolar. Cada forma de Adônis dizia: "Passa pelo fogo!" Seu dedo que apontava, rijo, a direção que eu deveria seguir. E isso num segundo só, em que ele olhou meu rosto e viu o que nem eu concebia em mim. Sua boca não se moveu. Entre triste e amoroso, cheio de misericórdia, seu dedo em riste continuava falando, voz estranha, algo mais que eu temi:

"Segue!", apenas.

E segui. Meu último anjo da guarda não pôde fazer qualquer coisa:

"Lamento... entraste onde não posso ir. Estás só contigo e eu sei: é tão pouco! É tão difícil! Vim apenas para despedir-me: adeus..."

"Chegados somos já ao cego mundo." Abertos os olhos, bancos de madeira – donde emanava um resto da luz discreta do sol já posto, o anjo de asas mortas, longe, esquecido na porta – e paredes de aço, armários e vestiário.

Por que tantas portas, se por trás delas há uma parede e um imenso buraco? Úmido, o ar lembrava quase uma bruma de fim de noite, e eu procurando em cada porta o meu número.

Galinha com creme de leite, e arrotei o almoço que não tive. Quase me senti em casa. Perto de mim, alguns homens tiravam a roupa; outros já iam embora. "Haveria algo ali?", perguntava. Meus olhos, cobertos do véu de vazio, viam espelhos nos olhos dos outros: sexo, talvez, e mistério. Na sauna-templo, todos queríamos ser sacerdotes do rito nobre, em que ninguém tem um nome, em que qualquer um vale a pena, se o fósforo for riscado contra a parede e o desejo de um cigarro aparecer queimando as cinzas na fumaça. Templo e bruma e fumaça, num rodízio, numa seqüência sacra. Em silêncio, todos estavam ali, certos de sua insignificância.

"Haveria algum deus?", perguntei-me, ainda. Tubarões e homens lá fora, e aqui o silêncio sacrossanto, mosteiro de hábito incerto. Alguns serviam aos mais velhos, esperma ejaculado no rosto sem nome. Fim da cerimônia, *ite, consummatum est*. Todos enlevados no incenso dos aromas da maconha, fumaça e cocaína.

Coca. Seria possível fazer sexo e ser belo ao mesmo tempo? Eu tinha sede e era coca que queria beber, saída macia dum pênis ereto, escorrida qual lama branca e perfumada que se produz no abismo dos planetas irmãos.

Encontrado o armário, meu olhar se fixou na estreita porta de metal que ia se abrindo lentamente diante de mim. Mesmo sem perceber, veio-me a sombra de uma lembrança, melhor, do fragmento de uma cena. Finalmente, eu a compreendia e era tarde. Sempre estivera lá, e eu nunca havia enxergado. Abruptamente, fechei-me em mim. Aberta uma porta, outra fechada e eu encontrava-me em outro lugar, em outro tempo...

Imagens. Imagens. Imagens. Surgiam em minha mente. Fotografias e algum movimento. Quase o cinema perto da casa, Salvador, Bahia. Corpo. Sono. Dormente e Euforia. Nomes belos. Euforia um dia seria o nome que daria à filha que jamais quis. Mamãe Dormência, Esposa Euforia, Filha Demente, Filho... Não pensava em ter uma filha, mas num filho eu pensava...

Aquela porta se abrindo. Imagem clara em preto-e-branco se formando. O branco mais claro, o negro mais preto que foi possível entender em toda a vida ligeira. Era fim de tarde, eu, com 5 anos, sono desperto, corredor escuro, casa vazia. Mamãããããããããeeeeeeee?!?!?! E o soluço e o choro e ninguém e o som de mim mesmo sozinho. Tia, avó. Nem as malditas estavam em casa. Estavam longe ou gozando a minha dor.

Uma porta se abrindo com um som baixo, abafado, quase murmúrio. Cozinha. Era a porta da cozinha, e a fresta, e a luz que eu queria, querendo espiar. O homenzarrão, os ombros largos, o vizinho da casa ao lado e... *dulcissima mater*! Mãos e suor e gemidos e movimentos de pernas e vestido e calça arriada e mamãe... gemendo de costas. Mamãe. Rosto e barriga contra a parede, enquanto aquela criatura a agarrava por trás. Não reagia. Sons e era quase hora. Doeria? Um descuido, um olhar e esconderijo descoberto. O maldito me viu, mas não recuou; continuou: fuc, fuc, fuc, fuc, olhando em meus olhos e gozando.

Ele gozava como se me chamasse: "Vem brincar!" Quase fui. Quase obedeci, convencido de que era aquilo que queria; eu, mamãe, todos nós. Tormenta. Excitação. Quentes, minhas pernas manchadas da urina que despejava sem saber.

De volta ao quarto. Silêncio e escuro, e eu não mais gritava procurando minha mãe. Eu queria o breu e o esquecimento. Ainda chorei. Mamãe, que me encontrou assim, disse-me que eu tivera um pesadelo, um sonho mau. Ela, que não tinha me visto, acreditou realmente nisso. E eu passei a acreditar. Quase como se a ouvisse dizer: "Durma, meu bem, foi um sonho mau, passa já, mamãe chegou..."

Mamãe chegou com um pênis imenso e, enquanto eu chorava, penetrou-me. Parecia Alexandre... Não, mamãe... Não. Os dois em um só. Imediatamente senti o membro ereto, quente e desnudo me penetrando com força. Alexandre também gemia. Queixo e seus cabelos loiros roçando em minhas costas. Sua boca quente mordendo minha nuca.

Não!!! Quis gritar. Você não é Alexandre! Saia de minhas costas, saia de dentro de mim!

— Ei, você! Por acaso sabe me dizer que horas são?

Estava só e de volta ao vestiário. Nem saíra de lá. Um rapazote muito magro, rosto coberto de espinhas, olhos inexpressivos:

— E aí, cara? Vai me dizer ou não?

Não respondi. Assustado, guardei minhas roupas. Consolei-me com o esforço de lembrar... qual seria?... aquele verso tão belo?... Preso a Dante, desde que meu anjo da guarda suicidou-se por minha solidão... Como que por acaso, quis cantar e quase o fiz: "Por mim, se vai à cidadela ardente, por mim, se vai à sempiterna dor, por mim, se vai à condenada gente".

Ouvi sons na sala ao lado; enrolei a toalha no corpo e, de olhos abertos, caminhei.

Uma e depois a outra e mais outra, as salas da sauna iam surgindo diante de mim. Doces, mas salinas. Um frio, e eu suava, vapores e sombras e ruídos e mais dependências: por todos os recantos da casa, eram homens andando nus; às vezes, finas toalhas; mantos vestindo a nudez de Cristo. Para Cristo, não havia diferença: era dor o que sentia, e angústia e solidão. E desespero, mãos sangrando, corpo exausto, hora finda: *consumatum.*

Havia jovens, por certo. A maioria dos que ali estavam, entretanto, eram velhos encostados à cruz, meneando cabeças e zombando: "Ó tu, que eras dono do mais luminoso e forte e belo, se ainda podes alguma coisa, tira esse manto de ti e desce sobre nós!"

Repulsa. Asco. Cristo não desceu da cruz, e havia um abismo de nojo. Andró Gynos, o deus incerto, sexo à vista, e ninguém quer ver se é homem ou mulher, tanto é o fascínio que sobre todos exercem a indústria de cosméticos e a possibilidade de alterar as próprias feições... Todos, a promessa impossível de quem perdi na manhã daquele dia, há anos, séculos talvez, tal era a força das horas que voavam, como se não houvesse limites, números, astros: um, dois, três, quatro, cinco, seis, e eu olhando o meu pulso, como se lá houvesse relógio e ponteiros.

O que estava era a marca da falta do relógio, e era isso o que via. Ar, átomos, vapores pesados e sons. Não importaria o número de gritos surdos e gemidos. Palavras vãs e chinelos no corredor. Tudo era gozo e passava, rápido, em direção à velhice. Todos imensamente velhos, comendo suas carnes como se pudessem sobreviver uns aos outros.

E das carnes renascia mais carne. Tudo em risos. Talvez uma gargalhada ou outra, brincadeira de esconder, prazer de ser achado, quem me pega? No fim das salas negras, uma luz quente, vermelha, e meu cérebro torturando os sentidos de que eu não podia fugir. Canção dulcíssima e eu cansado. Eu, puro cansaço. E coros gritando: *Amen! Amen!*

Dentes e coxas e braços tortos, mãos bobas e uma imensa pasta de carne em que os corpos eram água fervente. Enguias enroscando-se. Vermes. Lombrigas saindo, ânus, boca, nariz. Gêiser d'espermas de diferentes cores e arco-íris molhando as formas flutuantes e formosas em mim e o oco e eu, excitado e febril. Piscinas... Vapores... Banhos mornos... E mais corredores à meia-luz e um imenso gozo que mata se chegar ao fim. Gozo e Onan em cada rosto, em cada convite à esquina:

– Psiu! – alguém num vácuo de carícias que me chamava para si. – Psiu! Psiu! – Música de pássaros e um imenso branco silente no breu dos corpos esburacados e um novo aposento e outro cenário e homens – psiu! – dentro e fora do filme, com pênis imensos, e a parede limpa, que servia de tela, oferecendo-nos suas costas para iluminar olhos limpos, desejando, linhas do caderno de infância, desenhos, letras, quem sabe o primeiro nome e amor...

– Oi! – algo ou alguém que me seguia, e, de repente, eu com o pênis na boca, cheio de alimento e farto de infinidades, minúcias intensas e pequenas cabines de vestir e gozar acompanhado o gozo líquido e macio, o estado pastoso produzido abundante sobre e dentro de todos nós...

Suava e fedia, e eu diante de uma espécie de sala muito escura. Sedento. Sononírico... sononífero e eu quase caio de novo. Menos luz? Ainda menos? *Mysterium hominis* e eu tragado. Tracionado pelo enigma. Sugado, que alguém me puxava e meu pênis sugado deixava que meus olhos se fechassem mais... e mais... e mais... até que pudesse, enfim, entender que lá, até lá, havia luz.

Creta não seria mais perfeita. O mito do Minotauro e o labirinto e a única iluminação que existia ali eram minúsculas lâmpadas num céu estranhamente estrelado. Muitas pessoas lá dentro, que muitas querem devorar o monstro, e tantas mais são perdidas. Voavam e caíram nas teias do labirinto. Em meio àquele breu, apenas os olhos apareciam, brilhando, como se eu estivesse vendo os olhos de felinos. Não se deve voar se as asas são de cera... E gatos gigantes roçando-se e passando: cheiro, pêlos, línguas ásperas, patas, pés, unhas finas uns nos outros. Todos corriam do touro d'imenso pênis ereto, de um lado para outro, aterrorizados por entre sinuosas divisões do labirinto.

Sinuosas e belas. Sensuais. As paredes conseguiam ser sensuais. Mais peles e músculos, mãos, flácidos, rijos, invisíveis e sensíveis como o ar, em profusão... roçavam em mim. Haveria uma forma que me retivesse? Naqueles séculos, não havia angústia, sequer. Homens e doces. Bocas e penetrações gulosas e líquidos açucarados, ritual dulcíssimo. Boca cada vez mais seca.

Exausto. Incônscio. Deitei. Dormi. Acordei. "E foi o primeiro dia." E tudo era bom, porque da noite informe e vazia fizera-se luz.

A noite foi água nas mãos, escorrendo por entre os dedos. Quem pode reter tanta água, e por quanto tempo?

Paredes em tom salmão. Varandas brancas. Eu parando meu carro diante de um antigo prédio em estilo *art déco*. Madrugada finda, a sauna *closed*, manhã nascia, e eu chegava, finalmente, a um velho hotel no centro da cidade. Exaurido. Faminto.

Os degraus que conduziam até o *hall* de entrada disseram que meu coração não estava bem. Pontadas no peito; eu tinha dificuldades de caminhar. Sufocado por um acesso de tosse, que não conseguia controlar, parei um instante.

Ouvi um ruído vindo de dentro do hotel e a porta abriu-se, com rumor discreto. Levantei os olhos e vi homens de paletó e gravata; mulheres de vestidos fechados. E logo eu, esquecido do meu paletó que havia deixado no carro! Da indecência de meu lugar, lembrei-me da piedade de minha tia e do desterro que foi viver, para minha avó, entre as paredes deste vale de lágrimas. Haveria algo entre elas que as consolasse? Evangélicos, católicos, faria diferença? Saíam para seu trabalho; um trabalho cuja unidade conforta nas noites sozinhas e dá a esperança de que comunicar-se salva.

Bíblias nas mãos, donde viria aquele povo que tinha um sotaque tão arrastado? Esperavam os táxis contratados. E com que desejo quis que chegassem! Meu coração doía, não suportava mais segundos de impasses. Entre o peito e a pele, estranha leveza do trabalhador feliz ao fim do dia. Terminei por deixá-los passar, confiantes. Começaram a cantar, um ou outro, sempre discretos.

E a moça mais jovem, chegando mais perto, sorriu e entregou o folheto. Nossos olhares se cruzaram: surpreendentemente doces, os olhos daquela mulher. "Há doçura para além do corpo no instante do gozo, sim, agora eu me lembro...", pensei e baixei os olhos.

Voltava a mim, no peso das asas daqueles olhos. Meu anjo retornara, sorrindo, entre cantos e saias e bíblias...

Guardei o folheto no bolso da calça e fiquei parado um longo tempo, encostado ao corrimão de mármore, respirando fundo. Pontadas que, lentas, se iam e o frio do mármore e a dor em meu coração. Subi mais as escadas.

A recepção era ampla e iluminada por um suntuoso lustre de cristal: arquitetura típica do final dos anos vinte, aquele hotel certamente já havia sido um dos endereços importantes do centro de Recife. Não era mais. Nem a beleza do prédio ou a riqueza da decoração haviam sido suficientes para impedir a fuga dos clientes, que procuravam o luxo dos modernos hotéis à beira-mar.

À minha esquerda, por trás do balcão Luís XV, sentado a uma velha mesa de telefonista, o recepcionista. Um homem muito baixo, de gestos ligeiros e olhar severo.

Imprimi lucidez à minha voz e pedi-lhe um quarto.

– A reserva foi feita em nome de quem? – perguntou-me, enquanto folheava o livro de registros.

– Não fiz reserva – respondi, sem qualquer emoção. Se não me sentasse, dentro em breve eu cairia.

– Bem... lamento, então. O hotel está praticamente lotado por um grupo de religiosos que está em um congresso na cidade.

Após refletir um segundo, pigarreou e prosseguiu falando:

– Agora, se o senhor não fizer questão de conforto eu posso lhe conseguir um pequeno quarto no quinto andar. Só que não tem nem varanda nem ar-condicionado, e a vista da janela não é lá grande coisa.

Escutei as informações que ele me dava com indiferença, limitando-me a responder que o quarto me serviria perfeitamente; estava apenas de passagem e não pretendia passar mais que um dia na cidade.

Meu aspecto não era distinto. Justa desconfiança e, por hábito, o recepcionista olhou ao meu redor, como se procurando minha bagagem:

– Se é assim, vai ter de pagar adiantado uma parte – e ainda com expressão de desconfiança acrescentou:

– Não se ofenda, mas... são as regras do hotel!

Fiz o que ele me pedia e não me ofendi. Ofender? Anestesiado. E eu me sentindo tão mal que o quarto-Paraíso aguardava a minh'alma.

– Cristiano! – gritou o recepcionista.

O mensageiro, de nariz arrebitado e cabelos ruivos desgrenhados no cochilo. Curioso notar como o nome lhe caía bem. De repente, Cristo e Cirineu eram irmãos e estavam passeando juntos, quando alguém lhes pôs a cruz às costas.

Resignado, meu Simão fez o sinal de sempre, para que eu o acompanhasse até o elevador em forma de gaiola, próximo às escadas.

Engaiolado, os pavimentos dos andares iam passando diante de mim. Até que o elevador parou, a grade foi aberta, e eu me vi num corredor de paredes beges e piso de madeira. À minha frente, uma porta. O mensageiro tirou uma chave do bolso, destrancou a fechadura, e eu entrei.

A dor voltara, muito mais forte que dantes. Pude começar a gemer, músculos como se prestes a se dissolverem, ar queimando num odor de veneno e ácido. Consegui chegar até a cama e senteime. Meus lábios, lavados por água salgada e morna. Mãos ao rosto, e vi que minha boca estava coberta de sangue; esse líquido vermelho-escuro, sem controle, saindo do nariz destruído pela cocaína e escapando por entre os meus dedos. Quem pode reter tanto sangue, e por quanto tempo? Dor e mais dor e um princípio de pânico.

Por um instante, a imagem de Alexandre reapareceu diante de mim.

Meti, sem pensar, a mão no bolso, em busca do imaginado lenço. Papel, folheto evangélico e o salmo 38, e a voz e os olhos da moça, dizendo:

Senhor,
não me repreendas na tua ira, nem me castigues no teu furor.
Porque as tuas setas se me cravaram e descarregou sobre mim a tua mão.
Nada há são na minha carne por causa da tua indignação, nada há intato nos meus ossos, por causa do meu pecado.
Porque minhas culpas se elevaram acima da minha cabeça e como uma carga pesada me oprimem demasiadamente.
As minhas chagas estão infectas e purulentas, por causa da minha loucura.
Deprimido, extremamente encurvado, todo o dia ando oprimido de tristeza.
Porque as minhas entranhas estão cheias de inflamação e não há parte alguma sã na minha carne.
Estou esgotado e grandemente abatido, o gemido do meu coração arranca-me rugidos.

Meus olhos seguiram as linhas compostas de voz. Não havia mais paz. Não havia mais cantos. A luz da manhã era doce.

Uma luz já mais quente e a sangria estancada, juntas, dizendo: durma... venha pra cama, meu bem... isso, assim... mamãe está aqui, pode dormir...

Braços de dançarina e calor de gato no colo...

Desmaiei sobre o colchão.

IX

A tarde já começava quando finalmente acordei. Era tépida, quase agradável. Cada pensamento caía como uma folha amarelada, um após o outro. Arquivos nas pastas devidas. Eu começava, com a tarde, a tentar reorganizar minha vida.

Reorganizar! Meu corpo transpirava muito, e a euforia produzida pela cocaína havia desaparecido, dando lugar a uma completa falta de energia. A imagem era aquela: folhas caíam, vento manso, sol intenso e, mesmo assim, tepidez à sombra da árvore ficando desnuda... Sem energia e com uma impressionante lucidez, os pensamentos vinham, como se estivessem prontos, esperando pelo meu sono atrasado, um após o outro, na fila do consultório.

Com algum esforço, sentei-me e, espantado, percebi que a fronha do travesseiro estava coberta por manchas escuras de sangue coagulado. As lembranças não demoraram: Caíque, a viagem desesperada, a cocaína, a sauna, o hotel, o olhar doce da mulher e o salmo penitente, as dores no peito, e meu nariz que não parava de sangrar...

Solidão imensa. O corpo inteiro doía. Arranhões discretos da sauna, músculos doídos de tanto sexo.

Vômito. Ânsias de vômito tomaram-me com força, e tudo começou a girar fazendo-me imaginar que desmaiaria. Imediatamente, lembrei-me de que antes do sono foi um desmaio.

Consegui levantar e, arrastando-me pelas paredes, cheguei ao banheiro, abri o chuveiro e fiquei lá, olhando a água cair. Os sons da água caindo faziam-me bem. Acalmavam como uma canção antiga, dando a certeza de que haveria amanhã.

Tirei a roupa. Vi-me nu. Tive vergonha e lembrei-me de que dali a pouco Deus passearia pelo Jardim e daria por minha falta. Fui tomado por uma nova sensação de dever e pus-me debaixo da cachoeira artificial. A cada minuto, minha pele sorvia a água que alimentava o ânimo.

Quando voltei ao quarto, sentia-me um pouco melhor. Numa precisão impressionante, as idéias se apresentavam para o quebra-cabeça. Compreendi que de nada adiantaria continuar ali em Recife. Mais cedo ou mais tarde, teria de enfrentar quaisquer que fossem as conseqüências do que eu havia feito no dia anterior.

Para isso, contribuiu a certeza de que eu tocara no solo de um mar profundo. Dor em forma de peixes de olhos brilhantes e corpos luminosos, transparentes. Nada podia ser pior que as enguias e serpentes em que minha dor se fizera. Eu sabia que seria expulso, dali a pouco, do Paraíso.

Estava fraco. Conhecia a exaustão decorrente da cocaína. Pedi comida e comi ali mesmo, obrigando-me a engolir a primeira refeição depois de muitas e muitas horas. A comida, desenxabida, dava-me espaço para pensar. E minha vida vinha, molho da comida, como um gato pulando pela janela, facilmente, elegantemente. Isso ainda me impressionava, surpreendia: a alegria neuronal, experimentada por um cérebro contente em voltar a funcionar no seu ritmo mais habitual.

Tantos eventos! Tantos enigmas! De repente, tudo e todos; mamãe, meus avós, minha tia, meu pai, minha infância, a vergonha e o ódio da adolescência, a esposa tristonha que morreu tão cedo, Adriano, Alexandre, tudo e todos se abraçavam, davam-se as mãos e se explicavam mutuamente. Eu assistia ao espetáculo absorto e leve, como se seu enredo não me dissesse respeito.

A viagem de volta a João Pessoa foi permeada de sons apropriados e imagens serenas. Eu sabia que não poderia viver de outra maneira: tinha de voltar. Tinha de retomar minha vida tal como ela sempre fora. Um clarão e a lucidez, naquele hotel, se fez: deveria retomar minha vida do ponto em que parou. Pagar minhas contas e voltar para casa.

Cristiano esperou, meu Cirineu perdido, sua gorjeta. Em vão. Paguei o que ainda devia ao patrão dele, que me olhou aliviado: eu novamente paguei em dinheiro. Não queria qualquer memória de mim naquele lugar. Nem qualquer memória daquele lugar em mim.

A estrada de volta é sempre mais curta. Deus não disse nada à porta do hotel. Não havia mais anjos, mas voei de volta. E João Pessoa surgiu logo ali, no horizonte; a mesma, acolhedora e discreta, cansada, sempre atrasada no tempo e no espaço. Mas era a minha cidade, há muito tempo. Não haveria de ser diferente, dali para a frente. Não mais se dariam mudanças em minha vida; eu sabia e estava conformado em comer meu pão com o suor de meu rosto. Pela primeira vez na vida, talvez, eu estava conformado. Algo havia, finalmente, quebrado dentro de mim. De uma vez por todas. Ancinho e arado, eu plantaria e colheria e esperaria pela providência do tempo que traria seus frutos. De sabor duvidoso. Mas, verdade, eu começara tarde. Não poderia mais protestar, nem contra o tempo.

Passei o resto do sábado e todo o domingo trancado em meu apartamento. Horas parado encarando o vazio; outras tantas caminhando ao acaso pelas salas e corredores, sem rumo, sem força, sem alegria. Não queria ver ninguém, não queria falar com ninguém. Estranhamente, experimentava algum prazer em ficar nos cantos mais escuros, como se eu pudesse ver a tudo e a todos, sem ser visto por ninguém.

Havia uma janela pela qual isso era possível. Ver pessoas passando. Sem ser visto. E, depois, vagar com a impressão que elas causavam deslizando por todo o corpo, transitando a esmo pelas veias. Outras vezes, vagar pelo apartamento morto dava-me direito a pousar a vista sob os objetos em torno de mim e – esquisito – fazia-se uma ligação e me lembrava de Alexandre.

E, ainda que não tivesse muita consciência do fato, esperava por ele, como se acreditasse que ele viria ao meu encontro. Desejo forte, como uma espécie de loucura: tinha essa impressão porque o clarão e a lucidez do hotel voltavam, em algumas vezes, mais intensos, numa periodicidade que não consegui medir.

O telefone tocou e tocou. Havia lá, para ele, uma secretária eletrônica. Já sabia bem quem estava à minha procura. Sempre a mesma voz; sempre o mesmo recado; sempre Beatriz.

Beatriz insistindo em saber sobre mim; dizendo que ligara para o celular, em vão. Um tom desesperado na voz. Uma ligação com o passado bem recente, que eu queria apagar: Beatriz. Ela, um dos vértices do triângulo, que não sairia ilesa. Se houvesse ainda algum contato, seria breve, frio, objetivo. Eu a queria fora de minha vida.

Noite de domingo. Eu havia bebido um pouco e estava sentado no quarto, ainda com um copo na mão, quando escutei o som de passos que atravessavam a sala. Passos firmes, decididos; seu dono sabendo bem o que faria. Passos rápidos. Permaneci sentado, quieto, escutando; olhos vidrados na porta à minha frente.

Eu sabia que era Alexandre. Alguns segundos, ei-lo diante de mim. Seria a última vez que o veria tão perto.

Universo de pensamentos e sentimentos: saudade era a estrela mais próxima. Uma dolorosa saudade de um tempo que não mais existia e não mais voltaria.

Mesmo hoje, consigo rever cada detalhe, tão bem impresso numa película invisível, entre meus olhos e o crânio.

O gosto amargo do uísque na boca. Há séculos, uma boca seca.

Passos e Alexandre, de um lado para o outro. Impaciente. Corria, numa lentidão proposital. Tinha medo. De mim? De si mesmo? Do que poderia dizer ou sentir quando eu não mais estivesse ao lado dele?

Eu, desesperado, sem saber... O rosto de Alexandre, e o meu desespero de arguta visão; um rosto cansado, tenso, tristonho, quase aborrecido.

O rosto e sua pele; a mesma, mesma cor, mesmo brilho, mesma textura. Meus olhos naquela pele, última vez, torcidos. Lágrimas? Em mim, lágrimas? Ou seria suor? Ardor e paralisia.

Paralisado, eu, no centro. Invisível. Alexandre em movimentos contínuos e firmes, graduais, numa faxina de tudo que era seu. Tudo espalhado, o que deveria estar junto. Por todo o apartamento.

Ajuda. Impedido de ajudar, como sempre fiz. Sussurros em meu ouvido: "Ajude-me". Lábios cerrados, os de Alexandre. Meu desejo em meu ouvido, abrindo e fechando os lábios e as pálpebras.

Peso, a sensação do ar. Dentro e fora de mim, peso. Ar sólido e um molde para o rosto. Máscara mortuária. Eu, sem vida, inerte, sem nome.

Objetos de uma plasticidade vivificada pelas cores; tudo num saco, numa sacola, coisas, pequenas, dispersas...

Um segundo apenas, os olhos de Alexandre e os meus, num cruzamento impensado, cabelo a cobrir-lhe, em parte, o brilho. Silêncio e segundo. Movimento retomado, moto-perpétuo.

Voz dele. Voz? Som estranho, dum homem desconhecido. Sem risos, abertos, francos. Meu nome saía daquela voz. Quando? Qual o nome? Alexandre, e eu sozinho. Um nome cheio, lua cheia na noite de domingo, e minhas formas, e minhas letras, grandes, rijas; eu sem mais saber sobre mim.

Nada. Um par de olhos turvos. A porta aberta, e os olhos, um para o outro. Nos meus, as lágrimas certas, não o suor.

Mais passos. Entre a porta e o corredor, mais passos. O tempo entre a porta e o corredor; uma variável n, infinita, dispersa, ao longo do universo.

Vizinhos e o pensamento crítico dos vizinhos, cena indiscreta. Imagem dura, firme na mente, dolorosa. Dois pares de olhos e mais passos.

Casaco posto, mochila às costas. Tentativa de riso? Não, engano. Esquina, comprar algo? Não, engano. Voltar? Redundância de enganos. O chão do oceano e um estalido surdo e breve; um galho quebrado, uma daquelas folhas amarelas, amassada, no fogo. Breve. De uma só vez.

Paralisado. Quase uma cena cotidiana: "Ah, tá! Já vou. Eu também. A gente se vê". Quase.

Mudo. Palavras como gotas de suor perdidas, inúteis, desnecessárias, como as de um morto que sua, mas já não vive. Não vive. Morto, mudo e vivo. Paradoxos. A vida, cheia deles.

Ah, o perfume! Invasor, vingativo ("Eu já fui. E não mais voltarei. Eu já fui."). Um soco na cara. Em pé, paralisado, como? Pernas e corpo e um monte de sensações desperdiçadas.

Como? Cena e *replay*, alimento, ar, obrigação, dever. Mente desperta, ao acordar. Meus ouvidos e o sopro, tão logo abro os olhos: "Estou aqui". Não mais ele. Apenas a cena. Aqui.

Os olhos de Alexandre, pela última vez: azul, verde, um mar sereno. Um abaixo de Alexandre. Os meus? Um rosto velho, ressequido, sem vida, sem cor, sem graça. Labirintos, e o herói Teseu e o fio de Ariadne. Hora de ficar.

Foi sem remorso. Imenso chão, planície aberta e deserta, o nosso encontro. Dias, meses, horas, anos. Tudo se achata e condensa. Um pouco mais de paciência e tudo, pequeno e imenso, simultaneamente.

Mar morto e meu coração sepultado. Corpo e leis próprias de sobrevivência. Corpo, de quem?

O som da porta. O único som, gênese do universo. *Fiat sonu.* Uma porta, toda a luz fora. Dentro, tudo escuro. O som e um lugar vazio, oco. E, no entanto, nem mais o mesmo som: ecos, apenas. Ecos sem fim, mecânicos, sem propriedade, apenas ondas nas paredes vazias e num corpo estranho, o meu. Opaco, sem ressonância.

Um nome e o sentido, a forma interna, para dar cabo do som daquela porta fechando. Erva amável e amarga e daninha, seu nome imenso, letras vazias, esqueleto de mim.

Nem mais qualquer diferença.

Luz da lâmpada que havia é apagada. Sol posto. Sono, profundamente sono. Como no dia seguinte e no seguinte e seguinte. O tempo, marcado pelo sol e pelos ventos, pela luz. Apartamento do mundo.

Comida. Desnecessária. Bebida. Esquecimento sobre beber. Deitado, apenas. Uma ou outra voz, uma língua estranha, na porta, um nome que já foi meu. Tão distante que quase rio.

Meu nome, do outro lado da porta. Ouvir e calar, essa a regra, enquanto o nome de Alexandre, meu mantra, sustentáculo até a morte, deslizamento do ouvido para a boca. Canção suspensa e pessoas pela porta arrombada.

Sons e tormenta. Que eu viva! Ausência do desejo. Da boca dos outros, o voto pela vida.

Quem foi aquele que se manteve? Meu corpo ou o dele?

Alguém forte e terrível, um estranho em mim, no corpo antes meu.

Sou dele posse. Para sempre. Até o fim.

X

Anos e anos, agora, Guilherme. Anos se passaram...

Jamais tornei a falar com Alexandre.

Houve, é claro, uma depressão e para além dela a rotina, aos poucos, retomada. Sem amargura. Rotina protetora, dizendo-me aonde ir e o que fazer. Era preciso compreender isso, e o tempo das tempestades havia passado para mim. Eu conseguia compreender.

Um dia após o outro, absolutamente iguais. Era preciso mais que compreender. Era preciso aceitar de tal modo que dos lábios, a cada dia, saísse um esboço de gratidão; um "obrigado" a não sei quem. Não a um deus ou a uma pessoa. Nem sei se à vida. Mas era preciso dizer simplesmente: "Obrigado, por aqui, ainda".

Deixei de dizer minha oração atéia com o passar de meus dias. Simplesmente acordava e cumpria as tarefas. Isso passou a me bastar. Serenamente.

Ainda cheguei a vê-lo uma vez, caminhando ao acaso, pelas ruas da cidade. Mas não fui visto. Melhor assim.

Ao manter-me onde estava, observando-o passar, percebi-o de mãos dadas com uma mulher e um garoto, sua família. O menino teria 4, 5 anos. Um bonito menino, confiante ao lado do pai.

Alexandre continuava belo. Não mais a beleza fulgurante do adolescente que acreditei me possuir tiranicamente por tanto tempo. Finalmente eu podia suportar vê-lo passando, sem mais dor ou constrangimento. Haveria constrangimento nele se me visse, por certo. Não em mim. Eu não temia mais homens belos. Eles não tinham mais nenhum poder sobre mim. Eu continuava vivo, e ele passava, ao largo, sem me ver. E não precisava que ele soubesse disso. Feliz, arrotando as ilusões vespertinas!

Evidentemente, consumi o resto da tarde pensando naquela visão e na transitoriedade das coisas. Não sentira nem inveja da mulher ou do menino. Era uma valsa lenta que eles dançavam, sem saber, passeando ao sabor da tarde que começava. Almoço findo, iam caminhar ao largo da calçada, que se entregava, num sol brando, aos que quisessem usá-la.

Eu não sentia inveja. Nem de Alexandre, porque eu sempre soube que nunca quis, de fato, uma mulher ou um filho; nem daquela família, à qual ele pertencia, porque reconheci: Alexandre era um homem; belo certamente, mas apenas um homem. Igual a todos os outros homens belos.

Sim, pois os homens belos são iguais. Absolutamente iguais. Eu sorria, de vez em quando, entre uma pequena tarefa e outra, enquanto pensava sobre a distância, satisfeito com o espaço que restava, após tantos anos, dentro de mim. Oco, vazio. Assim deveria continuar. Até o fim.

Saudades, talvez, de um tempo em que o ritmo era outro. Não eram mais saudades de Alexandre. Apenas as de um tempo em que ainda se me permitia a ilusão. Saudade conformada, satisfeita, que folheia as fotos do tempo findo, com os olhos nem por isso menos sorridentes. Só não há mais volta.

Com o passar do tempo, fui me retirando, pouco a pouco, de minhas atividades. Cansado. Recolhido entre o trabalho e o repouso, as flores e o jardim que passei a cultivar, nesta casa onde vim morar; cansado dos meus excessos e das causas humanas.

Percebi meu envelhecimento e decidi, afinal, pela aposentadoria. Poderia trabalhar mais, talvez. Aos olhos dos outros, eu era suficientemente jovem. Colegas de minha geração assim pensavam a meu respeito, dizendo, animados, que não era o tempo ainda.

O tempo certo não existe. Há uma janela que se abre e se fecha. Não há como prever esse momento. Tampouco há esperança de que ele venha a repetir-se. A janela é aberta e fechada pelo vento. Gozar do vento e dos perfumes que ele traz é o máximo permitido. As pessoas têm medo de descobrir isso.

Ao longo desses muitos anos em silêncio, minhas meditações casuais sobre a vida ensinaram-me: as pessoas têm medo de perder suas ilusões. Alexandre tinha as dele e por isso era feliz. Estávamos quilometricamente distantes, e sua beleza era o brilho de uma estrela morta, fixado como poeira cósmica, no espaço vazio do universo. Brilhando para acabar-se, em seguida. Bilhões de estrelas morrendo por bilhões de anos, sem jamais terem sido vistas. Ilusoriamente belas. Com o tempo, extintas.

Eu não tinha mais ilusões. Por isso mesmo, não tinha medo. A serenidade explicava-se, mesmo que os olhos cada vez mais raros e surpresos dos outros não conseguissem entendê-la. Paciência. De minha parte, tarefas cumpridas. Descansar. Espatifada a minha capacidade de crer na menor ilusão.

É importante que um homem as tenha, as ilusões, Guilherme: deixe as pessoas com algumas poucas ilusões e você será feliz. Guarde uma ou duas para si, por precaução, e não as mostre, assim, a qualquer um. Por mim, estou livre delas. Não as tenho mais e não as quero novamente.

Fiz minhas escolhas, cada uma com seu alto preço. Não havia mais direção para mim, além de cada dia. Finda a tempestade, não somos todos gratos por estarmos ainda no navio? Meu navio aparentava ser sólido, mas eu o conhecia bem. O tempo achegava-se, mais e mais, para os pêndulos lentos, em que a vida se satisfaz com o movimento empoeirado e os sons abafados.

Eu não queria outra coisa. Os dias continuavam se dando para mim como se me restassem tarefas não cumpridas. Eu as cumpria, às vezes sorridente, sempre serenamente. Cada vez mais assim.

Após anos de tanta dedicação, dez a mais fizeram diferença. Distribuí, aos poucos, meus antigos clientes entre os colegas. Um ano foi o suficiente para fechar meu consultório.

Foi então que soube de sua existência, Guilherme; mas preferi não o procurar. Só algum tempo depois, já doente, resolvi que deveria conhecê-lo; dar-me a conhecer. Não completamente, mas o possível: o retrato de um homem velho e só. E, contudo, quem conhece o outro completamente?

Você conhece os que ama? Se os ama, deve conhecê-los, provavelmente. O amor tem dessas qualidades; ele permite o domínio.

Ou, pior, a ilusão de ser poderoso, quando na verdade se é o submisso. Não faz diferença. Você não me amaria, tampouco, pelo simples fato de que não me daria a essa experiência.

Quis apenas conhecê-lo, experimentar mais essa gratuidade que o tempo me reservasse. Parece que não será possível. A janela está se fechando. Eu não a verei reabrir-se.

Pelo que sei, você é um homem discreto, acostumado à nobreza do gesto. Cuidei de saber, mesmo que superficialmente, sobre sua vida, antes de convidá-lo. Por isso, confio que será generoso com minha memória. Ela é a melhor forma de você ter elementos para compor uma imagem minha.

Não que minha memória, após minha morte, realmente me preocupe. Como não creio em qualquer eternidade, não me preocupa a permanência dos outros nesta vida. Não há egoísmo nisso: fiz o que pude para contribuir com a vida dos outros, pela ciência que escolhi. Minha vida, essa certamente não encontrou seu caminho. Ou – quem dirá? – encontrou.

Você será discreto por si mesmo. Confio-lhe esta memória, não para que a guarde, se não quiser; ou para que dela se envergonhe. Não há medo nem vergonha em mim. Tampouco orgulho. Ser o que fui, fazer o que fiz não me tornou melhor ou pior que a maioria.

Você deve entender que o que escrevi foi sendo pensado ao longo do tempo. No início, dois meses tinham se passado. Depois, mais e mais tempo. Pedaços soltos, que fui juntando sem data, contando a mesma história, do ponto em que a havia interrompido. O homem que a terminou não é o que a começou; você sabe bem.

Se lhe escrevi foi porque precisava de um destinatário. Precisei saber que alguém leria o que escrevi e daria o destino que julgasse mais apropriado. Não me leve a mal: não quero com isso dizer que você é acessório. Ao contrário: é a única pessoa que me resta de alguma família.

E, por você ser minha família, deixei-lhe meus bens. Você será procurado por meu inventariante, previamente designado por mim, para essa ocasião. Você será meu único herdeiro, como define a lei.

Parece justo fazer de meu herdeiro o depositário desta história, não acha? É o mínimo que posso esperar. É também o máximo. Não preciso que você concorde com minha vida ou com o que aqui escrevi. Não preciso mais. Portanto, Guilherme, desejo-lhe sorte e saúde.

O lugar que era meu, junto à janela, agora é seu. Espero que saiba aproveitá-lo bem. Sinta! O vento agora é intenso, mas não há mais tempestade! Há apenas o odor discreto dos jasmins, como um véu de gaze, ao fim da tarde, envolvendo-me os olhos, as mãos, mostrando-me o sabor tenro do sono sem sonhos que, na cama, me aguarda.

O gato ronrona a meus pés, Guilherme. É verdade; é hora de alimentá-lo. Apagar a luz, depois, e dormir.

Um piano, logo ali, perto, doce melodia... Fecho meus olhos e ainda penso, sorrindo, imperceptivelmente, no que disso tudo extraí e hoje sei: se há uma possibilidade humana tola e abjeta, essa é o amor.

Boa noite, então, Guilherme.

Levantando os olhos, vejo as primeiras estrelas. O céu consegue brilhar. Estou com fome e sei: em casa, a esta hora, Clarice e as meninas já estão jantando...

Um manuscrito e as estrelas no céu.

Janelas e o vento, que continua trazendo os mesmos aromas discretos, outros sons e risos de quem passa por perto. Um casal e a praia de Tambaú. O mar, ao longe, também vem nos sons salgados.

Sim, está na hora; vou eu também comer.

Durma bem, Eduardo. Boa noite.

O AUTOR

Nascido em João Pessoa, em 28 de dezembro de 1968, Marcos Lacerda desenvolveu, desde cedo, um verdadeiro fascínio pela leitura. "Havia na casa dos meus pais uma grande estante apinhada de livros. Acho que li todos eles. Nessa época, ler era, para mim, a mais maravilhosa das brincadeiras. Foi assim que conheci as grandes obras da literatura brasileira e mundial." Esse fascínio por narrativas continuou vida afora, não tanto sob a forma da escrita, mas principalmente sob a da escuta: motivo pelo qual se tornou psicólogo clínico e especializou-se em teoria psicanalítica.

Algum tempo depois, durante um período de estudos em Paris, viu ressurgir em si o antigo desejo de uma carreira literária. Já na França, tomou nota do que, mais tarde, viria a constituir o roteiro para *Um estranho em mim*. De volta ao Brasil, dividindo-se entre as atividades no consultório, o término do mestrado em Psicologia Social e seus estudos como membro do Instituto de Estudos Psicanalíticos da Paraíba, entregou-se à tarefa de dar vida a *Um estranho em mim*, romance que lhe valeu o prêmio Novos Autores Paraibanos (versão 98/99). Atualmente, além das atividades em seu consultório,

Marcos Lacerda desenvolve pesquisas sobre a violência contra homossexuais, como aluno do doutorado em Sociologia da Universidade Federal da Paraíba.

Os leitores que desejarem poderão enviar comentários, críticas e elogios sobre a obra diretamente ao autor pelo seguinte email:

umestranhoemmim@hotmail.com

leia também

APARTAMENTO 41
Nelson Luiz de Carvalho

Depois de quinze anos de casamento, Leonardo decide sacrificar sua vida estável a fim de descobrir novos sentimentos e uma identidade verdadeira. Excluído dos padrões estabelecidos pela sociedade, o personagem deve enfrentar conflitos comuns a todos nós – Como encontrar novos parceiros? Que lugares freqüentar? –, acentuados pelo preconceito e pela falta do contato diário com o filho de cinco anos.

REF. 30044   ISBN 978-85-86755-44-6

MATÉRIA BÁSICA
Márcio El-Jaick

"Eu, 39 anos, ex-combatente de muitas guerras perdidas, jornalista experiente, cínico contumaz, colecionador de historietas, um Grande Amor deixado para trás, muitas aventuras impronunciáveis, viajado, calejado, agora agarrado à desilusão como a um porto seguro supremo. Eu, encantado a ponto de sentir a formação de despenhadeiros por um menino de 22 anos, candidato a estagiário, com sorridentes olhos castanhos. Lamentável." Assim se define o protagonista deste romance ágil e inteligente. Leitura imperdível.

REF. 30042   ISBN 978-85-86755-42-7

O TERCEIRO TRAVESSEIRO
Nelson Luiz de Carvalho

Baseado em fatos reais, este romance desafia rótulos e hipocrisias, revelando os meandros de consciência de Marcus, um jovem comum da classe média paulistana. Com o melhor amigo Renato, descobre o amor e compreende que os dois precisarão encontrar o equilíbrio entre o que sentem e o que a família e a sociedade esperam deles, até que um terceiro personagem aparece.

REF. 30043   ISBN 978-85-86755-43-9

TRIUNFO DOS PÊLOS
E OUTROS CONTOS GLS
Aretusa Von, T. Soares, Ana Queiroz e outros

O primeiro concurso de literatura das Edições GLS revela quinze autores brasileiros, ousados e irreverentes. A história ganhadora acompanha uma mulher que um dia acorda transformada em homem e sai aprontando pelas ruas. Prefácio de João Silvério Trevisan, um dos selecionadores do concurso.

REF. 30023   ISBN 85-86755-23-0

IMPRESSO NA

sumago gráfica editorial ltda
rua itauna, 789   vila maria
02111-031   são paulo   sp
telefax 11 **6955 5636**
sumago@terra.com.br

------------------------------ dobre aqui ------------------------------

CARTA-RESPOSTA
NÃO É NECESSÁRIO SELAR

O SELO SERÁ PAGO POR

AC AVENIDA DUQUE DE CAXIAS
01214-999 São Paulo/SP

------------------------------ dobre aqui ------------------------------

UM ESTRANHO EM MIM

CADASTRO PARA MALA-DIRETA

Recorte ou reproduza esta ficha de cadastro, envie completamente preenchida por correio ou fax, e receba informações atualizadas sobre nossos livros.

Nome: _____

Endereço: ☐Res. ☐Coml. _____ Empresa: _____

CEP: _____ - _____ Cidade: _____ Estado: _____ Bairro: _____

Fax: ( ) _____ E-mail: _____ Tel.: ( ) _____

Profissão: _____ Professor? ☐Sim ☐Não Data de nascimento: _____

Grupo étnico principal: _____ Disciplina: _____

1. Você compra livros:

☐ Livrarias   ☐ Feiras
☐ Telefone   ☐ Correios
☐ Internet   ☐ Outros. Especificar: _____

2. Onde você comprou este livro?

3. Você busca informações para adquirir livros:

☐ Jornais   ☐ Amigos
☐ Revistas   ☐ Internet
☐ Professores   ☐ Outros. Especificar: _____

4. Áreas de interesse:

☐ Astrologia   ☐ Literatura, Ficção, Ensaios
☐ Atualidades, Política, Direitos Humanos   ☐ Literatura erótica
☐ Auto-ajuda   ☐ Psicologia
☐ Biografia, Depoimentos, Vivências   ☐ Religião, Espiritualidade,
☐ Comportamento   Filosofia
☐ Educação   ☐ Saúde

5. Nestas áreas, alguma sugestão para novos títulos?

6. Gostaria de receber o catálogo da editora?   Sim ☐   Não ☐

Indique um amigo que gostaria de receber a nossa mala-direta

Nome: _____

Endereço: ☐Res. ☐Coml. _____ Empresa: _____

CEP: _____ - _____ Cidade: _____ Estado: _____ Bairro: _____

Fax: ( ) _____ E-mail: _____ Tel.: ( ) _____

Profissão: _____ Professor? ☐Sim ☐Não Data de nascimento: _____

Disciplina: _____

Edições GLS
Rua Itapicuru, 613 7º andar 05006-000 São Paulo - SP Brasil Tel.: (11) 3862-3530 Fax: (11) 3872-7476
Internet: http://www.edgls.com.br   e-mail: gls@edgls.com.br

cole aqui